GLI ULTIMI RESTI

LE INDAGINI DELLA DETECTIVE KAY HUNTER

RACHEL AMPHLETT

CAPITOLO UNO

Lee Temple lasciò che la bicicletta con telaio in carbonio rallentasse, girando le caviglie verso l'esterno per sganciare le tacchette delle scarpe dai pedali mentre le gomme incontravano la superficie irregolare.

Frenò accanto a uno degli altri ciclisti, notando lo sguardo di fastidio che attraversò il volto di Nigel Simpson.

«Foratura?»

«La seconda questa settimana» disse Nigel. «Di questo passo, questo pneumatico sarà a brandelli».

«Hai una camera d'aria di scorta?»

«Sì, grazie. È solo una scocciatura».

Lee emise un grugnito, poi si guardò alle spalle mentre il resto del gruppo si fermava nella piazzola.

Il gruppo di quattro uomini aveva iniziato il loro club ciclistico otto mesi prima, e lui era rimasto sorpreso di quanto velocemente i suoi livelli di forma fisica fossero migliorati. Considerando che l'idea era stata suggerita per la prima volta davanti a una birra nel loro pub locale una sera, si erano dedicati al nuovo passatempo con entusiasmo, con grande divertimento delle loro mogli che avevano dato loro al massimo tre mesi prima che si annoiassero.

Col tempo, avevano imparato a conoscere i migliori caffè, e Lee pregustava il panino con salsiccia che intendeva divorare nel loro posto preferito dall'altra parte di Boughton Monchelsea. Non che l'avrebbe detto a sua moglie: lei pensava che la ciotola di cereali che aveva consumato un'ora prima sarebbe stata sufficiente a saziare il suo appetito e a mantenere la sua dieta sulla buona strada.

La pedalata era iniziata bene: il percorso era uno dei loro preferiti, e perfetto per una domenica mattina estiva. Avevano evitato il traffico intenso attraverso Maidstone, incontrandosi alle sei e mezza quando l'aria era ancora fresca, essendo partiti da West Farleigh. Il loro percorso li aveva visti lasciare il centro cittadino affollato e seguire la strada verso sud in direzione di Langley prima di girare a ovest lungo una tranquilla strada di campagna.

«Come sta reggendo quel nuovo telaio in carbonio?»

Trasalì alla pesante mano sulla sua spalla e forzò un sorriso.

Paul Banks era un uomo robusto e inconsapevole della sua forza. Lee spesso pensava che l'uomo avrebbe dovuto giocare a rugby, piuttosto che cercare di stare in equilibrio su un telaio di bicicletta leggero, ma sembrava non avere mai problemi a tenere il passo con il gruppo.

«Sì, bene. Posso davvero notare la differenza» disse Lee, non riuscendo a nascondere un senso di orgoglio nella sua voce.

«Forse ora Heather vedrà che ne valeva la pena».

«Lo farà, una volta che avrò venduto le mazze da golf per pagarlo».

Paul rise, gli diede un'altra pacca sulla spalla e portò la sua bicicletta dove gli altri uomini stavano conversando.

Le mazze da golf erano la prova residua dell'ultimo tentativo del gruppo di mettersi in forma.

L'interesse di Lee per il ciclismo era stato stimolato anni prima, quando la tappa iniziale del Tour de France era passata attraverso la contea. Quando l'aveva suggerito agli altri, avevano fatto commenti sprezzanti sui Lycra aderenti e l'avevano liquidato con una risata, ma una volta che aveva presentato loro prove sufficienti per suggerire che li avrebbe mantenuti in forma e avrebbe dato loro una buona scusa per uscire di casa per qualche ora la domenica mattina, si erano presto uniti a lui.

Ora, tutti attendevano con impazienza l'evento settimanale e quel giorno non era diverso.

Si tolse gli occhiali da sole e li pulì con un angolo della sua maglia da ciclismo, strizzando gli occhi contro la luce solare intensa che superava la siepe. Raramente utilizzata da veicoli pesanti, la strada era inondata dal canto degli uccelli.

Diede un'occhiata a Nigel, che aveva la ruota anteriore della sua bicicletta a terra mentre incastrava i levagomme sul cerchio. Paul si era accovacciato per aiutarlo, e sembrava che sarebbero rimasti lì per almeno altri dieci minuti circa.

Un improvviso bisogno di urinare creò un dolore nel suo addome e, infilando gli occhiali da sole nel colletto della maglia, si allontanò dal gruppo.

«Dove vai?» disse Tony White mentre gli passava accanto.

L'inserviente dell'ospedale indossava l'ultimo modello di casco aerodinamico, e Lee notò il suo riflesso nelle lenti colorate arcobaleno degli occhiali da sole dell'altro uomo.

«Devo fare una pisciata».

L'altro uomo sorrise. «Pit stop. Tanto vale approfittarne».

«Esatto».

Lee si diresse verso il lato opposto della piazzola, poi notò lo stivale da lavoro abbandonato sul ciglio della strada.

Si era sempre chiesto perché si vedesse sempre un solo stivale sul bordo della strada, e non due. La sua immaginazione infantile aveva immaginato un uomo che camminava con un solo stivale, incapace di capire cosa fosse successo all'altro.

La voce di Paul lo raggiunse nello stesso momento in cui si avvicinò alla calzatura.

«Pisciaci dentro!»

Lee ridacchiò tra sé e scosse la testa.

«Dai, fallo. Ti sfido» gridò Tony.

Un moscone gli si posò sulla guancia, e lui lo scacciò mentre una raffica di risate proveniva dagli altri uomini.

Poi sbatté le palpebre e scosse la testa, la bile che gli saliva in gola.

Fissò per un momento, le prese in giro degli altri che svanivano in un rumore bianco confuso. Un'auto sfrecciò via, il suo movimento fece oscillare il suo corpo mentre stava in piedi, le braccia lungo i fianchi, cercando di capire perché fosse lì, a chi appartenesse e cosa dovesse fare.

Alla fine, il suo cervello elaborò ciò che i suoi occhi stavano vedendo.

Un piede mozzato, tagliato all'altezza della caviglia.

Una pozza di sangue rappreso pulsava di mosche che ronzavano intorno ai lacci strappati della tomaia in pelle dello stivale da lavoro.

Fece un passo indietro, il suo grido angosciato zittì gli altri.

Con il cuore che batteva forte, si slogò la caviglia mentre si girava, le tacchette delle sue scarpe che scivolavano sulla superficie irregolare, prima di zoppicare verso la siepe e vomitare la sua magra colazione.

CAPITOLO DUE

L'ispettrice Kay Hunter aprì delicatamente la portiera del passeggero dell'auto di servizio e osservò la scena davanti a lei.

Aveva ricevuto una chiamata dall'ispettore capo investigativo Devon Sharp mentre lei e il suo compagno, Adam, stavano facendo un pigro brunch del fine settimana sulla terrazza che si affacciava sul loro giardino alla periferia di Maidstone.

«È esattamente il tipo di storia sensazionalista che non vogliamo in prima pagina sui giornali», aveva detto. «Voglio che guidi tu questa indagine - Barnes può essere il tuo vice in carica, dato che non abbiamo ancora un nuovo sergente detective assegnato alla squadra. Lo farò venire a prenderti il prima possibile».

Kay aveva avvertito il familiare picco di adrenalina causato dalla prospettiva di una nuova indagine.

Doveva anche dare credito al neo-promosso ispettore capo. Da quando era stata promossa a ispettore, Sharp si era assicurato che avesse l'opportunità di lavorare su numerose indagini di alto profilo tra i suoi obblighi manageriali.

Il detective Ian Barnes si era presentato alla sua porta venticinque minuti dopo che Sharp aveva concluso la sua telefonata.

A Kay piaceva lavorare con Barnes. Sulla quarantina, possedeva un umorismo e una forza d'animo che erano stati un tonico benvenuto per i crimini oscuri con cui spesso si trovavano ad affrontare.

Ora, in piedi accanto al loro veicolo mentre scrutava su per il vicolo dove svolazzava al vento una striscia di nastro della scena del crimine, si voltò verso di lui mentre chiudeva la portiera del conducente e la raggiungeva.

Un po' più alto di Kay, aveva capelli castano chiaro che erano diventati grigi alle tempie e, con suo grande disappunto, aveva iniziato a indossare occhiali da lettura.

«Sei ancora contenta di essere fuori dall'ufficio?» disse mentre osservavano gli agenti della scientifica che lavoravano nella piazzola.

«Peccato per le circostanze», disse lei, spingendo una ciocca dei suoi capelli biondi dietro l'orecchio. Raddrizzò le spalle. «Va bene. Andiamo a scoprire cosa sta succedendo».

Si incamminò su per il pendio del vicolo, annuendo agli agenti del traffico che impedivano agli automobilisti di passaggio di sbirciare la scena e si assicuravano che il traffico rimanesse a una velocità costantemente bassa per evitare lesioni ai soccorritori presenti sul posto.

La squadra investigativa della scena del crimine aveva eretto uno schermo tra il vicolo e il luogo in cui lavoravano, mentre due agenti in uniforme stavano sul perimetro del nastro della scena del crimine per allontanare eventuali curiosi. Un'agente in uniforme e il suo collega avevano radunato un gruppo di ciclisti vestiti in modo sgargiante e alzarono lo sguardo quando Kay e Barnes si avvicinarono.

Kay si rilassò quando riconobbe un volto familiare. Debbie West era stata un'agente di polizia da quando aveva poco più di vent'anni, e Kay riponeva grandi speranze nella donna. Era una delle agenti più meticolose che Kay conoscesse e ci si poteva fidare di lei per gestire una scena del crimine in modo rigoroso.

«Buongiorno, Ispettrice».

«Buongiorno. Quali sono le ultime novità?»

Debbie fece un cenno al suo collega, che allontanò i ciclisti dal nastro della scena del crimine e continuò a parlare con loro mentre prendeva appunti. Si voltò di nuovo verso Kay.

«Il tizio con la maglia rossa e gialla è quello che l'ha trovato. Lee Temple. A quanto pare, lui e i suoi amici sono tutti del posto, di West Farleigh, e vanno in bicicletta insieme regolarmente nei fine settimana».

Kay socchiuse gli occhi contro il sole accecante in direzione dell'uomo che stava accanto al collega di Debbie, e notò la fila di costose biciclette appoggiate a un palo del telegrafo o adagiate sull'erba folta che bordava la strada.

«Come sta?»

«Ha vomitato la colazione, ma per fortuna non sulle prove».

«È già qualcosa, suppongo».

Barnes accennò con il mento verso il punto in cui gli agenti della scientifica stavano controllando meticolosamente i bordi e la siepe che delimitavano la piazzola, con le teste chine mentre lavoravano.

«Hanno trovato il resto del corpo?»

Debbie arricciò il naso. «Non ancora».

Kay controllò alle sue spalle il flusso costante di traffico che ora passava sulla scena del crimine, e dovette concordare con l'opinione di Sharp che i media sarebbero stati desiderosi di avere la storia al telegiornale delle sei quella sera, con qualsiasi scarsa informazione avrebbero potuto raccogliere dai testimoni.

«Immagino che tu abbia avvertito il signor Temple e i suoi associati di non parlare con nessuno di questa storia?»

«Assolutamente», disse Debbie.

Barnes toccò Kay sul braccio a un grido proveniente da oltre l'area delimitata dal nastro, e lei si voltò per vedere uno degli agenti della scientifica che faceva loro cenno.

«Vorrei parlare con il signor Temple prima che lo lasciate andare», disse a Debbie.

«Nessun problema. Stavo per organizzare un taxi minivan per portarli tutti a casa. Non credo che vogliano tornare in bicicletta dopo questo».

«Buona idea, grazie. Torno tra un minuto». Seguì Barnes fino al nastro perimetrale e si fermò al confine temporaneo. «Buongiorno, Harriet».

«Buongiorno. Debbie lo diceva che stavate arrivando».

Kay notò la stanchezza nella voce dell'agente della scientifica decise di lasciarla tornare al suo lavoro il prima possibile.

«Cosa puoi dirci?»

Harriet consegnò loro un set di tute monouso e attese mentre le indossavano e si mettevano i copriscarpe abbinati, poi sollevò il nastro per farli passare sotto prima di condurli dietro lo schermo verso l'estremità della piazzola attraverso un percorso demarcato.

«Prima che tu lo chieda, le uniche impronte che abbiamo rilevato qui corrispondono alle scarpe dei ciclisti - abbastanza facile da dedurre a causa dei tacchetti che indossano per agganciarsi ai pedali».

L'agente della scientifica rallentò quando raggiunse lo stivale da lavoro.

Sembrava incongruo nella sua posizione accanto all'erba alta del ciglio della strada ora che sapevano cosa conteneva, eppure Kay ricordò numerose occasioni in cui aveva visto scarpe solitarie simili abbandonate sul bordo di una strada e non ci aveva fatto caso.

Si accovacciò a circa un metro dallo stivale e scacciò una mosca dal viso mentre Harriet continuava.

«La nostra vittima è sicuramente un maschio in base a quello che possiamo vedere senza rimuovere la calzatura. Lo stivale è fatto di pelle di qualità, ma consumato, come se fosse uno di un paio preferito. Il tacco è stato eroso su un lato, ma Lucas sarà in grado di dirti di più sulle caratteristiche della nostra vittima una volta che l'avrà esaminato».

Kay borbottò una risposta. Aveva lavorato con Lucas Anderson, il patologo del Ministero dell'Interno, in occasioni precedenti, e la sua attenzione ai dettagli e la tenacia nel fornire quante più informazioni possibili su una vittima l'avevano aiutata più di una volta.

Non dubitava della sua capacità di aggiungere ulteriori dettagli al profilo della vittima che dovevano creare se volevano trovare il responsabile.

«E nessun segno di altre parti del corpo?»

«No, abbiamo quasi concluso la nostra ricerca preliminare. Ovviamente, ti informerò se qualcosa dovesse cambiare».

«Da quanto tempo pensi che sia qui fuori?»

«Difficile dirlo, ad essere onesti. Molta della sporcizia e della polvere sulla parte superiore della pelle è stata causata dal traffico di passaggio tanto quanto dal maltempo che abbiamo avuto all'inizio del mese. Ancora una volta, Lucas potrebbe essere in grado di individuare un orario approssimativo del decesso per aiutarti a restringere il campo».

Kay si raddrizzò e si voltò verso Barnes, il cui labbro superiore si arricciò mentre osservava le mosche radunarsi sul moncone insanguinato. Si girò sui tacchi e allungò il collo finché non riuscì a vedere oltre lo schermo e verso la strada che scompariva in linea retta in entrambe le direzioni.

«Dovremo parlare con i proprietari delle case lungo questo tratto di strada. Non si sa mai, potrebbero avere telecamere di sicurezza».

Barnes annuì. «Parlerò con Debbie per far mandare subito degli agenti. Chiamerò anche Gavin e Carys questo pomeriggio per assicurarmi che arrivino presto domani mattina».

Si spostarono verso il perimetro della scena del crimine e mentre si toglieva la tuta protettiva dai vestiti e la consegnava a uno degli assistenti di Harriet, Kay lasciò che il suo sguardo si posasse ancora una volta sul piede amputato.

«Chi diavolo sei?» mormorò.

CAPITOLO TRE

Debbie e la sua collega interruppero gli interrogatori mentre Kay e Barnes si avvicinavano, poi li presentarono ai quattro ciclisti.

Kay notò il pallore smorto dei lineamenti di Lee Temple e le espressioni quasi imbarazzate dei suoi amici.

Non cessava mai di stupirla che i testimoni di un crimine spesso si sentissero in colpa per ciò che avevano visto, nonostante non avessero nessun tipo di coinvolgimento.

O forse era semplicemente l'effetto di essere circondati da agenti di polizia e dalla scientifica.

Spostò la sua attenzione su Temple e lo allontanò dolcemente dagli altri.

«Signor Temple, sono l'ispettore Kay Hunter e questo è il mio collega, l'agente Barnes. Ho capito che è stato lei a trovare per primo lo scarpone da lavoro?»

Lui annuì, poi deglutì e Kay automaticamente fece un passo indietro nel caso l'uomo stesse per vomitare di nuovo.

Lui agitò la mano come per allontanare la sensazione. «Sto bene, non si preoccupi».

«Ha avuto un terribile shock, e sta reagendo davvero bene», disse lei. «Capisco che lei e i suoi amici abbiate già parlato con l'agente West, ma vorrei scambiare due parole prima di farvi tornare tutti a casa».

Lanciò un'occhiata alla sua destra mentre un minivan con i colori aziendali si fermava poco distante dalla piazzola e l'autista accendeva le luci di emergenza, prima di rivolgere di nuovo la sua attenzione a Temple.

«Sa cosa? Facciamo salire i suoi amici e tutte le vostre biciclette nel taxi, e poi io e Barnes la accompagneremo a casa dopo aver fatto una chiacchierata».

Lui emise un respiro tremante, poi si passò una mano tra i capelli castano scuro di media lunghezza che erano stati appiattiti dal casco che ora teneva tra le mani. «Va bene, grazie».

Gli altri tre ciclisti erano pieni di preoccupazione per il loro amico mentre gli stringevano la mano e poi seguivano gli agenti verso il taxi.

«Passerò più tardi a trovarti», disse il più alto degli uomini, prima di prendere una seconda bicicletta dal ciglio erboso e spingerla verso il taxi.

Kay osservò mentre Temple alzava la mano in segno di saluto mentre il veicolo si immetteva di nuovo nella corsia, la sua espressione malinconica.

«Capo? Abbiamo compagnia».

Kay si girò di scatto alle parole di Barnes, e represse un gemito alla vista di una figura familiare che si districava da un'auto a quattro porte parcheggiata più avanti nella corsia rispetto alla piazzola.

Nonostante la distanza tra loro, poteva percepire l'eccitazione che emanava da Jonathan Aspley mentre si affrettava verso il nastro che delimitava la scena del crimine sul lato opposto dello schermo.

«Porta Lee in macchina, Ian. Sarò da voi tra un momento».

Intercettò il giornalista mentre raggiungeva lo schermo e lo allontanò dalla direzione dell'auto di Barnes.

«Non è il momento adatto, Aspley».

«Andiamo, Hunter - prima che arrivino tutti gli altri. Dammi almeno una dichiarazione che posso usare».

Kay socchiuse gli occhi. «Credimi, non potrai pubblicare quello che dirò se non ti fai indietro. Ci sarà una conferenza stampa più tardi oggi al quartier generale. Vieni lì, e ti darò tutte le informazioni che potrò in quel momento».

«E finirò semplicemente con la stessa storia di tutti gli altri. Mi devi un favore».

«Non è vero». Sospirò. «Senti, è troppo presto per questo. Sii presente alla conferenza stampa più tardi, lascia che la mia squadra faccia il proprio lavoro adesso, e vedrò cosa posso mandarti tra un paio di giorni».

«In esclusiva?»

«Questo dipenderà da Sharp, ma farò del mio meglio».

«Vuoi dire che mi userai se avrai bisogno di far trapelare informazioni».

«Posso darle a uno dei tuoi concorrenti, se preferisci».

La sua bocca si assottigliò. «Ci vediamo più tardi».

Kay attese finché non raggiunse la sua auto, poi girò sui tacchi e si affrettò a tornare dove Barnes era seduto nel suo veicolo, con Lee Temple sul sedile posteriore.

«Mi dispiace per l'interruzione». Kay prese il taccuino e una penna dalla sua borsa prima di girarsi sul sedile. «Okay, so che ha già parlato con i nostri colleghi di ciò che ha trovato, Lee, ma potrebbe per favore raccontarmi cosa è successo questa mattina? Mi dica tutto, anche se pensa che non sia importante».

Lui si morse il labbro, poi annuì e procedette a descrivere la sua giornata da quando era uscito di casa quella mattina fino a quando aveva scoperto i resti macabri nello scarpone da lavoro. Il suo amico, Tony White, era stato quello che aveva chiamato il numero di emergenza.

Kay rimase in silenzio mentre lui parlava, prendendo appunti e annotando le risposte alle sue domande mentre ascoltava.

Sebbene Debbie e la sua collega avessero preso le dichiarazioni iniziali dei testimoni dai quattro ciclisti, Kay preferiva ascoltare i resoconti dei testimoni di persona quando possibile. Spesso, qualcuno come Lee avrebbe ricordato un dettaglio la seconda volta che non era stato menzionato prima mentre la sua mente continuava a elaborare ciò che aveva vissuto.

Quando ebbe finito di parlare, gli diede un momento per ricomporsi, poi si schiarì la gola.

«Quando vi stavate avvicinando alla piazzola, ha notato qualche veicolo?»

«No - avevamo la strada tutta per noi. Stavamo pedalando fianco a fianco, con me e Nigel davanti. Nigel mi ha superato, prima di notare che aveva bucato. È allora che ci siamo fermati a lato della strada. Non c'erano veicoli davanti a noi, e la prima volta che ne ho notato uno è stato dopo aver trovato lo scarpone».

«Questo è uno dei percorsi che preferite?» disse Barnes.

«Lo era», mormorò Lee, poi abbassò lo sguardo e rigirò il suo casco da ciclismo tra le mani.

«Da quanto tempo percorrete questa strada?» disse Kay.

«Circa otto mesi».

«Ha mai visto qualcuno in quella piazzola?»

«Mi dispiace - non riesco a ricordare».

«Non si preoccupi. Che tipo di veicoli vede di solito qui?»

«Quelli normali, suppongo. Auto, moto. A volte un furgone, forse. Di solito è tranquillo su questo tratto. È per questo che veniamo da questa parte». La sua fronte si corrugò. «Non la sto aiutando molto, vero?»

«Sta andando benissimo», disse Kay. «Tutto questo ci aiuta».

«Va bene».

«Quando è stata l'ultima volta che ha pedalato qui?»

«Circa quattro settimane fa».

«Ha notato qualcosa allora? Qualcosa che sembrava fuori posto?»

«No, ci siamo fermati solo oggi perché Nigel ha bucato. Altrimenti…»

Kay vide Barnes alzare un sopracciglio mentre riponeva il taccuino nella borsa e annuiva.

Non ci sarebbero state più domande per Lee Temple. Avrebbe lasciato riposare l'uomo, per poi parlargli di nuovo in un giorno o due, per vedere se il tempo avesse aggiunto qualcosa ai suoi ricordi del percorso e delle circostanze in cui aveva scoperto lo stivale da lavoro.

Kay allacciò la cintura di sicurezza. «Qual è il suo indirizzo, Lee?»

Il ciclista lo snocciolò rapidamente, e Barnes annuì in segno di riconoscimento, prima di accelerare allontanandosi dalla scena del crimine.

Mezz'ora dopo, Barnes azionò l'indicatore mentre rallentava il veicolo, poi svoltò a sinistra in un vicolo che conduceva intorno al retro di West Farleigh e oltre la stazione ferroviaria.

Frenò dolcemente davanti a una fila di case a schiera, poi scese dall'auto e aprì la portiera posteriore per Temple. Gli consegnò un biglietto da visita prima di congedarlo e rimettersi al volante.

«Povero disgraziato», mormorò.

Kay si morse il labbro mentre osservava la porta della casa aprirsi completamente.

Apparve una donna, con i capelli biondo scuro raccolti in una coda di cavallo e una bambina in braccio.

Lee barcollò oltre la soglia e nell'abbraccio della donna. Rimasero così per un momento, poi lei lo condusse dentro e chiuse la porta.

Barnes rilasciò il freno a mano e allontanò lentamente l'auto dal marciapiede.

«Non credo che il signor Temple farà molto ciclismo nel prossimo futuro».

«Non posso biasimarlo», disse Kay. «Immagino che avrà incubi ancora per un bel po'».

CAPITOLO QUATTRO

Kay sbottonò le maniche della camicia e le arrotolò fino ai gomiti.

La mattinata era diventata calda quando raggiunsero la stazione di polizia di Maidstone, mentre il cielo senza nuvole sopra di loro offriva una perfetta giornata estiva.

Sebbene tutti avrebbero preferito essere a casa con le loro famiglie, sapeva che la squadra si sarebbe concentrata sui compiti da svolgere. Era contenta che lei e Barnes fossero di turno, altrimenti la scena del crimine sarebbe stata affidata a qualcun altro, e lei sarebbe rimasta bloccata in un workshop di tre giorni intitolato "Tecniche Avanzate di Gestione" a partire dal lunedì mattina.

Il suo sollievo era temperato dal pensiero che qualcuno potesse essere stato ferito o morto in circostanze orribili, e avrebbe fatto tutto il possibile per assicurare il responsabile alla giustizia.

La sala operativa brulicava di attività quando spinse la porta e attraversò la stanza fino alla sua scrivania. Phillip Parker aveva preso l'iniziativa di installare una lavagna e procurare computer extra mentre lei e Barnes erano sulla scena del crimine.

Aveva incontrato per la prima volta l'agente quando stava completando il suo periodo di prova dodici mesi prima, ed era evidente che, sotto la tutela dell'agente Norris, il giovane si stava adattando bene al suo ruolo. Era anche ingrassato - dove una volta era un ventenne allampanato, aveva aggiunto peso alla sua corporatura esile e Kay si rese conto che probabilmente lo aveva fatto per affrontare alcuni dei personaggi più pittoreschi di Maidstone.

I venerdì e sabato sera potevano essere una minaccia nel centro città, e Parker sarebbe sicuramente stato un bersaglio per i piantagrane.

«Ottimo lavoro, Phil», disse mentre si avvicinava.

Lui sorrise. «Ho pensato che vi avrebbe fatto risparmiare tempo».

«Grazie».

Diede un'occhiata oltre la spalla al resto della squadra riunita.

Al momento, c'erano solo altri quattro agenti ad assistere, ma quello sarebbe cambiato la mattina seguente una volta che i turni fossero stati aggiustati e fosse stato ottenuto aiuto da altre indagini.

Non sarebbe stata popolare, questo era certo.

Kay si promise di portare i suoi colleghi detective a bere qualcosa in qualche settimana per addolcire il colpo di perdere risorse per il suo caso di omicidio, e poi rivolse la sua attenzione alla lavagna.

Parker aveva stampato una grande mappa a colori dell'area di Maidstone, con la posizione della sanguinosa scoperta del mattino già evidenziata con un grande puntino rosso. Aveva ottenuto immagini della strada tramite software di mappatura online e le aveva appuntate accanto alla mappa.

Sarebbero bastate finché gli agenti della scientifica non avessero fornito le loro fotografie.

Una volta soddisfatta che il lato amministrativo dell'indagine fosse organizzato, tornò alla sua scrivania e sfogliò il suo taccuino finché non trovò l'intervista di Lee Temple e iniziò a trascrivere i suoi appunti.

Una nuova indagine sarebbe stata inserita nel database HOLMES da un ufficiale appositamente assegnato più tardi quel giorno, e lei avrebbe aggiunto la sua intervista alla crescente quantità di informazioni raccolte, dando inizio al processo di inchiesta.

Alzò lo sguardo mentre Barnes si lasciava cadere sulla sedia di fronte alla sua scrivania e muoveva il mouse per riattivare il computer.

«Hai parlato con Gavin e Carys?»

«Sì, saranno qui alle sette domani. Si sono offerti entrambi di venire oggi, se vuoi».

«No, va bene così. Preferisco che riposino oggi - sa il cielo quando avranno di nuovo tempo libero, e abbiamo bisogno che tutti siano concentrati su questo caso».

Alzò lo sguardo mentre il DCI Sharp si avvicinava alle loro scrivanie, il detective capo emanava un'aria di efficienza che si portava dietro dal suo periodo nell'esercito, poi anni passati come detective nell'area della polizia del Kent.

«Cosa potete dirmi?» disse.

«Innanzitutto, dovremo organizzare una conferenza

stampa per questo pomeriggio», disse Kay. «Jonathan Aspley del *Kentish Times* è arrivato mentre stavamo andando via con il testimone, e non sarà l'unico a fiutare una storia. Dobbiamo gestire questa situazione dall'inizio per evitare che i media creino panico e speculazioni».

Sharp si passò una mano sui capelli corti brizzolati e sospirò. «Sono d'accordo - avrei preferito aspettare un giorno o due, ma con la scena del crimine in un luogo così pubblico, sono sorpreso che non abbiamo ancora visto nulla sui social media».

«I primi soccorritori e la squadra di Harriet hanno fatto un ottimo lavoro nel proteggere l'area dalle auto di passaggio, capo», disse Barnes. «Nessuno riuscirà a ottenere nulla con la telecamera, comunque».

«Stanno tenendo d'occhio i droni, e so per certo che l'elicottero del notiziario locale è in manutenzione questa settimana», disse Kay, «quindi nessuno otterrà uno scatto aereo».

«Bene». Sharp si girò e tirò una sedia, sedendosi prima di parlare di nuovo. «Mi sembra di capire che c'erano quattro ciclisti, e uno di loro ha trovato lo stivale?»

«Sì, Lee Temple», disse Kay. «Lavora come insegnante di scuola primaria a Paddock Wood. Vive a West Farleigh, e lui e i suoi tre amici pedalano insieme ogni domenica mattina. Quella strada è un loro percorso regolare per raggiungere Boughton Monchelsea, ma questa era la prima volta in quattro mesi che si fermavano in quella piazzola».

«Quindi, avete idea da quanto tempo quel piede mozzato si trova lì?»

«Harriet era riluttante a fare supposizioni. Speriamo

che Lucas Anderson possa dirci di più quando farà l'autopsia».

Sharp annuì e si appoggiò allo schienale della sedia. «Potete entrambi capire che saremo sotto i riflettori con questo caso. Soprattutto perché alla squadra manca ancora un ruolo di sergente detective dalla tua promozione, Kay. Abbiamo colloqui programmati per la prossima settimana, e ci si aspetta che tu partecipi ad alcuni di questi, quindi assicurati di tenerne conto nei compiti che assegni a tutti». Alzò un sopracciglio verso Barnes. «È sicuro che non possiamo convincerti a fare domanda?»

La bocca di Barnes si contorse all'angolo. «No grazie, capo».

Sharp scrollò le spalle. «Valeva la pena provare».

Non disse altro, ma Kay poteva percepire la sua delusione per la decisione di Barnes. Spesso, era più facile reclutare all'interno di una squadra consolidata che portare a bordo una nuova persona e sperare che non sconvolgesse le dinamiche tra il personale esistente.

D'altra parte, rispettava la decisione di Barnes - non aveva senso che assumesse il ruolo se non era felice di farlo. Si stavano dividendo i compiti di sergente detective nel frattempo, ma non sarebbero stati in grado di sostenerlo - non con un'indagine per omicidio in corso.

Non poteva biasimare Sharp per averci provato - aveva menzionato il ruolo a Barnes la settimana precedente quando erano sgattaiolati fuori dalla sala operativa e avevano portato il loro pranzo in un posto vicino al fiume dietro il Palazzo del Vescovo.

Lui era stato irremovibile, però, e aveva detto che era contento di rimanere un detective.

Sharp si alzò dalla sedia e la sistemò sotto un'altra scrivania. «Bene, vi lascio lavorare. Kay – fatti trovare al quartier generale per le sedici di questo pomeriggio così possiamo fare questa conferenza stampa insieme. Ci vediamo domani mattina, Barnes».

«Capo».

Kay si girò al *ping* del suo computer e si avvicinò allo schermo con la sedia. «Harriet ci ha appena inviato per email le prime fotografie della scena, Ian».

Barnes si spostò intorno alle scrivanie per raggiungerla, e scorsero le immagini.

Mentre osservava la scena scioccante raffigurata nelle foto, non poté fare a meno di chiedersi cosa avesse fatto per meritare una fine così brutale.

«Che tipo di persona fa una cosa del genere?» disse Barnes.

Lei chiuse l'ultimo allegato e si strofinò l'occhio destro. «Più importante, dove lo stava portando, e dov'è il resto?»

CAPITOLO CINQUE

La prima impressione di Kay fu di puro caos quando entrò a grandi passi nella grande sala riunioni che era stata preparata per la conferenza stampa pomeridiana.

Sembrava che la notizia si fosse diffusa rapidamente tra i giornalisti del Kent, con tutte le sedie occupate e i cameraman e i fotografi che si contendevano lo spazio lungo le pareti.

Arricciò il naso al debole aroma di sigarette stantie che si attaccava ai vestiti dei reporter mentre si muoveva lungo il corridoio verso il palco dove era stato allestito un lungo tavolo.

Joanne Thomas, un'assistente amministrativa della sede centrale che era stata portata per aiutare con la conferenza stampa, aveva detto a Kay che alcuni dei reporter erano arrivati un'ora prima per assicurarsi un posto in prima fila, e Kay si chiese quanti di loro stessero ora bramando la loro prossima dose di nicotina.

Il livello di rumore era assordante mentre lasciava

cadere la sua borsetta dietro il tavolo e si voltava verso la sala.

Sei mesi prima, sarebbe stata terrorizzata all'idea di affrontare tutte quelle persone, gli obiettivi delle telecamere con i loro occhi fissi su di lei e la preoccupazione di poter in qualche modo commettere un errore.

Ora, passava uno sguardo esperto sulla folla riunita, prendendosi il suo tempo e valutando il suo pubblico.

Fece un cenno ad alcuni volti familiari e ignorò lo sguardo accigliato che una reporter dai capelli corvini le lanciò - aveva avuto uno scontro con Suzie Chambers tempo prima, ma fu sorpresa di vederla appollaiata su una delle sedie in prima fila. Di solito, la donna lavorava come reporter itinerante per il telegiornale locale, e Kay si chiese se Chambers avesse in qualche modo irritato i suoi capi per essere relegata a coprire l'indagine sull'omicidio da quella angolazione. Così com'era, sedeva con un'espressione tempestosa e le braccia incrociate sul petto.

Un trambusto vicino alla porta attirò l'attenzione di Kay, e guardò dall'altra parte per vedere Jonathan Aspley che si affrettava lungo il corridoio, con il collo teso mentre cercava una sedia libera.

Gli occhi chiari del reporter incrociarono i suoi per un momento, e lui si tolse i capelli da davanti dagli occhi, prima che la sua testa si girasse di scatto a un forte fischio alla sua sinistra, e Kay vide un altro reporter fare cenno ad Aspley di avvicinarsi, indicando un posto accanto a lui.

Seguirono brontolii mentre i reporter si alzavano per lasciarlo passare prima che il baccano aumentasse al suo precedente livello chiassoso.

Kay si voltò di nuovo verso la sua borsa ed estrasse gli appunti che aveva scritto nella sala operativa. La prima pagina conteneva una dichiarazione che avrebbe letto ad alta voce, e includeva punti chiave che voleva che i media riportassero nella speranza di far avanzare l'indagine nascente. La seconda pagina copriva le domande a cui si aspettava di dover rispondere in modo da proteggere Lee Temple e i suoi amici e includeva questioni operative che preferiva che affrontasse Sharp.

Quasi sicuramente il suo tono militare avrebbe intimidito il giornalista più persistente.

Come su comando, la porta sul retro della stanza si aprì e apparve il Detective Capo, raddrizzandosi la cravatta e gettando uno sguardo sui media riuniti mentre raggiungeva Kay dietro il tavolo.

«Daremo loro un altro paio di minuti per assicurarci che tutti siano qui, e poi inizieremo» disse.

«Va bene. Questo è quello che ho preparato».

Lui prese le pagine, i suoi occhi scorrevano rapidamente le sue parole, poi gliele restituì con un brusco cenno del capo. «Bel lavoro».

Trascinò la sedia accanto alla sua dal suo posto contro il tavolo e si sedette con un sospiro mal celato.

«Tutto bene?» disse Kay dall'angolo della bocca.

«Politica. Come al solito. Tu ed io dovremo gestire questa situazione in modo da non invadere troppo gli altri carichi di lavoro - il sovrintendente capo mi ha già tarpato le ali per quanto riguarda il personale extra che sono riuscito a strappare dalla Divisione».

«Pensavo che forse potremmo organizzare dei drink per loro dopo che tutto questo sarà finito? Per compensare il fatto di averli lasciati a corto di personale».

«Ci manderanno in bancarotta e finiranno con la cirrosi epatica».

Lei soffocò una risata. Sorridere a una conferenza stampa su un omicidio non era mai una buona idea.

Sharp pensava evidentemente la stessa cosa, perché si alzò dal suo posto e urlò sopra il rumore.

«Signore e signori - per favore prendete posto e inizieremo».

L'effetto fu immediato, con tutti i membri della stampa ammutoliti. Un debole mormorio persistette sul fondo della sala finché un giornalista più anziano non imprecò e disse al fotografo colpevole di stare zitto, e poi tutti gli occhi si voltarono verso Kay e Sharp.

Kay si schiarì la gola e scrutò i suoi appunti, resistendo all'impulso di battere le palpebre quando il flash della fotocamera di un telefono esplose di luce dalla prima fila.

«Oggi, la polizia del Kent è stata chiamata in una piazzola di sosta su una strada a est di Boughton Monchelsea» disse. «Un gruppo di ciclisti ha segnalato di aver trovato resti umani, e dopo ulteriori indagini da parte degli agenti della scientifica, questo è stato confermato essere il caso».

Fece una pausa, percependo un'irrefrenabile voglia di interrompere che emanava dai giornalisti di fronte a lei. Li fissò e notò una mano alzata sul fondo della sala che scompariva alla vista, il suo proprietario rimproverato.

«In questo momento, non possono essere condivisi ulteriori dettagli. Possiamo confermare che, da circa un'ora, la strada è stata completamente riaperta al termine della nostra ricerca nell'area. Desideriamo ringraziare i residenti locali per la loro pazienza in questo momento. Siamo nelle primissime fasi della nostra indagine e vi forniremo maggiori dettagli non appena sarà possibile. Nel frattempo, chiediamo a chiunque abbia informazioni di chiamare il numero di emergenza. Vorrei ricordare a tutti che tutte le chiamate sono trattate in modo anonimo».

Abbassò la pagina e lanciò uno sguardo a Sharp, che annuì prima di regolare il microfono sul tavolo davanti a lui.

«L'ispettore detective Hunter guiderà l'indagine della polizia del Kent con il mio pieno supporto» disse. «Fino a quando non avremo maggiori informazioni, vi chiediamo di non fare speculazioni su questa scoperta. Al momento, stiamo trattando questo come un incidente isolato. Kay?»

«Grazie. Ci sono domande?»

La mano sul fondo della sala si alzò di nuovo prima che chiunque altro ne avesse la possibilità.

«Sì?»

Un venticinquenne con gli occhiali si alzò in piedi, con un taccuino e una penna in mano.

Kay vide le sue labbra muoversi, ma non riuscì a sentirlo a causa delle conversazioni sussurrate più vicine a lei.

«Scusate». Bussò con le nocche sul microfono finché i colpevoli non tacquero. «Grazie. Andremo molto più velocemente se rimarrete in silenzio mentre qualcun altro sta parlando. A meno che non vogliate perdere il vostro spazio per il telegiornale delle sei?»

Una fila di volti rimproverati la fissò.

«Grazie. Stavi dicendo?»

«Il luogo dei resti si trova a pochi chilometri dalla sede della polizia. Perché ci è voluto fino ad ora per scoprirli?»

Tutti gli occhi si voltarono verso Kay, e lei gemette interiormente. Sapeva che la polizia sarebbe stata criticata su quel punto, ma sperava di avere più notizie per i media prima che la domanda fosse sollevata.

«I resti, purtroppo, non sono completi e non sono stati trovati in un luogo frequentato dal pubblico», disse, e rivolse la sua attenzione a un volto familiare.

Jonathan Aspley riuscì a sorridere in segno di ringraziamento prima di parlare.

«I ciclisti che hanno trovato i resti - sono sospettati?»

Kay deglutì. Doveva scegliere attentamente le sue parole.

Se i media riuniti avessero pensato che Lee Temple e i suoi amici fossero un bersaglio facile, gli uomini e le loro famiglie avrebbero subito l'umiliazione di essere perseguitati fino alla risoluzione del caso.

«Ci stanno assistendo nelle nostre indagini», disse, «e chiederemmo che la loro privacy venga rispettata in questo momento».

Rivolse la sua attenzione a Susie Chambers e le lanciò un'occhiata di avvertimento.

La donna aveva la reputazione di scrivere storie sensazionalistiche, e Kay decise di chiedere a uno degli agenti della squadra di parlare con i ciclisti e consigliarli sui loro diritti nel caso in cui la giornalista e i suoi colleghi non avessero dato retta all'ammonimento di Kay.

Man mano che la conferenza stampa procedeva, una ripetitività si insinuò nelle domande e Kay alzò la mano.

«È tutto per oggi. Il nostro team media vi contatterà quando avremo altro da riferire».

Spinse indietro la sedia, infilò i suoi appunti nella borsa e si affrettò a seguire Sharp attraverso la porta sul retro della stanza.

Sospirò mentre si chiudeva alle sue spalle, lasciando rilassare le spalle, e chiuse gli occhi mentre alleviava un crampo nei muscoli del collo.

«Bel lavoro là dentro, Hunter», disse Sharp.

Lei sbatté le palpebre. «Grazie, capo».

«Sono sicuro che abbelliranno un po' tutto, ma non ci si può fare niente. Succede sempre». Controllò l'orologio e alzò un sopracciglio. «Faresti meglio ad andare. Domani si inizia presto. Porta i miei saluti ad Adam, okay?»

«Grazie, capo».

CAPITOLO SEI

Kay attraversò la porta della sala operativa alle sei e mezza del mattino seguente, con un vassoio di cartone contenente quattro tazze di caffè da asporto in equilibrio in una mano e il cellulare nell'altra.

Il telefono squillò mentre si affrettava verso la sua scrivania e, nella fretta di rispondere prima che andasse alla segreteria telefonica, la sua borsetta le scivolò lungo il braccio e il caffè caldo si rovesciò sulla sua mano. Imprecò sottovoce, lasciò cadere la borsa sul pavimento e allungò la mano verso una scatola di fazzoletti mentre premeva il pulsante per rispondere e si portava il telefono all'orecchio.

«Hunter».

Si tamponò la mano con un fazzoletto prima di asciugare la pozzanghera sulla scrivania, poi gettò il pasticcio fradicio nel cestino ai suoi piedi e si lasciò cadere sulla sedia.

«Sono Jonathan Aspley. Mi chiedevo se avessi tempo per una chiacchierata».

Kay sospirò. «Non ho altre novità per te, Jonathan. Hai

sentito tutto quello che sappiamo alla conferenza stampa di ieri».

«Oh, andiamo. Devi darmi qualcosa di più. Il mio editore si aspetta che io fornisca un aggiornamento sul nostro sito web prima delle nove di questa mattina - stiamo cercando di anticipare tutti gli altri».

Kay chiuse gli occhi e si costrinse a contare fino a dieci prima di rispondere.

«Stai esagerando. I tuoi ascolti non sono un mio problema - ho una squadra investigativa che scenderà in questo ufficio tra quindici minuti per un briefing. Quando avremo maggiori dettagli, il nostro addetto stampa si metterà in contatto».

Terminò la chiamata prima che lui potesse rispondere e fece scivolare il telefono sulla scrivania.

Kay aveva lavorato a stretto contatto con il giornalista in passato, ma era la prima volta che cercava di approfittare della loro amicizia incerta. Si morse il labbro. In futuro, si ripromise di essere più attenta - non poteva permettersi di distrarsi.

Guardò oltre la sua spalla verso l'ufficio di Sharp, ma il DC era assente.

Dalla sua promozione, era riuscita a convincerlo a rimanere dov'era - lei era felice alla sua scrivania, nel bel mezzo di tutto ciò che accadeva nella sala operativa, e la riluttanza a chiudersi lontano dal trambusto delle indagini la faceva sperare che lui resistesse alla tentazione di trasferirsi al piano di sopra o, peggio ancora, al quartier generale.

I suoi pensieri furono interrotti dall'arrivo di due suoi colleghi, i detective Gavin Piper e Carys Miles.

Dato l'elegante tailleur pantalone che indossava l'agente donna e l'espressione determinata sul suo viso, Kay faticava a ricordare di averla vista l'ultima volta cantare a squarciagola in un bar karaoke del centro città sabato notte mentre festeggiava il suo trentesimo compleanno. Kay non aveva detto nulla a Sharp, ma era in parte il motivo per cui non aveva insistito affinché i due detective si presentassero nella sala operativa la domenica mattina.

Gavin Piper, il più giovane dei due detective, sembrava ancora malconcio e per qualcuno che aveva detto a Kay all'inizio dei festeggiamenti che non beveva molto, lei ricordava di averlo visto buttar giù shot di tequila quando lei e Adam avevano lasciato il bar e avevano barcollato verso un taxi.

Indicò i caffè da asporto sulla sua scrivania. «Ho immaginato che ne avreste avuto bisogno».

«Capo, sei una leggenda», disse Gavin, strappando due bustine di zucchero e versandole nel liquido caldo, i suoi capelli biondi a spazzola ancora più arruffati del solito.

«Presumo che siate entrambi ben riposati?»

Il viso di Carys impallidì contro i suoi capelli scuri. «Non berrò mai più. Non mi sono svegliata fino a mezzogiorno di ieri, e sono stata male fino alle nove di sera».

Gavin le fece l'occhiolino. «È perché sei vecchia ormai. Niente più nottate per te, signorina».

Kay rise mentre Carys gli lanciava contro una pallina antistress, poi si voltò quando Barnes apparve sulla porta.

Si avvicinò lentamente a dove lei era seduta e prese il

caffè che gli porgeva con un cenno di ringraziamento, la bocca che si contraeva alla vista degli altri due detective.

«Ah, essere di nuovo giovani e stupidi», disse con voce strascicata.

«Piantala», disse Carys, soffocando uno sbadiglio. «Qualcuno di voi ha del paracetamolo?»

Kay allungò la mano verso la scrivania, cercando la confezione che teneva nel cassetto superiore, poi si fermò e guardò male Barnes mentre si sedeva di fronte a lei. «Hai di nuovo rubato roba dalla mia scrivania?»

Lui alzò le mani. «Non guardare me. Ho imparato la lezione dopo quelle maledette lezioni di dattilografia che mi hai fatto fare quando ho preso in prestito la tua spillatrice».

«Preso in prestito? Non l'ho mai più rivista!»

«Ce l'ho io», disse Gavin, e aprì una tasca laterale del suo zaino prima di lanciare una confezione a Carys.

Kay spinse indietro la sedia mentre la stanza si riempiva di agenti e personale amministrativo, e fece un gesto verso la lavagna all'estremità della stanza. «Forza, gente. Mettiamoci al lavoro».

Si diresse verso il gruppo di agenti che si aggirava vicino alla lavagna, annuì ad alcuni volti familiari e prese un foglio dei compiti che Debbie aveva stampato dal database HOLMES.

Scorrendo la lista con gli occhi, notò i punti principali che il sistema informatico aveva evidenziato e alzò la voce sopra il baccano.

«Sistematevi. Prendete posto dove potete».

Trascorse i primi venti minuti del briefing aggiornando i nuovi arrivati, la stanza silenziosa eccetto per il grattare delle penne sui taccuini o, nel caso di Debbie, il tamburellare delle sue dita sulla tastiera del computer.

«Quindi, prossimi passi», disse Kay. «Lucas Anderson mi ha mandato un'email per confermare che l'autopsia sarà effettuata domani pomeriggio, a quel punto speriamo di avere alcune informazioni che possiamo iniziare a elaborare per accertare chi sia la nostra vittima. Nel frattempo, Carys - puoi lavorare con Debbie e contattare il dipartimento autostrade per scoprire quando quella piazzola è stata pulita l'ultima volta? Presumo che debbano avere una sorta di programma per farlo, soprattutto durante i mesi estivi».

«Certo», disse Carys, chinando la testa, la sua penna che volava sulla pagina del suo taccuino.

«Barnes, Gavin - vorrei che vi metteste in contatto con la squadra di pattuglia per esaminare le dichiarazioni raccolte dai residenti locali per scoprire quali di questi hanno telecamere di sicurezza installate nelle loro proprietà. Sembra che ci siano anche alcune persone in quella zona che lavorano da casa, quindi spero che siano abbastanza attente alla sicurezza da avere una sorta di sistema di monitoraggio esterno che potrebbe essere rivolto verso la strada. Se qualcuno vi sembra particolarmente interessante, fatemelo sapere immediatamente - vedremo se possiamo iniziare a raccogliere i filmati questo pomeriggio».

«Lo faremo». Gavin si sporse verso Barnes e mormorò sottovoce, il detective più anziano annuì prima di rivolgere di nuovo la sua attenzione a Kay.

Mentre Kay elencava il resto dei compiti del giorno

alla sua squadra, fu colpita da quanto bene si fossero amalgamati negli ultimi diciotto mesi.

La preoccupava, tuttavia, che l'introduzione di un nuovo sergente detective nella mischia avrebbe potuto influenzare le dinamiche che tanto apprezzava. Nonostante la sua sfrontatezza, Barnes era il collante all'interno della squadra, e sia Gavin che Carys stavano dimostrando un grande potenziale per avanzare nelle loro carriere con la Polizia del Kent.

Sospirò interiormente mentre ascoltava il sergente Hughes leggere i turni che aveva elaborato per garantire che l'indagine fosse ben gestita, e si rese conto che gestire il personale era un altro dei compiti che aveva inconsapevolmente accettato quando aveva accettato la promozione a ispettore detective.

Come diavolo avrebbe condotto un'indagine e allo stesso tempo introdotto un elemento sconosciuto nel gruppo mantenendone l'equilibrio?

CAPITOLO SETTE

Kay sfogliò il documento di tre pagine che aveva tra le mani, il testo uniformemente spaziato si sfocava mentre faticava a concentrarsi.

Mentre la sala operativa ronzava con il rigore di una squadra di agenti che facevano telefonate, si urlavano l'un l'altro attraverso la stanza e due fotocopiatrici rombavano incessantemente nell'angolo in fondo, Kay si tenne la testa tra le mani e cercò di concentrarsi sulla pila di curriculum che il Dipartimento delle Risorse Umane le aveva inviato via email.

Sharp aveva insistito affinché fosse coinvolta nel processo di colloquio e selezione per il loro nuovo sergente detective, e lei ebbe improvvisamente l'impulso di gettare tutto a terra per la frustrazione.

«Oh, per l'amor del cielo, Ian - ascolta questo. "Dimostra un'elevata capacità di mantenere i registri dell'ufficio." Quindi, in pratica, è bravo ad aggiornare HOLMES. Sicuramente questo va da sé, no? Voglio dire, se non sa usare il sistema correttamente non si candiderebbe per la posizione, giusto?»

«Scommetto che non sa nemmeno scrivere a macchina» disse Barnes, sogghignando.

«Mai più» disse Kay, gettando il curriculum su una pila crescente al suo fianco. «Non ora che ti ho messo al passo».

Un'espressione seria attraversò il volto di Barnes. «Quindi è sicuro che il Detective Capo Larch non tornerà?»

Lei scosse la testa e lasciò cadere la pila di documenti in un vassoio all'angolo della sua scrivania. «No, non tornerà. Sharp ha detto che dopo la morte di sua moglie, Larch ha deciso che ne aveva avuto abbastanza e ha optato per il pensionamento anticipato. Credo che stia pianificando di tornare nelle Midlands per stare più vicino alla sua figlia più giovane».

«Quindi Sharp sarà il capo in modo permanente».

«Immagino di sì».

«È un bene. Può essere brusco, ma almeno è bravo».

Kay alzò la mano mentre il telefono sulla sua scrivania trillava.

«Pronto?»

«Ispettrice Hunter?»

«Sì?»

«Sono Helen Box».

Kay aggrottò la fronte e frugò nella memoria per il nome, ma non le venne in mente nulla. «Mi scusi, ci conosciamo?»

«Sono la consigliera locale di Boughton Monchelsea. Cosa state facendo per trovare quell'assassino?»

«Signorina Box-»

«Signora, prego. Ho ricevuto una telefonata dopo l'altra nelle ultime ventiquattro ore dai miei elettori, tutti preoccupati per la loro sicurezza. Cosa devo dir loro, eh?»

«Signora Box, siamo all'inizio della nostra indagine e come capirà, i tempi sono critici. Abbiamo rilasciato una dichiarazione ai media a cui può fare riferimento per i suoi elettori. Se mi lascia il suo indirizzo email, chiederò al nostro addetto stampa di inviarle una copia. Non appena avremo più informazioni che possiamo condividere con il pubblico, lo faremo».

«Non è abbastanza. Avete già arrestato qualcuno? Non posso avere persone terrorizzate per la loro vita».

Kay guardò attraverso la scrivania e vide Barnes che la osservava con un sopracciglio alzato. Fece roteare il dito in aria, al che lui si mise le mani a coppa intorno alla bocca e le gridò.

«Ispettrice Hunter, chiamata urgente per lei».

Kay fece l'occhiolino, poi rivolse di nuovo l'attenzione a Box. «Mi dispiace, signora Box, è sorta un'emergenza di cui devo occuparmi. Stia tranquilla, la chiamerò quando avrò delle novità».

Ripose il ricevitore sulla base con un sospiro. «Te ne devo una, Ian».

Lui sorrise. «C'è sempre un rompiscatole-»

«Capo?»

Kay si voltò alla voce di Gavin. «Che succede?»

Il giovane detective si avvicinò a loro, con il cellulare in mano. «Ho parlato con un tizio di nome David Carter, vive a circa mezzo miglio dalla piazzola di sosta. La pattuglia ha tentato di parlarci ieri ma era fuori per il weekend. Dice che potrebbe avere qualcosa nelle riprese della sua telecamera di sicurezza che ci può aiutare».

«Stai andando lì?»

«Sì. Vuole-»

Kay spinse indietro la sedia e infilò il cellulare nella borsa. «Sì, voglio. Barnes, tieni le redini. Sarò di ritorno in tempo per il briefing».

«D'accordo. E per quanto riguarda i candidati?» Lanciò un'occhiata alla pila di domande nel suo vassoio.

Lei fece una smorfia. «Quelli lì possono andare nel cestino, ma ce ne sono sette in quella cartella che potrebbero valere la pena di intervistare. Chiamerò Sharp durante il tragitto verso Boughton Monchelsea così può far organizzare i colloqui».

———

«Posso chiederti come ti stai trovando nel nuovo ruolo?»

Gavin fece uscire l'auto in Palace Avenue e accelerò per superare un semaforo che era già giallo.

Kay lasciò passare la piccola infrazione senza commenti e sospirò. «Beh, mettiamola così, Gav. Non avere fretta di fare carriera, okay?»

Lui rise. «Messaggio ricevuto».

«Come te la stai cavando tu?»

«È stata una mattinata lenta, abbiamo passato in rassegna tutte le dichiarazioni dei testimoni, ma stiamo facendo progressi. Speriamo che questo tizio possa darci una spinta nella giusta direzione».

«Che lavoro fa?»

«Semi-pensionato ora. Lavorava per una delle grandi

compagnie petrolifere, viaggiava per il mondo per occuparsi dei loro sistemi informatici. Ora fa un po' di consulenza qua e là».

Kay prese il telefono dalla borsa e scorse rapidamente le sue email, prima di decidere che tutti i messaggi potevano aspettare fino al suo ritorno alla stazione di polizia e si mise comoda per il breve viaggio.

La campagna del Kent era esplosa di colori durante la prima settimana di giugno, e ora che l'estate era nel pieno del suo corso sarebbe stata solo questione di settimane prima che iniziassero le lunghe vacanze scolastiche e le strade diventassero ancora più congestionate.

Lei e Adam avevano pianificato di prendersi una vacanza last minute sul Continente prima che i prezzi schizzassero alle stelle con lo svuotamento delle scuole - stavano discutendo di possibili destinazioni quando Sharp l'aveva chiamata domenica, e così si era rassegnata al fatto che sarebbe stato settembre prima che potessero partire.

Strinse la mascella e rivolse di nuovo l'attenzione alla strada mentre Gavin rallentava l'auto e indicava a sinistra avvicinandosi a un cancello di metallo.

Un citofono era stato fissato al pilastro intonacato di destra, e mentre Gavin annunciava il loro arrivo, lei scrutò la casa oltre.

Molte delle case lungo il viale erano edifici più vecchi che erano stati ristrutturati nel tempo. La casa di David Carter si distingueva dalle altre poiché era stata costruita solo pochi anni prima, e il suo design era moderno.

Appendici a forma di scatola sporgevano dal lato superiore sinistro della casa, mentre una lunga finestra rettangolare iniziava alla destra della porta d'ingresso e correva per tutta la lunghezza dell'edificio, con l'interno nascosto dietro vetri oscurati per la privacy.

Gavin rilasciò il freno a mano e fece avanzare lentamente l'auto mentre i cancelli si aprivano verso l'interno, e Kay si meravigliò del paesaggio che abbracciava il vialetto asfaltato, mentre un mix di grandi alberi proteggeva l'edificio dallo sguardo dei vicini.

«Wow. Questa sembra uscita da quel programma televisivo con tutte le case lussuose», disse.

«Non oso immaginare quanto possa essere costata».

«La consulenza IT deve andare alla grande».

La porta d'ingresso si aprì mentre Gavin rallentava l'auto fino a fermarsi e Kay scese.

David Carter stava sul gradino, i capelli grigi tagliati a media lunghezza, gli occhi azzurri in attesa. Indossava una camicia azzurro chiaro sopra pantaloni color crema e tese la mano mentre si avvicinavano.

«Spero che questo non sia una perdita di tempo, ispettrice, ma ho pensato che dovessi chiamarvi quando ho visto le notizie».

«Lo apprezziamo», disse Kay, varcando la soglia e pulendosi i piedi su un tappetino che si estendeva su un pavimento di cemento lucidato. «Preferiamo sentire dalle persone che pensano di avere qualcosa per noi piuttosto che rimanere nel dubbio».

Chiuse la porta dopo Gavin e fece loro cenno.

«Il mio ufficio è di sopra. Non preoccupatevi per le scarpe. Venite su».

Li condusse attraverso un corridoio e su per una scala che era abbracciata su entrambi i lati da pareti rosso brillante intervallate da nicchie. In ciascuna, una scultura o un pezzo di oggettistica di alta qualità era posizionato sotto un faretto, e Kay si prese il suo tempo per ammirare i pezzi mentre seguiva Carter e Gavin.

In cima, il consulente IT si fece da parte, e Kay si ritrovò in un ufficio open space, del tipo che non aveva mai visto prima.

Si rese conto di trovarsi al bordo delle strutture a forma di scatola che aveva visto dal vialetto, che all'interno creavano una serie di grandi nicchie intorno a un'area di lavoro centrale.

In una, un'amaca pendeva dal soffitto con una lampada alta su un lato per la lettura. In un'altra, una serie di librerie era stata fissata in modo che ognuna potesse scorrere verso la stanza, con un sistema di indicizzazione inciso sull'estremità in modo che Carter potesse vedere a colpo d'occhio cosa c'era all'interno.

Lungo la parete di sinistra, una finestra dal pavimento al soffitto era stata inserita in ciascuna delle nicchie, inondando di luce lo spazio di lavoro.

«Questo posto è incredibile», riuscì a dire.

Carter sorrise. «Ho sempre desiderato uno spazio di lavoro come questo quando viaggiavo per il mondo. Quando ho avviato la mia attività, ho pensato "perché no?" Alcuni potrebbero dire che è pretenzioso, ma a me piace». Indicò la scrivania. «Ho le riprese di sicurezza sul mio laptop qui. Mi rendo conto che vorrete tutte le registrazioni, ma non ho resistito a dare un'occhiata io stesso. Conosco i veicoli della maggior parte dei miei vicini, capite? Ma non ho mai visto questo prima, ecco perché vi ho chiamato».

Lo seguirono e attesero mentre effettuava l'accesso e caricava le immagini sullo schermo.

Kay si avvicinò mentre le immagini prendevano vita quando lui premette un altro tasto.

Le notti estive erano state limpide con una luna a metà del suo ciclo, e il viale fuori dalla casa di Carter era stato immerso in una fredda luce blu al momento della registrazione.

«Quando è stata fatta questa ripresa?»

«Questa è di cinque notti fa. Ogni filmato viene salvato in blocchi di due ore», disse. «Siamo a circa cinquantacinque minuti in questo. Ecco qui».

Toccò lo schermo mentre un pickup di colore chiaro sfrecciava davanti alla telecamera.

«Può rallentare il filmato?» disse Gavin.

«Certo».

Carter allungò la mano e toccò la tastiera, reimpostando la registrazione al punto prima che apparisse il veicolo, e poi premette di nuovo il pulsante "play".

Questa volta, il pickup passò lentamente, e Kay socchiuse gli occhi.

«Hai idea di che marca sia, Gav?»

«Non da qui, ma è vecchio - la forma è completamente diversa da qualsiasi marca o modello attuale. Credo che debba avere circa vent'anni. E, anche se prendiamo una copia di questo per Grey e la sua squadra di forensi digitali, non ci sarà ancora di grande utilità. Guarda».

Kay imprecò sottovoce.

«Gli è stata rimossa la targa, dannazione».

CAPITOLO OTTO

Kay spinse la porta d'ingresso di casa sua e inciampò sulla soglia, sopraffatta dalla stanchezza.

Non aveva nemmeno visto Adam quella mattina; era uscito prima dell'alba dopo una telefonata da un allevatore di alpaca oltre Hacking.

Kay poteva sentirlo ora in cucina, il ritmo di un coltello sul tagliere e l'aroma pungente di cipolla che le solleticava i sensi mentre si toglieva le scarpe e gettava la borsa sul gradino inferiore delle scale.

Camminò a piedi nudi lungo il corridoio e si legò i capelli in una coda di cavallo prima di entrare in cucina e scivolare su uno degli sgabelli accanto al piano di lavoro.

Adam si voltò dal fornello e sorrise, con un cucchiaio di legno in mano mentre mescolava l'inizio di uno spaghetti al ragù.

Lei si guardò intorno in cucina, confusa.

«Che c'è?» disse lui.

«Nessun visitatore peloso?»

Lui sorrise. «Ho qualcosa di speciale in serbo per te, ma devi aspettare».

«Oh no. Cosa? Ti prego, dimmi che non è un altro serpente».

«Non te lo farei di nuovo» disse. Appoggiò il cucchiaio sul manico della pentola, poi aprì il frigorifero e tirò fuori una bottiglia di vino bianco prima di avvicinarsi al piano di lavoro dove lei era seduta.

Kay fece scivolare due bicchieri vuoti verso di lui e attese mentre versava una generosa dose in ciascuno.

«Sarà meglio di no» disse, facendo tintinnare il suo bicchiere contro quello di lui.

Lui le fece l'occhiolino, prese un sorso di vino e tornò ai fornelli. «A che ora arrivano Barnes e Pia domani sera?»

«Immagino che Barnes ed io non finiremo prima delle sei e mezza, quindi forse alle sette e mezza?»

«Bene, mi dà un sacco di tempo per preparare il barbecue».

Kay ascoltò mentre Adam descriveva i suoi piani su cosa cucinare la sera successiva, inclusa la carne di provenienza locale. Faceva di tutto per sostenere coloro che cercavano di mantenere vive le vecchie tradizioni, molti dei quali incontrava durante i suoi giri nelle fattorie del Kent vicino a Maidstone.

«Hai bisogno che prenda qualcosa sulla strada di casa?» disse, prendendo un altro sorso di vino e posando il bicchiere sul piano di lavoro.

«No, va bene così - ho preso il più possibile oggi, e domani ho Scott che mi aiuta in ambulatorio. Si è offerto di occuparsi di qualsiasi emergenza domani sera, così posso rilassarmi un po'».

«Sembra che si stia ambientando bene».

«È vero, e ha anche un buon fiuto per gli affari per la sua età».

Scott Mildenhall si era unito allo studio otto mesi prima dopo che Adam era riuscito a convincerlo a lasciare la clinica più piccola in cui lavorava vicino a Paddock Wood. Con la promessa di opportunità per ampliare i suoi orizzonti e lavorare con animali più grandi come bovini e cavalli da corsa, Scott non aveva avuto bisogno di molta persuasione. Kay lo aveva incontrato solo una volta, ma il robusto trentenne era stato amichevole e desideroso di contribuire al successo della clinica, e Adam aveva iniziato a fare affidamento su di lui.

«Dove vuoi mangiare, qui o fuori?» disse Kay.

Adam lasciò i fornelli e si avvicinò alla finestra della cucina, allungando il collo. «Qui dentro, credo. È previsto un acquazzone per stasera. Dovremmo essere a posto per il barbecue di domani, comunque».

«Perfetto».

Kay scivolò giù dallo sgabello e aprì un cassetto, raccogliendo le posate e posandole sul piano di lavoro prima di recuperare la bottiglia di vino e riempire i loro bicchieri mentre Adam serviva spaghetti al sugo su due piatti quadrati. Aveva già grattugiato una grande pila a forma di piramide di parmigiano e mentre Kay ne spargeva una generosa quantità sulla sua cena, il suo stomaco brontolò rumorosamente.

«Giusto in tempo» disse Adam, sorridendo. «Immagino che oggi tu non abbia avuto tempo di mangiare?»

Lei scosse la testa. «Sto morendo di fame».

«Beh, non fare complimenti - mangia prima di svenire».

Caddero in silenzio mentre mangiavano, e Kay assaporò ogni boccone. Era fortunata che Adam amasse così tanto cucinare - i suoi tentativi si limitavano ai pasti che aveva preparato quando era ancora studentessa all'università, e dopo un episodio in cui Adam l'aveva vista quasi tagliarsi il pollice con un coltello da verdura, era stata relegata al ruolo di capo addetta alla lavastoviglie.

Mentre abbassava la forchetta e il cucchiaio sul piatto per l'ultima volta, il suo telefono cellulare iniziò a squillare.

«Dannazione» mormorò, e si affrettò in corridoio per recuperarlo dalla borsa.

Il numero di Carys apparve sul display.

«Ehi, che succede?»

«Accendi la televisione» disse la giovane detective. «Non ci crederai».

Kay aggrottò le sopracciglia, poi scrollò le spalle verso Adam che era apparso sulla porta della cucina, con entrambi i bicchieri di vino in mano e un'espressione interrogativa sul viso.

«Carys dice di accendere la televisione».

«Il telegiornale è finito dieci minuti fa».

«Non so perché, allora - ha detto di accenderla».

Lui indicò la porta del soggiorno con i bicchieri. «Fai strada».

Kay si portò di nuovo il telefono all'orecchio e si diresse verso il soggiorno, prendendo il telecomando dal tavolino mentre si sedeva e puntandolo verso la televisione.

«Cosa sta succedendo, Carys?»

«Cambia sul canale locale, non la BBC».

Kay fece come le era stato detto, poi imprecò profusamente, le sue parole fatte eco da Adam una frazione di secondo dopo.

Sullo schermo, Suzie Chambers presiedeva un piccolo gruppo di ospiti allineati su un divano rosso brillante, il suo viso serio mentre parlava alla telecamera.

«Una delle nostre consigliere locali, la signora Helen Box, è qui per parlare dell'effetto che questa orribile scoperta ha avuto sul suo collegio elettorale locale, e alla sua sinistra, diamo il benvenuto a Stephen Mannering, portavoce del gruppo Amici della Parrocchia che ha offerto sostegno a chiunque sia stato colpito da questi terribili eventi».

Kay gemette, lasciò cadere il telecomando sul tavolo di fronte a lei e prese il bicchiere che Adam le porgeva mentre si appollaiava sul bracciolo del divano.

«Come facevi a saperlo?» disse a Carys mentre guardava gli eventi in televisione.

«Un mio amico mi ha chiamato. A quanto pare, il programma è una nuova trasmissione settimanale di attualità che l'emittente sta testando. Il ruolo di Suzie come presentatrice è stato tenuto nascosto negli ultimi mesi. La prima cosa che si è saputa è stata quando l'hanno annunciato dopo il telegiornale delle sei e hanno mandato in onda un breve clip promozionale con Suzie che diceva di avere un'esclusiva sui resti trovati ieri. Hanno trasmesso i titoli sportivi, poi sono passati direttamente a questo».

Cadde il silenzio mentre la telecamera inquadrava il

viso della consigliera locale mentre Suzie la interrogava sulle sue preoccupazioni.

«Beh, certamente penso che la polizia potrebbe essere più cooperativa nel fornire informazioni al pubblico», disse la donna con aria sprezzante. «Dopotutto, abbiamo il dovere di prenderci cura dei residenti della zona».

«Non pensa che ciò che è stato riportato dai media finora sia d'aiuto?» disse Suzie, accavallando le gambe e sporgendosi in avanti.

«Penso che i media stiano facendo del loro meglio con le informazioni che hanno», disse Helen Box. «Quello che sto dicendo è che ci devono essere più cose che possono dire ai leader locali, anche se non sono pronti a condividere queste informazioni con il pubblico in generale».

«Sapevo che Box avrebbe causato problemi dopo che le ho parlato prima», disse Kay.

«Non preoccuparti», disse Carys. «Sta cercando di farsi un nome prima delle prossime elezioni suppletive. Sa che non puoi darle più informazioni di quelle che abbiamo già. Stava solo tastando il terreno, tutto qui».

Kay si appoggiò ai cuscini. «Mi chiedo quale sia il gioco di Suzie? Box e Mannering non sono esattamente delle esclusive, no?»

Entrambe tacquero mentre Suzie ringraziava i suoi due ospiti, poi si rivolse alla telecamera, che zoomò sul suo viso perfettamente truccato.

La sua espressione divenne seria mentre parlava, i suoi occhi trasmettevano compassione e preoccupazione.

«Grande attrice», disse Carys.

«Sssh».

«Ovviamente, qualsiasi scoperta di questa natura macabra è sia scioccante che traumatica per i membri del pubblico coinvolti», disse Suzie, la sua voce tradiva la sua eccitazione. «Il mio prossimo ospite sa bene quale impatto emotivo e fisico possa avere un'esperienza del genere, poiché era presente quando il suo amico ha trovato i resti ieri. Diamo il benvenuto a Paul Banks».

Kay si strozzò con il vino. «Oh, maledizione».

CAPITOLO NOVE

Kay camminava avanti e indietro davanti alla lavagna mentre la squadra investigativa si sistemava ai propri posti la mattina seguente e richiamò la loro attenzione non appena l'ultima persona si sedette.

«Dunque, immagino che ormai abbiate tutti sentito parlare della breve incursione televisiva in prima serata di uno dei nostri testimoni».

Un mormorio di malcontento attraversò la stanza.

«Il DC Sharp e il team di collegamento con i media stanno attualmente incontrando Suzie Chambers e il suo produttore e ricorderanno loro gli obblighi relativi a un'informazione responsabile in futuro. Dato che hanno causato danni irreparabili alla nostra indagine intervistando Paul Banks, devo dire che sono contenta di non essere io a ricevere quel richiamo. Nel frattempo, Barnes - voglio che tu contatti gli altri ciclisti del gruppo, specialmente Lee Temple, e ricordi loro gli obblighi di mantenere il silenzio su ciò che hanno trovato. Sai come fare - assicurati che lo facciano».

«Capo».

Kay indicò una fotografia sulla lavagna che era stata presa dal filmato di sicurezza sul computer di David Carter. «Piper - facciamo un aggiornamento sul video che abbiamo ottenuto, per favore».

«Ho parlato con Andy Grey dell'unità di informatica forense», disse Gavin spostandosi sul lato della stanza e voltandosi verso i colleghi. «Sta attualmente lavorando per migliorare ciò che David Carter ci ha dato per vedere se riesce a ottenere un'immagine più chiara del volto del conducente o qualsiasi cosa che ci aiuti a rintracciare il veicolo. Gli ho chiesto di chiamarmi non appena trova qualcosa che colleghi quel pickup al piede amputato che è stato trovato».

«E per quanto riguarda gli altri veicoli di passaggio?» disse Carys. «Potrebbe essere stato un altro?»

Gavin scosse la testa. «Ho lavorato con Debbie e alcuni degli altri agenti per esaminare tutti i filmati dei dieci giorni precedenti alla scoperta. Nulla passa su quel lato della strada che possa essere interpretato come un veicolo sospetto. Nessun veicolo rallenta passando davanti alla casa di Carter, quindi nessuno si è fermato lì e gli altri sono registrati presso le proprietà vicine».

«Siamo sicuri che il piede sia arrivato da un veicolo, invece di essere stato abbandonato lì da un pedone?» disse un agente verso il fondo della stanza.

«È un punto da tenere a mente», disse Kay. «Al momento, però, questo veicolo è la nostra priorità. Se qualcuno di voi ottiene informazioni che potrebbero indicare che un pedone era responsabile durante le vostre indagini, fatelo sapere immediatamente a Barnes o a me».

Un mormorio attraversò la stanza.

«Lavorerò anche con il Comune di Maidstone per ottenere le riprese delle telecamere di sorveglianza della zona», disse Gavin. «Cercheremo di tracciare i movimenti del veicolo prima che fosse avvistato dalla telecamera di Carter. Forse in questo modo possiamo scoprire dove stava andando o da dove proveniva».

«Bene», disse Kay. «A proposito del Comune, Carys - sei riuscita a organizzare un incontro per parlare con il team che gestisce i rifiuti?»

«Abbiamo un appuntamento per le due», disse Carys. «Ho pensato che ti sarebbe piaciuto partecipare. Incontrerò un certo Robert Wilson».

«Grazie. Barnes - puoi raccogliere dagli agenti di pattuglia le informazioni che hanno finora registrato riguardo alle attività commerciali locali? Stiamo cercando qualcuno in una zona isolata che potrebbe avere accesso al tipo di strumenti necessari per separare quel piede dal resto del corpo della nostra vittima».

«Lo farò».

«Qualcuno ha domande, o avete tutti chiare le priorità di oggi?»

Quando nessuno parlò, Kay concluse il briefing e si fece strada attraverso la stanza fino alla sua scrivania.

Si lasciò cadere sulla sedia e guardò le nuove email dal Dipartimento delle Risorse Umane che erano apparse durante la sua assenza, poi lanciò uno sguardo bramoso all'orologio sopra la fotocopiatrice.

Le due non potevano arrivare abbastanza presto.

Carys guidò il cammino dalla sala operativa al parcheggio, afferrando il mazzo di chiavi che il sergente Hughes le lanciò mentre passavano davanti al banco della reception, e gridando il suo ringraziamento oltre la spalla mentre lei e Kay uscivano dalle porte posteriori della stazione di polizia.

«Quale?»

«Quella con l'aria condizionata». Carys sorrise e si diresse verso un veicolo a quattro porte celeste ai margini esterni del parcheggio.

«Hughes deve essere di buon umore, per avere pietà di noi in questo modo».

«Gli ho comprato un caffè freddo e un pasticcino questa mattina».

«Astuta. Ben fatto».

Gli uffici del Comune dove erano dirette erano solo a breve distanza in linea d'aria dalla stazione di polizia, ma a causa di lavori stradali e di una deviazione contorta che le fece passare davanti alla scuola superiore, ci volle più di mezz'ora per raggiungere il deposito a Parkwood.

Si affrettarono verso le porte d'ingresso dell'edificio basso alle due meno cinque.

Un'ondata di aria condizionata fredda accolse Kay mentre entrava nell'area della reception e si dirigeva verso il bancone.

L'uomo dietro il bancone alzò lo sguardo mentre si avvicinava, e lei notò che aveva la sfortunata abitudine di spingere gli occhiali sul naso con il dito medio. Si chiese quanti visitatori avessero interpretato male quel gesto.

«Posso aiutarvi?» disse, con un tono abbastanza amichevole.

Kay presentò se stessa e Carys. «Siamo qui per incontrare Robert Wilson».

«Oh, certo. Nessun problema. Firmate qui, e lo informerò che siete arrivate».

«Grazie».

Si allontanò dal bancone e cercò di non camminare avanti e indietro mentre aspettava. Fortunatamente, Wilson apparve pochi istanti dopo, con la mano tesa e una cartella sotto l'altro braccio.

«Detective, buon pomeriggio. Venite - c'è una sala riunioni che possiamo usare che ci darà un po' di privacy». Indicò una porta aperta accanto al bancone della reception.

Kay lo seguì, i suoi lunghi passi lo portavano avanti rispetto alle due poliziotte.

Le guidò lungo un corridoio che correva per tutta la lunghezza dell'edificio. All'estremità opposta, girò a destra ed entrarono in una sala conferenze senza finestre.

Wilson accese gli interruttori della luce accanto alla porta, poi la chiuse e indicò i posti intorno al grande tavolo ovale al centro prima di scostarsi la frangia dagli occhi. «Prego, accomodatevi. Posso offrirvi dell'acqua o qualcos'altro?»

«Stiamo bene, grazie».

«Immagino siate qui per i resti umani trovati domenica». I suoi occhi verdi brillarono.

Kay notò il segno rivelatore di qualcuno che godeva del sensazionalismo di resoconti come quello di Suzie Chambers e che era ansioso di saperne di più.

Sarebbe rimasto deluso.

Incrociò le mani sul tavolo e si assicurò che Carys fosse pronta a prendere appunti prima di iniziare.

«Signor Wilson, può dirmi quando quella piazzola è stata pulita l'ultima volta dalla sua squadra?»

«Uhm, dev'essere stato cinque settimane fa, perché doveva essere rifatta questo venerdì». Rabbrividì. «Orribile. Non posso immaginare come sia stato per quel ciclista e i suoi amici».

«Cinque settimane?»

«Sì, questo è il ciclo. Il comune è responsabile di tutta la pulizia delle strade della zona, oltre che delle pensiline degli autobus, delle strade di campagna e delle piazzole».

«Ed è sicuro che ogni piazzola venga controllata?»

«Abbiamo indicatori chiave di prestazione per ogni membro del nostro personale. Se non facessero bene il loro lavoro, il pubblico ce lo farebbe sapere, glielo assicuro».

Ridacchiò e si appoggiò allo schienale della sedia.

«Avremo bisogno dei nomi della squadra di pulizia».

La sua fronte si corrugò. «Oh, capisco. Potrebbe essere un po' complicato, dato che a volte usiamo personale temporaneo per integrare il nostro contingente di lavoratori».

«Anche il personale temporaneo ha valutazioni delle prestazioni?»

«No, li portiamo quando serve».

«Quindi, se fossero stati responsabili di quel percorso cinque settimane fa, potrebbero aver saltato quella piazzola e lei non lo saprebbe».

«Come ho detto, di solito sentiamo dal pubblico se c'è spazzatura in giro che non è stata raccolta».

«E se nessuno l'avesse segnalato?»

La sua mascella si irrigidì, e deglutì prima di

rispondere. «Allora suppongo che verrebbe fatto nel ciclo successivo di cinque settimane».

«Ha i registri del personale permanente e temporaneo responsabile di quel percorso?»

«Sì, certo - ci vorrà solo del tempo».

«C'è qualcuno qui che può fornirci queste informazioni questo pomeriggio? Come può capire, questa è un'indagine importante e siamo piuttosto ansiosi di catturare la persona che ha fatto questo».

Le guance di Wilson diventarono cremisi, e si alzò dal suo posto. «Un momento. Vedo cosa posso fare».

Mentre usciva dalla stanza, Kay si voltò verso Carys e alzò gli occhi al cielo.

«Avresti pensato che avrebbe organizzato tutto prima del nostro arrivo, no?»

«L'avevo chiesto». Carys sospirò. «Alcune persone non hanno proprio senso dell'urgenza, vero?»

CAPITOLO DIECI

Kay aspettava accanto a Barnes mentre lui premeva il pulsante dell'interfono sul lato destro delle porte di vetro e annunciava il loro arrivo al personale dell'obitorio.

Avrebbe potuto incaricare Gavin o Carys di accompagnarlo, ma desiderava ancora l'azione diretta piuttosto che il lavoro d'ufficio ed era contenta di avere una scusa per sfuggire alla sala operativa per un po'. Inoltre, erano a corto di personale, e se un ispettore sceglieva di rimboccarsi le maniche per dare una mano, nessuno si lamentava.

Sharp aveva un'espressione affaticata al suo ritorno da una riunione al quartier generale, e lei sapeva che stava pensando la stessa cosa del resto di loro: e se questo omicidio non fosse un caso isolato?

I suoi pensieri furono interrotti dal suono del meccanismo di chiusura che veniva rilasciato. Barnes aprì la porta e le fece cenno di seguirlo oltre la soglia.

Un ragazzo allampanato sui vent'anni tese la mano, i suoi occhi blu così intensi contro la pelle pallida e i capelli castano scuro che Kay si chiese se indossasse delle lenti a contatto speciali.

«Sono Simon Winter. Il nuovo assistente di Lucas».

Kay e Barnes si presentarono, poi seguirono Simon lungo il corridoio fino all'ufficio. Aspettarono mentre lui recuperava una cartella dalla scrivania e la apriva.

«Siete qui per l'autopsia sul piede che è stato trovato?»

«Esatto».

«Ok, bene, oggi assisterò Lucas». Diede un'occhiata all'orologio sulla parete. «Sta finendo un'altra autopsia al momento, ma se volete venire da questa parte, vi procurerò delle tute protettive. Volete un tè o un caffè o qualcos'altro?»

Entrambi i detective scossero la testa.

Kay non si sarebbe mai abituata alla normalità che Lucas e il suo staff mostravano all'obitorio - l'idea di mangiare o bere in qualsiasi posto vicino a un cadavere la riempiva di disgusto.

Simon li condusse dall'ufficio agli spogliatoi. «Troverete le tute sigillate in pacchetti sugli scaffali appena dentro le porte. Ci sono armadietti lì per i vostri effetti personali, e potete mettere le tute nei contenitori per rifiuti biologici quando avremo finito». Indicò con il pollice oltre la sua spalla. «Vi aspetto dentro. È la porta sulla destra, lì».

Quindici minuti dopo, Kay spostava il peso da un piede all'altro, cercando di ignorare il prurito alla nuca causato da un'etichetta ribelle della tuta monouso che indossava.

Accanto a lei, Barnes borbottava sottovoce e controllava l'orologio.

«Pensavo avesse detto che avrebbe iniziato alle due e mezza».

«È stata una settimana impegnativa», disse Simon. «Ci sono stati un paio di brutti incidenti sulla M20 domenica oltre al nostro carico di lavoro attuale - turisti dal continente. Sembra che si siano dimenticati su quale lato della strada dovessero guidare».

Kay fece una smorfia. I mesi estivi portavano sempre un afflusso di viaggiatori dall'Europa, il che era una manna per il turismo ma comportava un alto rischio di incidenti e feriti sulle strade trafficate. E questo era prima che le scuole del Regno Unito chiudessero per le vacanze estive.

La porta dietro di lei si aprì e apparve Lucas, che si infilava un nuovo paio di guanti. Uno sguardo al suo viso affaticato mise fine a qualsiasi pensiero di fare una battuta scherzosa, e persino Barnes tenne a freno la lingua.

«Scusate, Kay, Ian. Un brutto caso nella stanza accanto - due bambini piccoli. Incendio in casa nel fine settimana a Leybourne».

Sospirò, poi rivolse la sua attenzione all'oggetto che Simon aveva preparato al centro del tavolo per l'esame. Inarcò un sopracciglio.

«Sembra che tu abbia l'abitudine di portarmi parti del corpo con il resto del proprietario mancante, Hunter».

L'umore cupo si alleggerì un po', e Kay e Barnes lo raggiunsero al tavolo.

«Non so voi, ma io trovo questo più facile da affrontare rispetto a una testa decapitata», disse lei.

Lucas fece un cenno a Simon, che si allungò e tirò un interruttore all'estremità di un cavo, e una luce intensa si accese sopra le loro teste illuminando il piede amputato.

Il patologo forniva un commento continuo mentre lavorava, dettando in un microfono agganciato al risvolto della sua tuta mentre Simon gli passava vari strumenti chirurgici.

Kay sapeva per esperienza che sebbene il suo rapporto sarebbe stato dettagliato, era spesso meglio assistere all'autopsia in modo da avere l'opportunità di fare domande man mano che sorgevano, piuttosto che aspettare una telefonata di ritorno o un'email per chiarire qualcosa che avrebbe potuto essere urgente.

L'esame del patologo terminò in trenta minuti. Spense il microfono e si rivolse a Kay e Barnes.

«Bene, non c'è molto su cui basarsi, ma la vostra vittima era certamente morta quando il suo piede è stato rimosso. Aveva subito una lesione all'alluce nei mesi recenti e sembra avere un problema in corso qui. Ho rimosso una medicazione che era stata applicata professionalmente».

Kay si sporse per guardare dove lui indicava e vide un'area di pelle lesa.

«Quindi, iniziamo con i podologi locali, gli ospedali, quel genere di cose», disse Barnes.

«È la nostra migliore scommessa. Vediamo se qualcuno ha mancato un appuntamento di recente». Kay lanciò uno sguardo a Lucas dall'altra parte del tavolo. «Pensi che avrebbe dovuto fare trattamenti regolari per questa lesione?»

Lucas annuì. «Sarebbe stato doloroso camminarci sopra. In effetti, oserei dire che era già in ritardo per un appuntamento».

«E per quanto riguarda il metodo di taglio usato? Per separare il piede dalla gamba, intendo».

«Beh, non è un lavoro professionale, ma questo non significa che dovreste escludere qualcuno nella professione medica - intendo semplicemente che non è stato usato uno strumento chirurgico. State cercando qualcosa di grezzo, probabilmente anche smussato». Usò il mignolo per indicare il moncone. «Nonostante i danni causati dalla fauna selvatica prima che fosse scoperto, la pelle e il muscolo sono stati strappati - probabilmente da un movimento avanti e indietro, come con una sega - e potete vedere qui i solchi fatti nell'osso da quello strumento. Faremo alcuni test in più per vedere se riusciamo a individuare un tipo esatto».

Kay si raddrizzò. «Ok, torniamo alla stazione. Abbiamo già delle persone che stanno esaminando il database delle persone scomparse. Se nessuno è stato segnalato come mancante a un appuntamento, allora inizieremo con le cliniche locali e allargheremo la ricerca se necessario. Quanto è vecchio? Voglio dire, quanto tempo è passato da quando è stato-»

«-separato dal suo proprietario? Un paio di giorni, non di più», disse Lucas. «Il che ovviamente solleva la domanda: dov'è il resto di lui?»

«Questo è ciò che ci preoccupa», disse Barnes. «Gli agenti in uniforme hanno fatto una ricerca nella piazzola di sosta, sulla strada, sul ciglio opposto e nelle siepi. Non hanno trovato nulla».

Kay gemette. «Non poteva essere così facile, vero?»

«Non abbiamo una gamba su cui reggerci», disse

Barnes, poi guai quando lei gli diede uno schiaffo sul braccio.

CAPITOLO UNDICI

Più tardi quel giorno, Kay si sforzò di sorridere mentre si alzava dalla sedia e tendeva la mano al candidato dal viso butterato, una volta che questi ebbe raccolto i suoi appunti e la giacca.

«La contatteremo», disse, e lo guidò verso la porta, indicandogli di proseguire senza di lei.

Dopo essersi assicurata che fosse fuori portata d'orecchio, si voltò verso Sharp. «Avresti pensato che se avesse fatto domanda per essere trasferito qui, avrebbe fatto qualche maledetta ricerca sul posto di lavoro», sibilò.

Lui alzò gli occhi al cielo in risposta e le fece cenno di uscire dalla stanza.

Lei raggiunse il candidato e, una volta accompagnato fuori dall'area della reception, si rivolse al sergente Hughes dietro la scrivania. «Dov'è il prossimo?»

Lui indicò con un cenno del capo una sala riunioni sul lato. «Lì dentro. Sembri aver bisogno di un drink».

«Ho già preso due caffè».

65

«Intendevo alcolico».

Lei sorrise. «Più tardi, Hughes».

Lui le fece l'occhiolino, poi lei si aggiustò la giacca e aprì la porta della sala riunioni.

Un uomo smise di camminare avanti e indietro nella stanza quando lei entrò e si girò di scatto.

I suoi capelli castani corti incorniciavano un viso rotondo che le sorrideva, le mani che lasciavano la cravatta che stava sistemando.

«Brendan Rhodes?»

«Ispettrice Hunter, è un onore conoscerla di persona». Rhodes si avvicinò a lei così velocemente che Kay fece un passo indietro con la bocca aperta.

Lui si fermò, un'espressione turbata gli attraversò il viso, poi tese la mano.

«Mi scusi, è solo che ho letto del suo caso contro Jozef Demiri l'anno scorso. È stato di ispirazione».

Lei socchiuse gli occhi. «Andiamo? L'Ispettore Capo Sharp ci sta aspettando».

«Certo, certo».

Kay tenne aperta la porta per lui, poi usò il suo badge per farlo passare attraverso la barriera di sicurezza accanto alla scrivania, ignorando il sorriso stampato sul viso di Hughes.

Sharp salutò Rhodes sulla porta della sala colloqui e alzò un sopracciglio interrogativo verso di lei.

Lei scosse la testa e si accomodò sulla sedia accanto a lui, aspettò che i due uomini si fossero sistemati e si schiarì la gola.

«Brendan, lei ha richiesto un trasferimento dall'East

Sussex per assumere la posizione di sergente detective presso la Polizia del Kent qui a Maidstone. Può dirci perché?»

Rhodes si agitò sulla sedia, un leggero rossore apparve sul collo che lentamente si fece strada verso le guance.

«Sono pronto per una nuova sfida e sento che il Kent offra più opportunità per un lavoro investigativo orientato ai risultati di quanto potrei vedere a Hastings».

Kay si morse forte il labbro per impedirsi di sorridere alla risposta preparata e fece cenno a Sharp di intervenire.

«Sono sicuro che l'East Sussex abbia la sua buona dose di sfide», disse lui. «Quali sono stati alcuni dei suoi recenti successi?»

Mentre Kay ascoltava Rhodes rispondere a ogni domanda posta, la monotonia della sua voce la distrasse e si ritrovò con i pensieri che tornavano all'indagine che continuava senza di lei nella stanza al piano di sopra.

Non vedeva l'ora di essere lì con i suoi colleghi, per approfondire le informazioni che avevano raccolto fino a quel momento e occuparsi delle numerose decisioni da prendere e delle azioni da intraprendere ogni pochi minuti.

Fu riportata al colloquio dal suono del suo nome.

«…Hunter. Sarebbe un onore e un vero punto culminante della carriera lavorare con lei. Dopotutto, è stata così coraggiosa ad affrontare Jozef Demiri».

Sharp riuscì a mascherare la sua risata con un finto starnuto.

Kay lo fulminò con lo sguardo prima di rivolgere la sua attenzione al candidato.

«Non so a quali voci lei abbia dato ascolto, signor

Rhodes, ma l'arresto di Jozef Demiri è stato uno sforzo di squadra che ha fatto seguito a un'indagine esaustiva. Temo che la Polizia del Kent, così come molte altre forze dell'ordine, veda di cattivo occhio gli individui che cercano riconoscimento per far avanzare la propria carriera».

Rhodes arrossì e, debitamente rimproverato, rispose al resto delle domande preparate con un'intensità nata da evidente imbarazzo.

Pochi minuti dopo, Kay chiuse il fascicolo davanti a sé mentre Sharp si alzava e ringraziava Rhodes prima di accompagnarlo all'area della reception, poi controllò l'orologio.

La squadra investigativa sarebbe stata ancora al piano di sopra, e lei voleva assicurarsi di essere presente per il briefing. Barnes era più che capace, ma sapeva per esperienza diretta che alcune delle migliori teorie potevano essere condivise tra il gruppo in quel momento, e voleva essere presente per galvanizzarli all'azione se necessario.

Dei passi raggiunsero le sue orecchie mentre Sharp tornava.

Le diede una pacca sulla spalla mentre passava, poi si appoggiò alla scrivania di fronte a lei, con l'angolo della bocca che tremava.

«Che ne pensi del tuo fan club di una sola persona?»

«Non è divertente. Non posso credere che abbia fatto domanda per il lavoro solo per poter dire ai suoi amici di avermi incontrata».

Lui non riuscì più a contenere l'ilarità e scoppiò a ridere.

«Smettila. Dammi qualche buona notizia, Devon».

«Il personale ha organizzato altri tre colloqui per domani».

Kay si sporse in avanti e appoggiò la testa sulle braccia mentre le sfuggiva un gemito.

«Preferirei un'autopsia a questo, qualsiasi giorno».

CAPITOLO DODICI

Il suono del campanello interruppe Kay a metà del classico brano degli Aerosmith che stava cantando, e lei si sporse sul piano di lavoro per abbassare il volume degli altoparlanti prima di asciugarsi le mani con un asciugamano.

Barnes e la sua compagna, Pia McLeod, erano sulla porta d'ingresso.

«Ehi, venite pure», disse Kay, spostandosi di lato. «Adam sta arrivando. Sto preparando le insalate».

«Abbiamo portato del vino», disse Pia. «Spero vada bene».

«Se è bianco e freddo, andrà benissimo», disse Kay con un sorriso.

Lei e Adam avevano conosciuto Pia poco più di un anno prima. Dopo che la figlia di Barnes, Emma, lo aveva tormentato per fargli perdere peso e aveva poi attaccato con ferocia il guardaroba fuori moda del padre, lui aveva ricominciato a uscire con qualcuno e non ci era voluto molto prima che trovasse di nuovo l'amore nella sua vita.

Intelligente, divertente e avvocato specializzato in compravendite immobiliari in uno studio locale, Pia era la compagna perfetta per l'umorismo burbero di Barnes, e le due coppie avevano trascorso molto tempo a casa gli uni degli altri nei mesi successivi.

Kay invidiava il modo in cui Pia si muoveva con grazia lungo il corridoio sui suoi sandali con tacco di sette centimetri. Se lei avesse provato a indossare qualcosa di simile, si sarebbe rovinata le caviglie in pochi minuti.

Kay li seguì in cucina, poi prese un coltello e iniziò a tagliare i pomodori mentre Barnes e Pia si servivano, a loro agio in casa sua.

Barnes allungò la mano per alzare un po' il volume degli altoparlanti e sorrise mentre versava una bottiglia di birra in un bicchiere da pinta.

«Ancora ad ascoltare la vecchia musica?»

«Non c'è niente di meglio».

«Vuoi che vada ad accendere il barbecue?»

«Sarebbe fantastico, grazie».

Mentre Barnes prendeva la sua pinta di birra e si dirigeva verso la porta sul retro, Pia si unì a lei al piano di lavoro.

«Posso fare qualcosa?»

Kay diede un'occhiata agli ingredienti per l'insalata di fronte a lei. «Nonostante quello che Adam potrebbe dire su di me e la cucina, credo di avere tutto sotto controllo».

Quindici minuti dopo, i tre erano riuniti intorno al tavolo da esterno in teak e godevano della brezza che solleticava l'aria.

Kay dava le spalle alla casa e assaporava la vista del giardino - non aveva il pollice verde per natura, ma le piaceva armeggiare nell'aiuola su cui stava lavorando dalla primavera.

Barnes aveva preso il comando del barbecue, e il debole suono del gas sibilava nell'aria.

«Non ho mai capito perché Adam ne usa uno a gas», disse, sedendosi accanto a Pia e facendo tintinnare il suo bicchiere contro i loro.

«Credo che lo trovi più facile da pulire rispetto a quelli a carbonella», disse Kay, rilassandosi sulla sedia.

«Non è la stessa cosa però. Devi ammettere che c'è qualcosa di molto estivo nel fumo del barbecue che si diffonde per il giardino».

«È anche rilassante, non è vero?» disse Pia. «Mi riporta all'infanzia».

«Anche a me. E, comunque-» Barnes si interruppe, la bocca spalancata prima di riprendersi. «Che diavolo è quello?»

Un belato lamentoso raggiunse le orecchie di Kay, e quando si girò a guardare oltre la spalla, sbuffò birra fredda dal naso.

«Oh, mio Dio», disse, tossicchiando. Allungò la mano verso un tovagliolo e si pulì, poi si voltò mentre Adam appariva sul gradino sul retro con un vassoio di carne in mano.

Indicò la capra in miniatura che era sbucata dalla porta pochi secondi prima. «Che diavolo ci fa quella nel nostro giardino?»

Adam posò il vassoio sul tavolo, salutò velocemente Barnes e Pia, poi si batté le mani sui jeans.

La capra saltellò sul prato verso di lui e gli sbatté contro la gamba mentre lui le grattava il pelo color fulvo.

«Questa è Misha».

«Che ci fa qui?»

«Tiene bassa l'erba».

Barnes rise, e Kay lo fulminò con lo sguardo.

«Non è divertente».

«Questa volta si è superato - ammettilo».

Lottò per mantenere un'espressione seria mentre osservava l'animale dal pelo ispido. Nonostante le sue proteste, dovette ammettere che Misha era carina.

Quando però la capra lasciò il fianco di Adam e si avvicinò a lei zoppicando, notò che claudicava.

«Cosa ha che non va?»

«Ho dovuto tagliarle gli zoccoli questa mattina - il centro di soccorso che sponsorizziamo l'ha accolta ieri dopo che il suo proprietario ha detto che non poteva più occuparsene, e la procedura l'ha lasciata un po' dolorante alla zampa anteriore sinistra. L'ho presa dopo essere stato dal macellaio al Green. Starà bene tra una settimana o giù di lì, ma ho pensato che sarebbe stata più felice qui con un po' di compagnia piuttosto che chiusa in un recinto alla clinica mentre guarisce».

«Oh, poverina».

Ignorò le risate degli altri mentre si sporgeva per grattare Misha tra le orecchie, e si rese conto che le sarebbe piaciuto avere l'animale come ospite. Di solito era così quando Adam portava a casa ospiti insoliti - tranne quella volta che si era preso cura di un serpente malato.

«Sarà al sicuro qui?»

«Dovrebbe esserlo, sì - Ian, se non ti dispiace volevo chiederti se mi daresti una mano a costruire un recinto per lei dopo che avremo mangiato? Sono andato al negozio di ferramenta questa mattina e ho preso quello che ci servirà».

«Certo, nessun problema».

Kay si raddrizzò e notò l'anello di rete metallica che Adam aveva già posizionato contro il lato più lontano della casa. Amava le volpi urbane che si aggiravano nel quartiere, ma Misha non sarebbe stata in grado di difendersi da loro. Almeno ora, mentre stava con lei e Adam, sarebbe stata al sicuro di notte, soprattutto perché lui aveva anche portato a casa una delle grandi gabbie dalla clinica da mettere in un angolo del recinto improvvisato.

«Siediti, ti prendo una birra», disse, e si diresse in cucina.

Kay poteva sentire gli altri che facevano le feste alla capra in miniatura mentre prendeva altre bevande dal frigorifero, e quando tornò sul patio, Adam aveva agganciato il collare di Misha a un lungo guinzaglio che aveva fissato a uno dei tubi di scarico sul lato della casa.

La capra lo guardò male, ora posizionata a diversi passi dal tavolo pieno di cibo.

Anche Kay dovette ridere mentre riempiva i bicchieri e porgeva ad Adam una pinta della sua birra artigianale preferita.

«Sta facendo il broncio».

«Può fare il broncio quanto vuole. Questa insalata sembra favolosa, e lei non ne avrà».

Un belato lamentoso raggiunse le loro orecchie.

«Devo dire che sono sorpresa che non abbiate rimandato», disse Pia mentre Adam si avvicinava al barbecue e iniziava a sistemare la carne da cuocere. «Ian mi ha detto che avete tra le mani un caso particolarmente brutto al momento».

«Stavo per farlo, ma poi ho pensato che potrebbero passare alcune settimane prima che ci riunissimo di nuovo», disse Kay. «Immagino che dovremo fare molte ore di straordinario per un po' ora».

Barnes si sporse in avanti e lasciò cadere un nocciolo d'oliva nel contenitore di ceramica al centro del tavolo. «Sono d'accordo. Non vedevo l'ora che arrivasse questo momento. Ne è valsa comunque la pena solo per vedere la tua faccia, Hunter, quando è apparsa quella capra».

«Molto divertente».

CAPITOLO TREDICI

Geoffrey Cornwell si svegliò presto dopo che la promessa di una perfetta giornata estiva si era fatta strada attraverso le fessure delle persiane della finestra della camera da letto un'ora prima che la sveglia dovesse suonare.

Non gli dispiaceva; preparò una tazza di tè per sua moglie, la lasciò sul comodino e le diede un leggero colpetto per svegliarla, prima di scendere al piano di sotto e sedersi sul patio con il suo caffè e il giornale.

Il loro cane, un Beagle di nome Alan - un'eredità di quando i bambini erano troppo piccoli per saperne di più e troppo insistenti perché lui potesse rifiutare - sedeva accanto a lui, cercando pigramente di acchiappare le mosche che li infastidivano.

Il suo turno iniziava alle sette.

Arrivato al sito della cava dismessa, passò il suo badge di sicurezza sul pannello al cancello, guidò la sua auto attraverso l'apertura e trasferì il suo portapranzo e la bottiglia d'acqua nella sala del personale prima di prendere le chiavi del macchinario che avrebbe operato.

Sbatté le palpebre e usò la manica della sua camicia a maniche lunghe ad alta visibilità per asciugare il sudore che gli solleticava la fronte.

A metà mattina, la temperatura stava salendo vertiginosamente.

Geoffrey regolò i comandi dell'escavatore e lasciò vagare la mente alla partita di freccette a cui avrebbe partecipato quella sera. Alan lo avrebbe accompagnato, ovviamente. Il cane aveva un debole per gli snack al formaggio che venivano venduti dietro il bancone del The Blue Anchor, e li otteneva solo quando Mary non era in giro per vedere.

Mancavano ancora sei ore, però, e la giornata si stava rivelando lunga.

L'aria condizionata nella cabina dell'escavatore aveva smesso di funzionare un paio di mesi prima, e nessuno si era preoccupato allora - l'estate era arrivata tardi nel sud dell'Inghilterra, e il pensiero di sostenere una spesa non necessaria non era ovviamente in cima alla lista delle cose da fare dei suoi datori di lavoro in quel momento.

Ora desiderava potersi togliere la camicia di dosso.

La cabina aveva piccole finestre su ogni lato, ma quelle erano state progettate per regolare gli specchietti e nient'altro. Poteva catturare una brezza attraverso di esse solo quando girava il macchinario verso sinistra prima di far oscillare la benna e attaccare di nuovo la discarica davanti a lui.

Non era abbastanza.

Passando la lingua sulle labbra secche, manovrò i comandi sopra i rifiuti di vegetazione e il terreno. Avrebbe lavorato altri dieci minuti, poi avrebbe fatto una pausa e sarebbe andato all'ufficio del cantiere per riempire la sua bottiglia d'acqua.

Per Mary era tutto a posto - lavorava in uno degli showroom di auto locali in un ufficio all'avanguardia con aria condizionata canalizzata, e spesso si lamentava che faceva troppo freddo. Geoffrey aveva riso quella mattina dopo che lei era apparsa al piano di sotto con un cardigan appoggiato sul braccio, e si chiedeva come lei avrebbe affrontato il calore nella cabina.

Probabilmente lo avrebbe apprezzato.

Si costrinse a concentrarsi, il raschio e lo strattone della benna sulla terra erano un ritmo instabile che scuoteva la cabina ogni volta che incontrava una roccia.

Quella mattina, aveva rabboccato l'olio e rifornito il serbatoio di diesel prima di iniziare il turno. Nei vecchi tempi, chiunque usasse il veicolo il giorno prima si assicurava che il serbatoio fosse pieno per il turno dell'uomo successivo, ma con l'aumento dei furti, la recente posizione dei suoi datori di lavoro e il cambio di procedura avevano senso.

Ora, teneva d'occhio la macchina mentre lavorava, le sue mani che si muovevano automaticamente sui joystick.

Alzò lo sguardo verso il punto in cui uno degli altri lavoratori del turno operava un secondo escavatore a poche centinaia di metri di distanza.

Ognuna delle macchine lavorava in modo autonomo, il suo operatore scavava attraverso i rifiuti che non potevano essere inviati all'inceneritore di Allington e convertiti in energia per l'area circostante.

Il loro ruolo era quello di separare ciò che poteva essere riciclato, poi seppellire ciò che rimaneva.

Da quando aveva iniziato a lavorare nel sito due anni prima, lui e Mary erano diventati sempre più consapevoli di ciò che acquistavano - l'enorme spreco che incontrava ogni giorno lo aveva scioccato, ed era stato un sostenitore convinto quando i suoi datori di lavoro avevano annunciato che avrebbero recuperato più rifiuti verdi attraverso cui l'escavatore ora scavava e li avrebbero venduti come pacciame per giardino.

Geoffrey fece girare la macchina verso destra e angolò la benna verso il successivo cumulo di rami e terra aggrovigliati, e poi si bloccò.

Oltre il finestrino graffiato e sporco della cabina, il braccio dell'escavatore pendeva nell'aria, in attesa della sua prossima manovra.

Non si mosse.

Mezzo metro sotto la benna, i rifiuti smossi della zona locale si spalancavano davanti a lui.

E, appollaiato in cima al mucchio di terra che aveva rivoltato, c'era un oggetto che sarebbe stato fonte di incubi per settimane, se non mesi.

Allungò la mano, mise i comandi in posizione neutra, poi spense il motore e spalancò la porta.

Le sue gambe tremavano mentre scendeva dalla cabina, le mani che si aggrappavano alle barre di sicurezza su ogni lato. Quando raggiunse il suolo, si fermò per un momento, con lo stomaco in subbuglio.

Deglutì, combattendo la bile che gli saliva in gola, e lanciò uno sguardo verso il terreno esposto.

Poteva essere lì solo da pochi giorni. Il suo ruolo nella discarica era quello di smistare e trasferire i rifiuti in arrivo in modo che potessero essere elaborati da altri altrove nel sito, e un nuovo mucchio si stava già formando dall'altro lato degli edifici degli uffici.

Geoffrey espirò, raddrizzò le spalle e si mosse verso di esso.

Si fermò prima di raggiungere la benna dell'escavatore, i suoi intestini che si liquefacevano.

Davanti a lui, con i denti che ghignavano al suo disagio e shock, c'era un teschio umano bruciato e annerito.

CAPITOLO QUATTORDICI

Kay osservava il corvo nero mentre si pavoneggiava tra il groviglio di radici e rami abbandonati. Ogni pochi passi, si fermava e affondava il becco nella vegetazione in decomposizione prima di riprendere il suo cammino lungo il bordo della discarica.

Sopra di lei, i gabbiani volteggiavano nell'aria, le loro grida le facevano correre un brivido lungo le spalle.

«Ecco qui».

Si voltò e prese la tuta protettiva di plastica che uno degli investigatori della scientifica le porgeva.

«Grazie», disse, e infilò i piedi nei copriscarpe abbinati. Si raddrizzò e si rivolse a Barnes che stava chiudendo la zip della tuta che aveva indossato sopra la camicia e i pantaloni. «Pronto?»

«Sì. Andiamo a dare un'occhiata».

Kay alzò lo sguardo verso il gruppo di persone che si aggirava all'estremità opposta del sito.

Un escavatore abbandonato torreggiava su Harriet mentre impartiva istruzioni alla sua squadra, mentre uno dei suoi fotografi era accovacciato ai piedi del cumulo di rifiuti che era stato circondato dal nastro della scena del crimine.

Era contenta di vedere che i primi soccorritori avevano preso l'iniziativa e creato un ampio perimetro che includeva l'escavatore e i materiali messi da parte per il recupero. Uno degli agenti si trovava all'ingresso della scena del crimine, con un blocco per appunti in mano mentre registrava il nome di ogni persona.

Quando lei e Barnes erano arrivati alla discarica, altri quattro agenti stavano esaminando l'elenco e intervistando ogni membro del personale e i loro responsabili.

A causa dell'ambiente pericoloso e del rischio di crollo delle montagne di rifiuti dovuto al numero di persone presenti, i proprietari avevano insistito per avere un massimo di mezza dozzina di membri della sua squadra all'interno del perimetro in qualsiasi momento.

Questo rallentava il progresso, ma nessuno avrebbe discusso. La sicurezza doveva venire prima di tutto.

Kay arricciò il naso per il fetore di vegetazione in decomposizione e invidiò la squadra di Harriet per le loro maschere. Imprecò sottovoce quando la sua caviglia si piegò sul terreno irregolare, poi mormorò un ringraziamento quando Barnes allungò la mano per stabilizzarla.

«So che sei ansiosa di vedere un altro cadavere, capo, ma vai piano. Non andrà da nessuna parte».

Le labbra di Kay si assottigliarono, e socchiuse gli occhi nella luce intensa del sole che si rifletteva sulla vernice del macchinario.

«Dov'è l'autista?»

«È il tizio a sinistra dell'escavatore - quello più alto. Lavora qui da due anni; è del posto. Gli agenti hanno raccolto una prima dichiarazione».

«D'accordo. Vediamo cosa abbiamo, e poi gli parleremo».

Attese al nastro della scena del crimine mentre Harriet finiva di parlare con Charlie, il suo fotografo, prima di voltarsi verso i due detective e far loro cenno di avvicinarsi.

Kay scarabocchiò il suo nome sul blocco per appunti che le era stato offerto, lo restituì all'agente di polizia e si chinò sotto il nastro.

Harriet indicò un sentiero che era stato tracciato attraverso la scena del crimine per assicurarsi che nessuna prova fosse contaminata e attese mentre i due detective lo percorrevano per raggiungerla.

«Ci vorrà un po' di tempo, ma posso confermare che il cranio è umano», disse. «Abbiamo trovato anche altri resti - forse sezioni di un femore, tre dita e una scapola. Tutti sono stati bruciati».

«Pensi che sia la stessa vittima del piede amputato?» chiese Barnes.

Harriet li guardò entrambi per un momento, poi allungò la mano e la posò sul braccio di Kay prima di condurli più lontano dalla piccola folla di curiosi.

«Al momento lo stiamo tenendo riservato, ma credo che qui abbiamo due vittime».

«Due?» Kay lanciò un'occhiata oltre la spalla al terreno esposto.

«I frammenti dell'osso del femore sono troppo piccoli per corrispondere all'osso della caviglia che abbiamo trovato», disse Harriet. «Considerata l'entità del danno, dovrò far venire un antropologo forense per assistere nell'identificazione».

«Immagino che ci vorrà un po' prima di sapere se questi due casi sono collegati».

Harriet si grattò i capelli attraverso il cappuccio di plastica che le copriva la testa. «Non voglio pensare che ci sia più di una persona che fa questo».

«Come diavolo farete tu e Lucas a identificarli?» disse Barnes.

«La combustione non distrugge tutte le prove - saremo ancora in grado di cercare tracce di DNA dai denti, per esempio. Con un po' di fortuna, potremmo essere in grado di estrarre abbastanza dettagli per vedere se il metodo di amputazione sulle altre ossa era lo stesso della caviglia».

Kay passò in rassegna con lo sguardo i rifiuti rimanenti che erano stati scaricati nella discarica e trattenne un sospiro.

«Suppongo che non possiamo essere sicuri che non ci sia altro qui».

Harriet indicò un'area che era stata delimitata oltre la loro posizione. «Quando siamo arrivati, abbiamo parlato con i proprietari e abbiamo accertato l'età di ogni sezione della discarica. Dove siamo ora è la più recente - tutto questo è stato raccolto negli ultimi due mesi. Tutto quello che si trova là è più vecchio di sei mesi ed è destinato ad essere trattato nelle prossime settimane. Abbiamo intenzione di esaminare questo materiale più recente nei prossimi giorni, e se avete bisogno che lo facciamo - se pensate che il nostro assassino sia stato attivo più a lungo, intendo - allora il proprietario lascerà i rifiuti più vecchi in situ finché non avremo avuto la possibilità di esaminarli».

«Quante persone hai a disposizione per lavorare su questo?» disse Kay.

«Una mezza dozzina».

Kay non disse nulla, ma l'immensità del compito che attendeva la squadra di Harriet era evidente.

Harriet li riportò dove era stato trovato il cranio e si accovacciò accanto ad esso. Passò il mignolo lungo la base dell'osso.

«Questa sembra una ferita da trauma contusivo. Lucas sarà in grado di dirvi qualcosa di più».

«Quindi, uccide e poi fa a pezzi il corpo della vittima». Kay aggrottò la fronte. «Ci sarebbe molto sangue - e non sarebbe facile da fare».

«Per non parlare del fatto che potrebbe trasportare i resti», disse Barnes. «Forse è così che ha perso il piede».

«E dà fuoco alle parti, poi le scarica qui». Kay aggiunse. «Un bel rischio muoversi così tanto in giro».

«Kay? Chiunque abbia fatto questo non si aspettava di essere preso», disse Harriet, alzandosi in piedi e spazzolando i guanti sulla tuta.

«Pensi che l'abbia già fatto prima?»

L'agente della scientifica si morse il labbro e gettò uno sguardo attraverso la discarica verso un piccolo gruppo di appaltatori che si aggirava, poi tornò a Kay. «È più di quanto la mia opinione professionale mi permetta di considerare».

«Cosa ti dice l'istinto?»

Harriet espirò, corrugando la fronte. «Penso che dobbiate trovarlo. Prima che lo faccia di nuovo».

CAPITOLO QUINDICI

Kay e Barnes lasciarono Harriet a supervisionare la sua squadra e si tolsero le tute protettive una volta raggiunto il perimetro.

Un investigatore della scientifica prese gli indumenti dismessi e li gettò in un contenitore per rifiuti biologici per evitare contaminazioni, poi Kay si diresse il cammino verso il punto in cui l'operatore dell'escavatore era in piedi con un collega e l'agente Parker.

L'operatore sembrava avere una sessantina d'anni, con una zazzera di capelli grigio-castani scompigliati dalla brezza che soffiava sul sito, e un'espressione preoccupata sul volto.

«Capo? Questi sono Niles Whitman e Geoffrey Cornwell», disse Parker.

«Mi chiami Geoff». L'uomo tese la mano, e Kay notò la stretta decisa mentre la stringeva.

Nonostante lo shock della scoperta, Cornwell sembrava reggere bene.

Si voltò verso Whitman. «C'è un posto dove possiamo parlare, lontano da qui?»

Il responsabile del sito indicò con il pollice alle sue spalle. «C'è un'area di sosta fuori dall'ufficio del cantiere. Deserta al momento, ma ci sono tavoli e sedie. Andrà bene?»

«Perfetto. Ci porti lì».

Kay scacciò una mosca che le ronzava troppo vicino al viso e seguì Whitman e Cornwell attraverso il terreno sconnesso e smosso, evitando i profondi solchi lasciati dai macchinari usati nel sito.

Whitman indicò un tavolo di metallo arrugginito e quattro sedie da campeggio intorno ad esso. «Eccoci qui».

«Grazie», disse Kay. «Le dispiace se parliamo con Geoff da soli per un momento, e poi ci metteremo in contatto con lei?»

Il responsabile si strinse nelle spalle. «Nessun problema».

Kay lo osservò mentre si spostava a un tavolo all'estremità opposta dell'area di sosta, poi estrasse una sedia e si sedette accanto all'operatore dell'escavatore, aspettando che Barnes tirasse fuori il suo taccuino dalla tasca della giacca.

«So che ha già rilasciato una dichiarazione ai nostri colleghi quando sono arrivati stamattina presto, Geoff, ma mi chiedevo se potessi farle qualche altra domanda».

Cornwell si grattò l'orecchio, poi lasciò cadere le mani in grembo. «Va bene».

«Può dirmi con parole sue cosa è successo questa mattina?»

«Ho iniziato il mio turno alle sette come al solito,

suppongo che fossero passate circa due ore quando stavo lavorando dove l'escavatore è parcheggiato ora».

«Ha visto qualcuno nella discarica prima di arrivare in quella zona?»

«No. Quando un cumulo di rifiuti raggiunge una certa dimensione, indirizziamo il pubblico a scaricare i rifiuti dall'altro lato del sito. Questo sarebbe avvenuto una settimana fa. Impedisce che diventi troppo alto, così non cade su qualcuno ferendolo».

«Quindi, alternate tra le due aree?»

«Esatto».

«Va bene. Cosa è successo dopo?»

«All'inizio ho pensato potesse essere un cane. Ti sorprenderebbe sapere quante persone non vogliono pagare per i servizi di sepoltura degli animali domestici o non possono scavare una buca in fondo al giardino perché sono in affitto, quindi li scaricano qui». Rabbrividì, poi deglutì. «Sapete cosa gli è successo?»

Kay fece un leggero cenno a Barnes. Non aveva senso dire a Cornwell che Harriet e la sua squadra avevano scoperto più di un corpo.

«Non ancora», disse. «Ma lo scopriremo. È tornato subito all'ufficio del cantiere?»

«Non immediatamente, no. Suppongo fossi sotto shock. Ho spento il motore - non sono sicuro di quanto tempo sia rimasto seduto lì. Alla fine, sono sceso dalla cabina per dare un'occhiata più da vicino. Non potevo credere a quello che stavo vedendo. Quando mi sono reso conto che avevo ragione, sono corso all'ufficio del cantiere e ho fatto chiamare la polizia da Ian».

Si passò una mano tremante sulla bocca. «Non posso crederci. Chi farebbe una cosa del genere?»

Kay guardò oltre la spalla dell'uomo verso il punto in cui Whitman era seduto e gli fece cenno di avvicinarsi.

«Geoff, grazie mille per aver parlato con noi. So che ha avuto un bello shock, quindi lo apprezzo. Potremmo metterci in contatto nei prossimi giorni con qualche altra domanda, ma per ora può bastare».

Cornwell annuì, poi si batté le mani sulle cosce e si alzò in piedi. «Suppongo sia meglio che torni al lavoro».

Whitman fece un passo avanti. «Geoff, prenditi il resto della settimana libero. Seriamente, dopo lo shock che hai avuto oggi, non è un problema. E parla con il tuo medico se ne hai bisogno, ok?»

L'uomo sbatté le palpebre, poi le sue spalle si rilassarono. «Grazie, Niles. Lo apprezzo».

«Ha bisogno di un passaggio a casa?», disse Kay.

«No, va bene così - ho l'auto di mia moglie qui. Starò bene».

Lo guardò allontanarsi dal tavolo, con lo sguardo rivolto ai macchinari abbandonati, poi si girò e si protesse gli occhi dalla luce del sole che rimbalzava sul parabrezza di un altro escavatore. Scrutò l'imponente accumulo di vegetazione e altri rifiuti verdi che arava.

«Cosa succede a tutto questo, signor Whitman?»

«Gli operatori degli escavatori separano inizialmente i materiali più piccoli per il riciclaggio, poi i pezzi più grandi vengono frantumati e lavorati». Whitman indicò l'altra parte del sito. «Il materiale piccolo viene passato attraverso quei grandi cippatori e rivenduto al pubblico e ai comuni locali come pacciame per il giardinaggio ornamentale».

«Cippatori?» Kay si girò e vide Barnes alzare un sopracciglio verso di lei.

«Quando sono stati operativi l'ultima volta?», disse a Whitman.

L'uomo impallidì. «Circa quattro giorni fa. Non penserete che-»

S'interruppe e guardò verso il punto in cui l'altro escavatore si muoveva avanti e indietro, spalando rifiuti verdi verso un cumulo crescente, vicino a uno degli edifici temporanei.

«Ho bisogno che lei fermi le operazioni laggiù finché i nostri tecnici della scientifica non avranno esaminato quello che avete smistato finora», disse Kay.

Fortunatamente il responsabile del sito non discusse, estrasse una radio dalla cintura e trasmise il messaggio.

Un crepitio di statica precedette l'arresto del motore della macchina, e un momento dopo l'operatore scese dalla cabina, alzando la mano nella loro direzione.

Whitman si voltò verso Kay. «C'è altro di cui ha bisogno?»

«Non è che per caso tenete un registro di chi porta qui i rifiuti da riciclare?»

Lui scosse la testa. «No, ma abbiamo una telecamera ai cancelli del complesso che fotografa le targhe dei veicoli quando entrano. Può esservi d'aiuto?»

«Prenderemo il nastro, grazie» disse Kay. «Avremo bisogno di un elenco completo dei nomi delle persone che lavorano qui, così come di tutti i collaboratori esterni che utilizzate di tanto in tanto».

Un'ombra attraversò il suo volto. «Le persone che lavorano qui sono affidabili, detective».

«Ne sono sicura, ma è routine per noi controllare ogni aspetto, senza contare che uno dei vostri dipendenti potrebbe aver notato qualche attività sospetta». Il suo sguardo tornò alla Scientifica che lavorava metodicamente sul terreno rigonfio davanti a loro, segnando i loro progressi man mano che veniva scoperto ogni nuovo ritrovamento. «Dobbiamo trovare chi ha fatto questo».

Rimproverato, l'uomo si strinse nelle spalle. «Va bene. Farò in modo che una delle ragazze in ufficio ve li invii per email».

«Grazie» disse Kay, e gli consegnò il suo biglietto da visita prima di chiamare Parker. «Uno dei miei agenti l'accompagnerà in ufficio così potrà prendere una copia delle riprese delle vostre telecamere di sicurezza».

Whitman si voltò e si incamminò attraverso la terra smossa verso la fila di cabine temporanee ai margini esterni del sito, con il telefono cellulare all'orecchio, mentre Parker lo seguiva in fretta.

«Che ne pensi?» chiese Barnes.

«Penso che Harriet abbia ragione. Chiunque abbia fatto questo ha avuto pratica. Come diavolo è riuscito a rimanere nascosto, Ian?»

«Fortuna» disse Barnes. «A volte, è tutto ciò che serve».

Kay arricciò il naso per il fetore di vegetazione marcescente mentre passava in rassegna con lo sguardo i mucchi di spazzatura e cercava di ignorare la sensazione di sprofondamento nel suo cuore.

«Non oso pensare a quante altre vittime ci siano là fuori».

CAPITOLO SEDICI

Barnes si tolse la cravatta, la piegò, poi la gettò sulla sua scrivania prima di farsi strada tra gli agenti riuniti.

Kay si spostò di lato quando lui la raggiunse, e lui le fece un rapido cenno con la testa.

«Grazie, capo. Bene, tutti. Carys ha confermato che abbiamo una lista di nomi del personale e dei collaboratori del Consiglio Comunale, ma tutti questi risultano in regola. Nel frattempo, le riprese delle telecamere di sicurezza dall'ufficio della discarica sono arrivate tre ore fa. L'agente Aaron Stewart e i suoi colleghi in divisa ci hanno aiutato a esaminarle tutte, concentrandoci sugli scarichi effettuati nei sette giorni precedenti alla scoperta».

Fece una pausa mentre Gavin si spostava verso la porta e azionava gli interruttori della luce su un lato, immergendo la sala riunioni in un falso crepuscolo. Il proiettore ronzò prendendo vita, e un'immagine apparve sulla parete liscia accanto alla lavagna. Barnes puntò il telecomando verso di esso, e l'immagine iniziò a riprodurre la sequenza.

«La qualità è scadente, e la telecamera sul retro dell'edificio non funziona affatto», disse. «Tuttavia, abbiamo ottenuto questo».

Mise in pausa la registrazione mentre un pickup di colore chiaro si avvicinava ai cancelli.

«È lo stesso veicolo?» chiese Carys, sporgendosi in avanti sulla sedia.

«Pensiamo di sì».

«Ha le targhe», disse Kay.

Barnes annuì. «Le ha, e le abbiamo già controllate nel database nazionale della polizia. Sono state rubate da una Ford Mondeo parcheggiata all'outlet di Ashford il mese scorso».

Un gemito collettivo riempì la stanza.

«Cosa, quindi mette delle targhe rubate per scaricare le parti del corpo?» disse Gavin. «Possiamo ottenere una foto del suo viso da questo video?»

«Purtroppo no. È ovviamente familiare con il posto, perché fa di tutto per evitare che il suo viso venga visto. È già stato lì prima».

«Qualcuno dei dipendenti o dei collaboratori di Whitman riconosce il veicolo?» chiese Kay mentre si appollaiava sulla scrivania di Debbie.

«No, il che mi fa pensare che sia rubato anche quello», disse Barnes, «soprattutto perché lo abbiamo visto nelle riprese di sicurezza di David Carter senza targhe».

«Un bel rischio guidare in giro senza targhe fino ad arrivare alla discarica», disse Carys.

«Probabilmente ha percorso strade secondarie», disse Gavin. «Ci sono molti posti dove nascondersi fino a quando non ha potuto scaricare le parti del corpo».

«Non ne sono sicura», disse Kay. «Questo veicolo è scomparso per due giorni interi tra le telecamere di Carter e queste. Quindi, dove è andato?»

«E dove ha nascosto le parti del corpo?» disse Barnes. Fece cenno a Gavin di riaccendere le luci e restituì il briefing a Kay mentre il fascio del proiettore si attenuava.

Lei tracciò una linea verticale su un lato della lavagna, poi si voltò di nuovo verso la squadra.

«Va bene. Chiunque sia questo individuo, ha i mezzi per uccidere qualcuno e smembrare parti del corpo senza essere disturbato. Per qualche motivo, decide di trasportare quelle parti in un altro luogo. Poi, scarica i resti in discarica. Facciamo un brainstorming. Che lavoro fa che gli permette di avere gli strumenti e il nascondiglio per commettere un omicidio e cercare di disfarsi dei corpi, e che diavolo cerca di ottenere provando a bruciarli? Perché non seppellire le parti dove li ha uccisi?»

Fece un cenno al sergente in uniforme che aveva alzato la mano. «Sì?»

«Potrebbe aver avuto intenzione di seppellirli, capo, ma non abbiamo avuto piogge decenti per oltre due settimane. Il terreno è duro come una roccia qui in questo momento».

«Buon punto. Qualcun altro?»

«L'hai detto tu quando eravamo alla discarica prima», disse Barnes. «Avrebbe fatto un casino infernale. Tutti sottovalutano quanto sangue c'è effettivamente nel corpo umano. Quindi, deve avere un posto che può usare senza essere disturbato».

«E con un buon drenaggio», disse Carys.

«Il rapporto di Lucas ha confermato che non sono stati

utilizzati attrezzi elettrici», disse Gavin mentre sfogliava i suoi appunti, «quindi il nostro assassino deve essere fisicamente forte e avere accesso a strumenti manuali che potrebbero infliggere questo tipo di ferite da taglio».

Kay fece scorrere lo sguardo sulla cronologia che aveva scritto sulla lavagna. «Non c'è nemmeno un modello chiaro. Non c'è nulla che indichi se la persona responsabile di questo l'abbia fatto prima o lo farà di nuovo».

Rimise il tappo alla penna e la gettò sulla scrivania accanto a lei con frustrazione. «È come se fosse uscito per commettere una serie di omicidi, e poi si fosse fermato».

«Pensi che l'abbia già fatto prima?» disse Gavin.

Lei strinse le labbra. «Purtroppo, sì, lo penso. Con l'eccezione del piede, è quasi come se avesse fatto pratica».

«Forse non ucciderà più», disse Debbie. «Forse ha fatto quello che si era prefissato di fare».

«In ogni caso, non ci aiuta», disse Kay. «Se si sta nascondendo, dobbiamo comunque trovarlo e portarlo alla giustizia per quello che ha fatto. E, se non ha finito, dobbiamo fermarlo prima che lo faccia di nuovo».

Si voltò di nuovo verso la lavagna con un sospiro e si passò una mano tra i capelli.

«E, non abbiamo ancora idea del perché lo stia facendo».

CAPITOLO DICIASSETTE

Kay spinse via una pila di cartelline, diede un'occhiata alla crescente lista di e-mail sullo schermo del computer e lasciò andare un gemito.

L'ultimo membro della squadra investigativa se n'era andato mezz'ora prima, e la sala operativa era silenziosa, fatta eccezione per un moscone errante che si stava sbattendo contro la finestra sopra la scrivania di Debbie nel disperato tentativo di fuggire.

Controllò l'orologio, sorpresa nello scoprire che erano quasi le sette. Era stata così assorta nel suo lavoro da non aver sentito il rombo dell'aspirapolvere. Le addette alle pulizie erano già alla fine del corridoio esterno, avevano quasi finito il loro lavoro.

Si chinò in avanti e appoggiò la testa tra le mani, chiudendo gli occhi per un momento.

Quattro giorni dall'inizio di un'indagine importante, ed erano ancora lontani da una svolta di qualsiasi tipo, era frustrante.

Dei passi risuonarono nel corridoio, seguiti da voci

flebili, e il lieve *click* della porta della sala operativa che veniva aperta le raggiunse le orecchie.

Kay tenne la testa china, ripercorrendo gli scenari che conosceva a memoria e preparando mentalmente nuovi compiti per la sua squadra quando sarebbero tornati la mattina dopo. Era vitale mantenere il loro slancio; erano affiatati e laboriosi, ma presto la frustrazione avrebbe iniziato a manifestarsi.

Essendo stata responsabile della risoluzione di un caso irrisolto dagli archivi, non intendeva aggiungerne un altro al suo posto.

Percepì qualcuno avvicinarsi e aprì gli occhi mentre una tazza fumante di tè veniva posata sulla scrivania accanto a lei.

«Pensavo che potesse servirti», disse Sharp, e si sedette su una sedia accanto a lei. «Che ci fai ancora qui?»

Lei agitò la mano verso la pila di scartoffie. «Non ho un sospettato. Nessuna scena del crimine. Nessuna idea di chi siano le vittime».

Lui sbirciò oltre la sua spalla verso la lavagna all'estremità della stanza. «Sembra che tu abbia seguito un approccio esaustivo. A volte queste cose richiedono più tempo di quanto vorremmo. Ci arriverai».

Kay sospirò e allungò la mano verso il tè, ma Sharp scosse la testa.

«Aspetta. Sembra che tu abbia bisogno di qualcosa di più forte. Torno subito».

Il suono di un cassetto dell'archivio che veniva aperto e poi sbattuto precedette il suo ritorno, con una bottiglia di single malt in mano.

Kay aggrottò le sopracciglia. «Non sapevo che tenessi una bottiglia di quello chiusa a chiave nel tuo archivio».

«Il posto più sicuro. Almeno Barnes non può metterci le mani sopra».

Sorrise, prese le loro tazze e le portò all'angolo cucina, le sciacquò prima di tornare e versare una dose singola del liquore in ciascuna.

«Salute».

Kay fece tintinnare la sua tazza contro quella di lui, prese un sorso e si lasciò cadere nella sedia.

«Dove sei stato, comunque? Non ti vedo da qualche giorno».

«Al quartier generale».

«Problemi?»

«No, solo politica. Come al solito». Allungò il collo per guardare la lavagna all'estremità della stanza. «Pensi che i due corpi nella discarica siano collegati al piede?»

«Lo spero. Odierei pensare che ci siano due mostri del genere là fuori che fanno queste cose».

«Qualche idea su a chi appartengano i resti?»

«No. Harriet ha ingaggiato un antropologo forense per i corpi della discarica - dice che anche se i resti sono bruciati, potrebbero essere in grado di estrarre DNA e altri dettagli che potrebbero aiutare».

Sharp si voltò di nuovo verso di lei. «So che sei frustrata, ma datti tempo. Non tutti i casi vengono risolti nei primi giorni».

«Lo so, capo, ma mi preoccupa - non abbiamo proprio niente. Oh, un pickup di colore chiaro con le targhe mancanti in una foto, e rubate in un'altra. Questo è tutto».

«Posso darti un consiglio?»

«Per favore. Qualsiasi cosa».

Sharp finì il suo drink, poi si alzò dalla sedia e le diede una pacca sulla spalla.

«Vai a casa, Kay. Passa la serata con Adam. Guarda un film. Schiarisciti le idee. Non otterrai nulla sedendo qui lasciando che la tua mente lavori al massimo».

———

Kay spinse la porta d'ingresso, l'aroma di un curry piccante le solleticò i sensi mentre si toglieva le scarpe e si affrettava verso la cucina.

Adam era seduto al bancone centrale, sfogliando il giornale gratuito locale. Alzò la testa quando lei apparve.

«Ciao. Mi era sembrato di sentire la tua macchina fermarsi fuori».

Lei gli si avvicinò e lo baciò, prima di servirsi una birra dal frigorifero e prenderne un'altra per lui.

Mettendola accanto al suo bicchiere vuoto, aggrottò le sopracciglia.

«Dov'è Misha? Mi aspettavo quasi di vederla correre qui intorno, conoscendo come sei di solito».

Lui si appoggiò allo schienale e la guardò con cautela. «È in punizione».

«Cosa ha combinato?»

«Non c'è più origano in giardino».

«Oh, no - pensavo che tu e Barnes aveste costruito quel recinto per lei in modo che non potesse scappare?»

Adam scrollò le spalle e riuscì ad apparire un po' colpevole. «Sono tornato a casa e sembrava annoiata chiusa lì dentro, così ho pensato che mentre facevo la doccia l'avrei lasciata correre un po' in giro. Non lo farò più».

Kay sorrise. «Ah, beh. Possiamo comprarne dell'altro quando se ne sarà andata».

«Non mi dispiacerebbe, ma è una seccatura da coltivare».

«Non è rimasto proprio niente?»

«No - e spero che abbia un brutto caso di indigestione».

«È per questo che stasera mangiamo curry invece della pasta, allora?»

«Molto divertente. Vai a cambiarti; sarà pronto tra un minuto».

CAPITOLO DICIOTTO

La mattina seguente, Kay aveva iniziato a fare il briefing con la sua squadra quando il telefono sulla scrivania di Gavin squillò e lui si scusò per rispondere alla chiamata.

«Dunque», disse Kay, «Harriet ha confermato ieri sera tardi che ci sono resti di due vittime nell'area su cui Geoff Cornwell stava lavorando ieri. Non sono state trovate altre parti del corpo lì. Da oggi, estenderanno le ricerche nelle parti più vecchie della discarica, lavorando con l'unità cinofila per accertare se ci siano altre vittime ancora da scoprire».

«Capo?»

Si voltò dalla lavagna per vedere Gavin che sostava ai margini del gruppo.

«Che c'è?»

Lui si fece spazio tra due colleghi seduti in prima fila durante il briefing e le consegnò un foglietto.

«Era un podologo di Tunbridge Wells - dice che un suo paziente ha saltato un appuntamento una settimana fa. Gli era sembrato insolito al momento, perché l'uomo aveva subito un intervento recente e aveva bisogno di cambiare una medicazione. Non ha avuto tempo di chiamarlo per sollecitarlo la settimana scorsa ed è tornato solo questa mattina da una conferenza a Oxford quando ha sentito la notizia del ritrovamento nel fine settimana».

Un mormorio di eccitazione riempì la stanza mentre Kay scorreva il messaggio con gli occhi.

«Hai fissato un appuntamento per parlarci?» disse.

«Dobbiamo incontrarlo tra un'ora».

«Ottimo lavoro».

Gavin annuì, poi tornò verso la scrivania di Carys, appoggiandosi al muro dietro di lei mentre Kay continuava il briefing.

«Nonostante la pista che Gavin ci ha procurato, abbiamo ancora altre vittime di cui non sappiamo nulla. Debbie - qualcosa dal database delle persone scomparse?»

L'agente in uniforme si alzò dal suo posto per rivolgersi alla stanza.

«Ci sono diverse persone scomparse nell'area del Kent, alcune delle quali mancano da più di un anno. Abbiamo ristretto quella lista per concentrarci solo su maschi adulti per il momento, basandoci sui consigli di Harriet sui ritrovamenti di ieri. Oggi, ho intenzione di esaminare quella lista affinata per assicurarmi che sia aggiornata prima di iniziare ulteriori indagini con i familiari».

«Bene. Lavora con Carys per mettere insieme un riepilogo per noi entro la fine della giornata. Harriet ha confermato che l'antropologo forense sarà disponibile domani mattina, e condurranno una serie di test sui ritrovamenti per vedere se possono estrarre DNA o qualsiasi altra informazione per integrare il rapporto dell'autopsia di Lucas. Speriamo che questo ci aiuti».

Kay scrisse un aggiornamento sulla lavagna accanto a ogni azione. «Ian - hai quella lista di dipendenti da Whitman?»

Barnes sollevò un fascio di carte. «È arrivata stamattina via email. Sto lavorando con gli agenti per controllarle e vedere se ci sono precedenti penali o cose del genere. Whitman ci sta anche inviando i filmati delle telecamere di sicurezza dell'ultimo mese così possiamo tracciare le entrate e le uscite per l'accesso pubblico alla discarica».

«È fantastico, grazie». Kay controllò l'orologio, poi richiuse il pennarello e lo gettò sul ripiano metallico sotto la lavagna. «Barnes - sei tu in comando qui mentre io vado con Gavin a parlare con questo podologo. Faremo un altro briefing nel tardo pomeriggio così possiamo aggiornarvi tutti sui nostri risultati».

———

Kay controllò le sue email sul telefono mentre Gavin cambiava marcia e tamburellava sul volante per la frustrazione.

Alzò lo sguardo, vide che avevano percorso solo pochi metri verso la rotatoria e l'incrocio con la A21, e sospirò.

«Gesù, questo mi ricorda perché non vengo a Tunbridge Wells così spesso come una volta. Giuro che il traffico peggiora ogni volta».

«Adesso in realtà non è male», disse Gavin. «Dovresti vederlo quando le scuole si svuotano alle tre e mezza».

«Dove ha lo studio il podologo?»

«Dall'altra parte della città - a Mount Ephraim».

«Accidenti, deve andare piuttosto bene».

Gavin sorrise. «Studio privato».

Mezz'ora dopo, avevano trovato un parcheggio sul Common vicino al pub The Mount Edgcumbe, e dopo aver chiuso l'auto, Gavin guidò il cammino oltre una grande formazione rocciosa che dominava lo spazio verde alla loro destra.

Una leggera brezza scompigliò i capelli di Kay mentre lo seguiva lungo la strada stretta, e lei si godeva la vista sul centro città affollato dalla ripida salita.

Poteva capire perché la città fosse stata popolare tra i visitatori benestanti di Londra centinaia di anni prima e avesse ancora la sua quota di turisti tutto l'anno.

Case del diciottesimo secolo si affacciavano sul Common, lontane dal centro città affollato, intervallate da occasionali uffici moderni tra gli edifici storici.

Si fermarono in cima alla collina per attraversare la strada trafficata, poi Gavin girò a destra.

«È da questa parte», disse, e indicò una grande casa più avanti lungo la strada.

Il rivestimento bianco brillava nella luce del pomeriggio. Ardesia scura copriva il tetto e, mentre Kay lasciava il marciapiede e le sue scarpe scricchiolavano sul vialetto di ghiaia che conduceva alla porta d'ingresso, si ritrovò a invidiare i residenti che potevano sedersi nelle finestre a bovindo delle loro case e guardare il resto della città termale sottostante.

«Possiede tutto questo?» disse sottovoce.

Gavin sorrise. «No. La maggior parte delle case qui

intorno sono state divise in appartamenti, ma costano comunque più di mezzo milione. Il dottor Andrews ha l'appartamento al piano terra come suo studio, e lui e la sua famiglia vivono in uno di quelli sopra».

Entrò nel portico che riparava la porta d'ingresso dagli elementi nelle stagioni più fredde e premette un citofono accanto a una finestra con vetrata colorata prima di annunciare il loro arrivo.

Un attimo dopo, una figura apparve dall'altro lato della porta, sfocata dall'effetto screziato dei colori vivaci del vetro. La porta si aprì e un uomo con gli occhiali sulla cinquantina avanzata si affacciò, con un sorriso ironico sul volto.

«Immaginavo foste rimasti bloccati nel traffico».

«Ci scusi per il ritardo, dottor Andrews», disse Gavin. Presentò Kay, che strinse la mano allo specialista.

«Grazie per averci ricevuto con così poco preavviso».

«Nessun problema. La prego, mi chiami Rob. Venga, passiamo in ambulatorio».

Mentre seguiva il podologo attraverso l'ampio ingresso piastrellato, Kay diede un'occhiata a destra e a sinistra ai mobili su misura che arredavano la stanza.

Da un lato, una credenza di mogano scuro conteneva brochure e pubblicità di palestre locali e terapie alternative, mentre dall'altro una fila di sedie abbinate era vuota.

«Siete fortunati, oggi l'ambulatorio è tranquillo, quindi non dobbiamo affrettarci». Andrews aprì una porta a lato dell'ingresso e fece loro cenno di entrare.

Kay entrò in uno spazio luminoso e arioso, dominato da un'enorme finestra a bovindo che offriva una vista sul

Common, mentre sul lato opposto, un caminetto con cornice in pietra era affiancato da librerie a soffitto. Una grande scrivania si trovava sulla destra della stanza. Due poltrone erano disposte su ciascun lato del caminetto e fu verso queste che Andrews fece un cenno.

«Tanto vale metterci comodi piuttosto che usare una delle sale di consultazione», sorrise. Il suo volto si fece serio mentre si sedeva alla scrivania e incrociava le mani davanti a sé. «Ora, immagino che vogliate procedere e chiedermi del mio paziente scomparso».

«Se possibile». Kay attese che Gavin avesse frugato in tasca per prendere il suo taccuino e una penna, poi si voltò di nuovo verso Andrews. «Cosa può dirci di lui?»

«Clive Wallis. Quarantadue anni. Single, vive a Camden Park dall'altra parte della città».

«Per cosa lo stava curando?»

Andrews strinse le labbra. «Problemi legati al diabete di tipo 2. Purtroppo, il signor Wallis è un po' troppo affezionato ai suoi snack zuccherati e all'alcol e si rifiuta di perdere peso, quindi ha iniziato a sviluppare ulcerazioni che guariscono lentamente. Una ferita in particolare si è infettata e non ho avuto altra scelta che raccomandare un intervento chirurgico in day hospital - era più di quanto potessi gestire qui».

«E quando è successo questo?»

Andrews si voltò verso il suo laptop e premette alcuni tasti, poi si spinse gli occhiali sul naso e scorse lo schermo con un dito.

«Ha subito l'intervento quattordici giorni fa. Doveva vedermi venerdì mattina della scorsa settimana, così avrei potuto controllare come stava guarendo e cambiare la medicazione per evitare infezioni».

«Cosa ha fatto quando ha saltato l'appuntamento?»

«Jenny, la mia segretaria, ha chiamato il suo cellulare quindici minuti dopo l'orario previsto, ma non c'è stata risposta. Ho provato di nuovo più tardi quella sera e gli ho lasciato un messaggio in segreteria. Non ha mai richiamato, e io ho dovuto guidare fino a Oxford per una conferenza nel fine settimana. Avevo un promemoria nel mio calendario per chiamarlo di nuovo oggi, ma poi ho visto il titolo sul giornale della domenica che mia moglie aveva messo fuori per la raccolta differenziata questa mattina, e a quel punto ho chiamato la polizia».

«Che lavoro fa?»

«Un attimo. Mi scusi. Devo controllare». La fronte di Andrews si corrugò mentre le sue dita battevano di nuovo sulla tastiera. «Ah, ecco qui - è un consulente import-export per un'azienda con sede a Dover. Lavora da casa la maggior parte del tempo, ma mi sembra di ricordare che abbia detto di dover andare nella sede centrale una volta al mese per riunioni e cose del genere».

«Non ha per caso un appunto con i dettagli del suo datore di lavoro?» disse Kay.

«In effetti, sì, ce l'ho». Andrews allungò la mano verso un blocco note e scarabocchiò sulla pagina prima di spingere indietro la sedia e camminare verso dove lei era seduta. «Ho scritto anche il suo indirizzo di casa».

«Ha provato a chiamare il suo numero di telefono fisso?»

Scosse la testa. «Non ne ha uno. Molti dei miei

pazienti ultimamente hanno rinunciato alle linee fisse in favore dei cellulari».

«E nessun parente prossimo annotato nei suoi registri?»

«Nessuno». Si tolse gli occhiali e infilò una delle stanghette nel collo della sua camicia a maniche corte. «Era figlio unico, a quanto pare. Ha detto di aver ereditato la casa da suo padre».

Si spostò di nuovo verso la scrivania, girandosi per appoggiarsi ad essa e incrociando le braccia. «Senta, pensa che Clive sia la vostra vittima? Voglio dire, è un po' una coincidenza, no?»

Kay si alzò dalla sedia, e Gavin fece lo stesso.

«È troppo presto per dirlo al momento». Tese la mano. «Grazie mille per il suo tempo comunque. Lo apprezzo».

«Non c'è di che. Sa dove trovarmi se ha bisogno di me».

«Grazie, e se il signor Wallis dovesse ricomparire, me lo farà sapere?»

«Immediatamente, detective Hunter».

CAPITOLO DICIANNOVE

«E adesso, capo?»

Kay scrutò oltre il tetto dell'auto verso gli edifici di mattoni e i tetti di ardesia del centro di Tunbridge Wells, la fronte corrugata.

«Contatta la polizia locale. Fai sapere loro che daremo un'occhiata alla casa di Clive Wallis a Camden Park e di tenersi pronti nel caso avessimo bisogno di loro».

«Sarà fatto».

Gavin si abbassò, la sua voce che giungeva attraverso la portiera aperta del passeggero fino a dove Kay stava in piedi, riflettendo su ciò che Rob Andrews aveva detto loro.

Sebbene non l'avrebbe mai ammesso allo specialista, aveva ragione: era una coincidenza troppo grande che il suo paziente fosse scomparso senza lasciare traccia, e nel lasso di tempo che il rapporto dell'autopsia di Lucas aveva identificato.

Tuttavia, non riusciva a capacitarsi di come un uomo che si stava riprendendo da un intervento chirurgico minore potesse incontrare il suo destino in quel modo.

Sicuramente, sarebbe dovuto stare a riposo a casa fino al suo prossimo appuntamento, no?

Sbatté le palpebre e cercò di concentrarsi.

Il loro assassino avrebbe attaccato Wallis a casa sua, per poi rischiare di trasportare il suo corpo fino a Boughton Monchelsea?

E, perché?

Si conoscevano? Perché non abbandonare il corpo più vicino a Tunbridge Wells?

Un colpetto sul finestrino la strappò dai suoi pensieri, e abbassò lo sguardo mentre Gavin apriva la portiera.

«Sali. Si parte».

«Cosa hanno detto?» chiese Kay. Allacciò la cintura di sicurezza mentre lui si giostrava nella strada stretta e faceva passare il loro veicolo tra gli specchietti retrovisori delle auto parcheggiate su entrambi i lati.

«A quanto pare, una vicina li ha chiamati questa mattina - ha detto che era preoccupata perché non vedeva Wallis da qualche giorno e si chiedeva se la pattuglia locale potesse controllare gli ospedali per assicurarsi che stesse bene. È sulla lista dei compiti per il turno di oggi - non erano ancora riusciti a farlo».

«Risparmiamo loro un lavoro, allora».

«Infatti».

Gavin inserì l'auto nel traffico su Mount Ephraim prima di svoltare a sinistra in una strada che li riportava verso il centro città.

Kay usò il tempo per aprire un'app di ricerca sul suo telefono e digitare i dettagli del datore di lavoro di Clive Wallis. «Questa azienda per cui lavora -

importano vino dalla Francia e dalla Germania, ed esportano vino e liquori locali e altri prodotti alimentari».

«Non esattamente il commercio rude e tumultuoso che ti aspetteresti porti a un omicidio, vero?» disse Gavin. Imprecò sottovoce mentre un motociclista si lanciava intorno alla loro auto per superarli alla mini-rotonda in fondo alla collina.

«No, non lo è». Controllò l'avanzamento del navigatore satellitare, poi scrutò attraverso il parabrezza. «Ci dovrebbe essere una svolta a destra un po' più avanti, poi prendi la seconda a destra prima della stazione ferroviaria».

Pochi istanti dopo, Gavin fece retromarcia per parcheggiare l'auto in uno spazio di fronte a un semicerchio di eleganti case in stile Regency.

Kay ricordò che una delle residenze era stata recentemente venduta per quasi un milione di sterline, e mentre scendeva dal veicolo osservò i mattoni color crema ornati e le siepi di faggio che li delimitavano, non riuscendo a trattenere un mormorio di stupore che le sfuggì dalle labbra.

«Accidenti», disse Gavin mentre attraversavano il sentiero verso la porta d'ingresso della casa che avevano identificato come quella di Wallis. «Che diavolo faceva suo padre per potersi permettere questo?»

«Dio solo lo sa» disse lei, «ma dato che siamo a pochi passi dalla stazione ferroviaria, scommetto che lavorava alla City».

«Non hanno nemmeno giardini privati - guarda; sono tutti comuni».

«Beh, l'intero parco è privato, quindi non è che rischi di inciampare sui tuoi vicini se vivi qui intorno».

Si interruppe al suono di un altro veicolo che si avvicinava e si fece da parte mentre una pattuglia frenava fino a fermarsi accanto a loro.

Due agenti scesero, e lei presentò se stessa e Gavin.

«Nigel Best, signora», disse il più basso dei due. «E questo è Ben Allen. Ci è stato chiesto di venire, nel caso aveste bisogno di una mano».

«Grazie», disse Kay. «Volete iniziare provando con i vicini su entrambi i lati? Presumo che sia stato uno di loro a fare la segnalazione questa mattina».

«Ci pensiamo noi».

Mentre i due agenti si separavano e si avvicinavano alle proprietà vicine, Kay rivolse nuovamente la sua attenzione alla casa di Wallis.

Le tende della stanza che si affacciava sulla piazza semicircolare non erano state tirate e lei si infilò in un cespuglio prima di schermare la finestra con la mano e sbirciare all'interno.

Dentro, un ampio salotto sembrava deserto, i mobili immacolati - anche dalla sua posizione poteva vedere il luccichio della cera sulle gambe in mogano di una chaise longue, mentre la stanza stessa appariva luminosa e ariosa - e priva del suo solito occupante.

Si raddrizzò al suono di passi per vedere Best e Allen che si affrettavano verso di lei.

«Entrambi i vicini confermano che non lo vedono dalla scorsa settimana», disse Best. «Ho controllato anche sul retro - il posto sembra deserto».

«Suppongo che nessuno dei due avesse una chiave?»

In risposta, lui sollevò un oggetto di ottone.

«Bene. Andiamo».

Si spostarono verso la porta d'ingresso e lei annuì all'agente in uniforme che, dopo aver prima bussato per accertarsi che Wallis non fosse in casa, girò la chiave nella serratura e diede una spinta alla porta.

Si aprì, e lui si voltò verso Kay quando non ci fu risposta dall'interno alla sua richiesta urlata. «Con tutto il rispetto, capo, controllerò prima che sia sicuro».

«Vai pure, allora».

Lui oltrepassò la soglia e scomparve alla sua destra, chiamando il nome di Clive mentre si faceva strada attraverso la casa.

Kay si morse il labbro e attese per quella che sembrò un'eternità mentre lui entrava nel suo campo visivo prima di salire le scale.

Alla fine, tornò e scosse la testa. «Non c'è nessuno. Può procedere, capo».

Kay prese un paio di guanti che Gavin le porgeva, se li infilò ed entrò nell'ingresso.

La prima cosa che la colpì fu quanto fosse pulito il posto - Wallis poteva essere scapolo, ma era meticoloso nella sua pulizia.

Annusò l'aria.

Un leggero profumo di cera per mobili stuzzicò i suoi sensi, e mentre lanciava uno sguardo oltre la spalla per vedere Gavin che saliva le scale, notò la lucentezza sulle piastrelle bianche e nere che coprivano il pavimento.

«Chiama se hai bisogno di me, Gav».

«Lo farò».

«Best? Potresti rimanere vicino alla porta e assicurarti che nessuno dei vicini ci disturbi?»

«Capo».

Gavin scomparve dalla vista, e Kay si diresse attraverso una porta aperta verso un'area soggiorno.

Le pareti erano state dipinte di un verde intenso, accentuate da una selezione di piante in vaso che erano state strategicamente posizionate in tutta la stanza, conferendo un'atmosfera rilassata allo spazio.

Una grande scrivania occupava l'estremità più lontana dell'area soggiorno, e Kay vi si avvicinò, lanciando uno sguardo alle fotografie incorniciate che erano esposte in un angolo.

Era la prima volta che vedeva una foto di Wallis, e in tutte le fotografie stava ricevendo premi, il suo viso pieno di orgoglio.

Nonostante la descrizione del podologo, Kay pensò che l'uomo fosse piuttosto attraente. Era abbastanza alto da far sembrare il suo peso distribuito uniformemente, e in tutte le fotografie era vestito in modo impeccabile.

Posò l'ultima delle cornici e si girò per esaminare il resto della stanza. Una libreria era appoggiata alla parete a sinistra della scrivania e conteneva un misto di thriller d'azione e avventura e tomi di business con titoli che professavano di insegnare al lettore come influenzare clienti e dirigenti allo stesso modo.

Ecco un uomo che sembrava vivere per la sua carriera.

Si fermò nel mezzo della stanza e aggrottò le sopracciglia. Non c'erano tocchi personali, nessuna indicazione di ciò che Wallis apprezzava al di fuori della sua vita lavorativa. Non solo, non c'era nemmeno un computer.

Lasciò il soggiorno e tornò nel corridoio. L'agente Best era sulla soglia, di spalle alla casa. Kay girò a destra e trovò una grande cucina che avrebbe fatto sbavare Adam. Ogni elettrodomestico brillava alla luce del sole che filtrava dalla finestra sul retro, e ogni apparecchio era una scelta di fascia alta per uno chef esigente.

Tuttavia, mentre Kay rovistava negli armadietti e poi apriva la porta di un frigorifero vuoto, ebbe l'impressione che Wallis non cucinasse mai.

I suoi occhi caddero su una chiave sul piano di lavoro. La afferrò e la inserì nella serratura della porta sul retro.

Fuori, trovò il bidone della spazzatura a sinistra della porta sul retro e ne sollevò il coperchio.

Fu ricompensata dal dolce fetore di scatole per pizza scartate. Scacciando una mosca, chiuse il coperchio e tornò in cucina, chiudendo la porta a chiave dietro di sé e rimettendo a posto la chiave.

Iniziò ad aprire ciascuno dei cassetti della cucina, cercando qualcosa che potesse darle un indizio sul destino dell'uomo, quando sentì Gavin chiamare.

Richiuse il cassetto con forza, attraversò rapidamente il corridoio e salì le scale due alla volta, usando il piolo in cima per rallentare il passo.

«Che c'è?»

«Penso di sapere cosa sia successo a Clive».

«Dove sei?»

«Bagno. Sul retro della casa».

Si incamminò lungo il corridoio, seguendo la sua voce

finché non lo trovò accovacciato accanto a un mobile lavabo sotto un lavandino di porcellana.

Si alzò in piedi quando lei apparve.

«Guarda. Manca lo spazzolino da denti. Metà del contenuto di questo cassetto è sparito - incluso un rasoio elettrico, e ho controllato la camera da letto. Ci sono grucce vuote nell'armadio».

Kay sbatté le palpebre mentre elaborava le sue parole. «E un laptop o un telefono cellulare?»

«Nessun segno qui sopra - tu?»

«No, e nessun caricabatterie per nessuno dei due al piano di sotto».

Kay si tolse i guanti dalle dita e glieli consegnò prima di emettere un sospiro di sollievo. «Non è scomparso, vero? È partito».

CAPITOLO VENTI

La mattina seguente, Kay tenne aperta la porta della sala riunioni per Sharp, poi si diresse verso la sua scrivania e vi gettò sopra la borsa prima di alzare la voce al di sopra del brusio che riempiva lo spazio.

«Riuniamoci tutti. In prima fila, per favore».

Le conversazioni si quietarono mentre i suoi colleghi la raggiungevano, alcuni con espressioni perplesse sui volti.

Attese mentre le sedie venivano trascinate sul tappeto logoro e il team trovava posti dove appollaiarsi sulle scrivanie, poi li ringraziò e fornì un aggiornamento sulle attività del giorno precedente.

«Sulla base della nostra perquisizione a casa di Clive Wallis, sembra che possa aver lasciato volontariamente la sua abitazione. Tuttavia, finché non ne avremo la certezza, il signor Wallis continuerà ad essere trattato come un caso di persona scomparsa».

Attese che il team riunito finisse di prendere appunti, poi fece cenno a Carys. «Puoi indagare sui suoi datori di lavoro per me mentre siamo qui? Hanno sede a Dover - i dettagli sono nel sistema. Scopri se sanno dove si trova».

«Lo farò, capo». Carys si spostò alla sua scrivania e recuperò le informazioni pertinenti su HOLMES mentre Kay continuava.

«A che punto siamo con le telecamere di videosorveglianza della discarica? Qualcuno?»

Un agente in uniforme accanto alla scrivania di Carys fece un passo avanti. «Abbiamo ottenuto i filmati da tre delle quattro telecamere del sito», disse. «Due di queste non ci sono utili - mostrano il deposito dei veicoli dove vengono tenuti gli escavatori e tutto il resto, oltre all'ufficio del sito. Inizieremo oggi a esaminare le altre per il cancello e il passaggio pubblico».

Kay aggrottò le sopracciglia. «Sarebbe stato più sensato iniziare da quelle».

«Sì, capo - il problema è che nessuno dei file era nominato correttamente, quindi siamo andati un po' a caso finché non abbiamo capito cosa avessero fatto».

«Va bene. Il più velocemente possibile, comunque».

Il telefono sulla scrivania di Kay trillò, e Barnes alzò la mano. «Rispondo io».

«Grazie». Kay si voltò di nuovo verso la lavagna. «E le dichiarazioni degli altri dipendenti della discarica?»

Debbie si schiarì la gola. «Le abbiamo completate e sono tutte nel sistema ora. Nessuno ha segnalato attività insolite, e non ci sono altri casi di oggetti sospetti trovati sul sito».

«Che dire delle precedenti condanne di qualsiasi dipendente?»

«Solo un tizio - Justin Tinner. Due mesi per possesso di droga quando aveva diciannove anni. È pulito da allora, e sono passati quasi sei anni».

Kay notò che Carys stava terminando la sua telefonata e attese che tornasse al gruppo. «Qualcosa di utile?»

«Ho parlato con la responsabile delle risorse umane di Clive Wallis. Dice che l'ultima volta che l'ha visto è stato a una conferenza in un hotel fuori Maidstone la settimana scorsa. Ha detto che zoppicava un po', ma stava bene. Non è stato visto da allora - stanno per scrivergli e inviargli un avvertimento formale».

Kay notò la fronte di Gavin corrucciarsi, e si rese conto che probabilmente aveva la stessa espressione perplessa.

«Quando è finita la conferenza?»

«Giovedì, a quanto pare».

«Eppure tutti i suoi effetti personali mancano ancora da casa sua».

«Capo?» Barnes teneva la mano alzata per attirare la sua attenzione. Ripose il telefono della scrivania sulla base, poi si spostò di nuovo dove il gruppo si era riunito e si fece largo tra un paio di membri junior della squadra in uniforme, porgendole un pezzo di carta mentre si avvicinava. «Era Lucas - conferma che abbiamo una corrispondenza tra il piede amputato e alcune delle altre parti del corpo trovate nella discarica».

Kay esaminò la pagina, poi alzò lo sguardo verso Carys. «Potresti suggerire ai datori di lavoro di Wallis di sospendere il piano di inviargli un avvertimento formale finché non parliamo con loro?».

Le sopracciglia di Carys si alzarono di colpo. «Pensi che sia lui?»

Kay espirò. «Potrebbe essere. Lucas ha bisogno di un campione di DNA per confermarlo. Puoi contattare Tunbridge Wells e chiedere loro di prelevare un campione dalla casa? Gavin - con me. Andiamo a scoprire cosa possono dirci i datori di lavoro di Wallis».

CAPITOLO VENTUNO

Kay e Gavin partirono per Dover non appena terminato il briefing e, sebbene il traffico dell'ora di punta mattutina fosse passato, a Gavin ci volle più di un'ora per raggiungere la trafficata città portuale.

Sulla M20 superarono un flusso costante di camion articolati, molti dei quali con targhe intercontinentali e vivaci loghi che adornavano i rimorchi. La carreggiata opposta era altrettanto trafficata, con merci provenienti dal terminal dei traghetti trasportate attraverso il sud dell'Inghilterra verso le loro destinazioni.

Quando entrarono in città dalla strada principale, la bocca di Gavin si piegò verso il basso mentre osservava i tag dei graffiti che adornavano le vetrine dei negozi chiusi con assi di legno.

«Alcune cose non cambiano mai. Sono stato qui come agente in prova per sei mesi», disse. «È stata un'esperienza illuminante».

«Di solito scelgono un posto interessante per il primo anno».

«E tu? Dove hai fatto il tuo addestramento?»

«Tonbridge. L'ho adorato».

«Fortunata. Hai sempre voluto diventare detective?»

«Sì. Ho fatto domanda non appena ho potuto e mi sono offerta volontaria per qualsiasi opportunità di aiutare in un'indagine importante che si presentasse, proprio come fa Debbie. Ci sono stati un paio d'anni in cui Adam e io ci vedevamo a malapena, eravamo davvero come navi che si incrociano. C'ero io che cercavo di fare carriera nella polizia del Kent, e lui desideroso di aprire il suo studio veterinario».

«Come ci è riuscito alla fine?»

Kay lasciò cadere il cellulare nella borsa. «Si era preso cura di un paio di cavalli per una donna anziana che viveva in un piccolo podere vicino a Tenterden. Li aveva salvati dal macello dopo la fine della loro carriera nelle corse, e lui andava lì una volta al mese per controllarli. Non accettava soldi da lei, sai com'è fatto. Passava anche molto tempo a chiacchierare con lei mentre era lì e spesso faceva lavoretti in giro per la proprietà nei fine settimana se io lavoravo. Penso che fosse sola; suo marito era morto anni prima e non avevano avuto figli, e lei apprezzava la compagnia di Adam. Quando è morta, abbiamo avuto un bello shock: si è scoperto che era molto benestante e gli ha lasciato la casa in Weavering Street e il piccolo podere a condizione che continuasse a prendersi cura dei cavalli».

«Wow».

«Lo so. Non ne aveva idea. Non gli aveva mai detto nulla, ma credo che volesse assicurarsi che quei cavalli fossero in buone mani dopo la sua morte, e lui era l'unica persona di cui si fidava. Abbiamo vissuto nel piccolo podere a Tenterden per un paio d'anni fino alla morte dei cavalli, poi l'abbiamo venduto e ci siamo trasferiti di nuovo a Maidstone».

«E ha usato i soldi della vendita del podere per avviare la clinica?»

«Sì, da allora non si è più guardato indietro. Ama il suo lavoro, come sai, e ora che la clinica è affermata, può permettersi di assumere veterinari più giovani per formarli».

Gavin azionò la freccia per svoltare a sinistra e indicò attraverso il parabrezza un imponente edificio di tre piani che si ergeva sopra le unità industriali più basse intorno.

«Eccoci arrivati».

I vetri fumé impedivano a Kay di vedere l'interno dell'edificio, ma quando attraversarono la porta singola, fu sorpresa di trovarsi in un ampio spazio luminoso e arioso che smentiva la facciata esterna.

La donna dietro la reception fece loro cenno di accomodarsi in un gruppo di sedie disposte intorno a un tavolino basso all'estremità opposta dell'atrio.

Le sedie erano state costruite per impressionare, piuttosto che per il comfort, e Kay resistette all'impulso di agitarsi mentre aspettava.

Fortunatamente, il datore di lavoro di Clive Wallis non li fece attendere a lungo, e lei si voltò per vedere un uomo enorme avvicinarsi a loro.

Il suo aspetto le diede l'impressione che assaggiasse regolarmente le proprie importazioni di cibo e vino. La sua bocca formò un ampio sorriso mentre si avvicinava.

«Montgomery Fisher, direttore generale delle vendite», abbaiò, e tese la mano. «Mi chiami pure Monty».

Kay riuscì a non fare una smorfia mentre lui le schiacciava la mano nella sua e tirò un sospiro di sollievo quando la lasciò andare e si voltò verso la receptionist.

«C'è una sala libera, Sharon?»

«La sala conferenze», disse la donna. «Ho preparato una caraffa di caffè».

«Brava ragazza». Si voltò di nuovo verso Kay e Gavin. «Venite con me».

Per un uomo così grande, si muoveva con una fretta mal celata, come se ogni prezioso minuto con loro gli impedisse di concludere un'altra vendita, o di fare un altro pasto.

Aprì una porta con una spinta e si fece da parte per lasciarli passare, poi indicò le otto sedie disposte intorno a un tavolo da conferenza molto lucido.

«Caffè?»

«Per favore», disse Kay.

Si sistemò nella sedia più vicina rivolta verso la porta, Gavin prese quella accanto a lei e aspettarono mentre Fisher armeggiava con la macchina del caffè.

Fece scivolare una tazza e un piattino verso Gavin, mise quella di Kay davanti a lei e si accomodò pesantemente in una sedia di fronte a loro prima di strappare due bustine di zucchero e mescolarle nella sua bevanda.

«Bene, dunque la vostra collega ha detto al telefono che volevate parlarmi di Clive Wallis. Cosa volete sapere? Immagino che Hayley delle Risorse Umane le abbia detto che stavamo per dargli un richiamo formale?»

«Sì, posso chiederle perché?» disse Kay.

«È assente dalla conferenza di vendita di giovedì

scorso, ecco perché. Ci si aspetta che il nostro personale permanente ci chiami immediatamente se non è in grado di lavorare, e non abbiamo sue notizie da più di una settimana ormai. È inaccettabile».

«È fuori dal comune per lui?»

«Sì, ma dovete capire: abbiamo dovuto effettuare diversi licenziamenti all'inizio di quest'anno; gli affari non andavano bene come avrebbero dovuto, e Clive era uno di quelli che avevamo deciso di mantenere. L'incontro della settimana scorsa è stato organizzato per motivare un po' tutti, per farli concentrare dopo il periodo difficile che abbiamo attraversato. È costato una fortuna, tra l'altro. E poi Clive non si è più fatto vedere».

«Questo "incontro" come lo chiama lei. Dove si è tenuto? Qui?»

«Dio, no». Allargò le mani con un gesto ampio. «Questa è la sala più grande che abbiamo. Non sarebbe stata affatto adatta. Molti dei nostri venditori permanenti lavorano da casa, come Clive. Aiuta a tenere bassi i costi generali, capisce? Significa che non abbiamo dovuto prendere in affitto locali più grandi, grazie al cielo».

«Quindi, dove si è tenuta?» disse Gavin, voltando la pagina del suo taccuino.

«In quel nuovo albergo sulla A20 fuori Maidstone. Non ricordo il nome. Sharon ha organizzato tutto. Due giorni di formazione dirigenziale - attività di team building, cose del genere, poi a tutti sono stati assegnati gli obiettivi di vendita per il resto dell'anno. Maledettamente costoso, come ho detto. Ma riunisce tutti in un unico posto - lavorano in autonomia, quindi è positivo per il morale, soprattutto in questo momento».

«Che giorno è finita la conferenza?»

«Giovedì. Tutti sono arrivati mercoledì dall'ora di pranzo in poi. Nel pomeriggio ci sono state alcune attività e cose per rompere il ghiaccio - golf, giochi di team building, cose del genere. Poi, abbiamo avuto la formazione sulle vendite giovedì mattina. Alle quattro del pomeriggio erano tutti sulla via di casa».

«E non ha più avuto notizie del signor Wallis da allora?»

«No». Fisher si appoggiò allo schienale della sedia e incrociò le braccia. «Non voglio pensare che sia andato a incontrare un concorrente. Alcune delle informazioni condivise nella conferenza di giovedì mattina erano maledettamente riservate».

«E ha cercato di contattarlo?»

«Quotidianamente. Telefono ed e-mail. Come ho detto alla sua collega, il nostro prossimo passo è inviargli una comunicazione formale. Non possiamo permettere che il nostro personale sparisca così. È inaccettabile».

«Sapeva che era stato in ospedale la settimana precedente?»

Aggrottò la fronte. «Solo un intervento minore al piede, per quanto ne so. Zoppicava un po' ma non sembrava essere troppo a disagio».

«Perché avrebbe partecipato alla conferenza se era stato in ospedale?» disse Kay.

Fisher sospirò e si sistemò la cravatta. «Guardi, come ho detto, i tempi sono duri. Forse ha pensato che se non si fosse presentato, sarebbe stato il prossimo sulla lista dei licenziamenti».

«Lei l'ha minacciato?»

«Certo che no». Un leggero rossore gli partì dal collo e si diffuse verso l'alto. «Per cominciare, non sarebbe stato legale».

«Ha un parente prossimo nel fascicolo del personale del signor Wallis? Qualcuno che potrebbe aiutarci a capire dove potrebbe essere?» disse Kay.

«Dovrò chiedere a Hayley. Se ci sono, avrà già provato a contattarli anche lei».

Kay sorrise. «Grazie. Aspetteremo».

Si voltò verso Gavin mentre il direttore delle vendite usciva dalla stanza, e lui le mostrò il suo cellulare.

«Messaggio da Barnes. Tunbridge Wells ha ricevuto il campione e l'ha fatto recapitare immediatamente a Lucas. Gli ho chiesto di mandarmi un messaggio appena riceve notizie dal laboratorio di patologia».

Kay annuì, poi si appoggiò allo schienale della sedia mentre Fisher tornava, con una sottile cartellina in mano.

Esitò un momento, poi la fece scivolare sul tavolo verso di lei.

«Capisce che non posso lasciarla uscire di qui con quella a meno che non abbia una richiesta formale?»

«Va bene».

Aprì la cartellina e scorse il misero contenuto finché non trovò quello che cercava. La sezione dei dettagli del dipendente di Clive dove normalmente sarebbe stato indicato un parente prossimo era vuota.

«Nessuna famiglia?»

«Suo padre è morto alcuni anni fa per complicazioni legate al diabete e sua madre è venuta a mancare un anno o due fa», disse Fisher. «Gli ha lasciato la casa. Un po' triste, in realtà. Non credo abbia molta vita sociale. Non sembra mai parlarne, comunque».

Spinse la cartellina verso Fisher mentre un *bip* a due toni le giunse alle orecchie.

«Capo».

Prese il telefono che Gavin le porgeva, scorse il messaggio, poi si alzò dalla sedia prima di restituirlo e voltarsi verso il direttore delle vendite.

«Un'ultima domanda, signor Fisher. Qual è il nome dell'albergo che avete usato per la conferenza?»

CAPITOLO VENTIDUE

«Lucas? Ho appena ricevuto il tuo messaggio. Cosa puoi dirmi?»

Kay infilò il telefono nel supporto vivavoce sul cruscotto e attivò la modalità altoparlante in modo che Gavin potesse sentire entrambi i lati della conversazione mentre guidava di ritorno verso Maidstone, con il tachimetro che oscillava leggermente oltre il limite di velocità.

«Ok, abbiamo i risultati degli esami del sangue di Clive Wallis dal suo medico di base insieme ai campioni che abbiamo prelevato dal piede amputato. Abbiamo anche estratto il DNA dal piede, dalle ossa trovate nella discarica e fatto un confronto con il campione di DNA prelevato da un bicchiere d'acqua nel suo bagno dai tuoi colleghi di Tunbridge Wells. Sei fortunata che siano giorni tranquilli in laboratorio - normalmente avresti dovuto aspettare almeno una settimana».

«Lo so, grazie. Quindi, è sicuramente una corrispondenza con Wallis?»

«Ne siamo certi».

Kay sospirò, sentendo parte della tensione lasciare le sue spalle. «Ottimo lavoro, Lucas. Grazie. Per favore, ringrazia anche Harriet e la sua squadra da parte mia - mi rendo conto che è stato un lavoro duro per loro nella discarica».

«Nessun problema».

«E per quanto riguarda la seconda vittima?»

«Niente al momento - quei risultati devono ancora arrivare. Ti contatterò con il mio rapporto formale il prima possibile».

Kay terminò la chiamata e alzò lo sguardo mentre il veicolo passava sotto un cavalcavia. Un cartello blu e bianco mostrava la distanza dalla città della contea, e lei cercò di non far trasparire la sua impazienza mentre il traffico si bloccava alle porte di Ashford.

«E ora cosa facciamo, capo?»

La voce di Gavin la strappò dai suoi pensieri.

«Andiamo direttamente all'hotel dove ha soggiornato Wallis».

Scorse i contatti sul telefono di Gavin finché non trovò il nome che cercava, poi premette il pulsante di chiamata.

Barnes rispose al terzo squillo.

«Gav?»

«Sono io», disse Kay. «Siamo in vivavoce. Abbiamo sentito Lucas - riceverai presto una copia di un'email che mi sta inviando, ma ha confermato che ha trovato una corrispondenza per una delle nostre vittime con Wallis».

«Com'è andata a Dover?»

«Non ci sono parenti prossimi, ma il suo manager, Montgomery Fisher, ha confermato che è stato visto l'ultima volta a una conferenza di vendita e un'esercitazione di team building tenutasi nell'arco di due giorni la settimana scorsa in quel nuovo hotel appena fuori dalla M20 a Maidstone. Stiamo andando lì adesso. Puoi occuparti della documentazione per farci accedere ai loro fascicoli del personale? Cercherò di dare un'occhiata ai filmati delle telecamere di sicurezza dell'hotel quando arriviamo».

«Lo farò. Cosa ci faceva Wallis lì il giorno dopo essere uscito dall'ospedale?»

«Cercava di mantenere il suo lavoro, a quanto pare».

Terminò la chiamata mentre il traffico iniziava di nuovo a muoversi, e nel giro di quindici minuti Gavin aveva trovato l'hotel e parcheggiato in uno spazio vicino alle porte della reception.

Mentre Kay scendeva dall'auto, notò un gruppo di quattro uomini in pantaloni chiari e camicie a maniche corte color pastello che si dirigevano dal parcheggio verso un'apertura in una siepe sulla destra dell'hotel. Un cartello accanto alle piante ornamentali annunciava il più nuovo campo da golf a diciotto buche del Kent e prometteva competizioni settimanali per gli appassionati locali.

«Mi chiedo come facciano a rimanere in attività», disse Kay. «C'è un altro hotel a pochi chilometri da qui con un campo da golf, vero? Fa pensare a come se la cavino questi, dovendo competere con un hotel già affermato».

«Molte aziende della contea hanno bisogno di una sede centrale per le conferenze, capo, e il golf è uno sport popolare».

Lei arricciò il naso, e Gavin ridacchiò mentre la

raggiungeva sui gradini che portavano alla reception prima di aprirle la porta.

Il receptionist, un uomo sui vent'anni con fin troppo entusiasmo per un venerdì pomeriggio secondo Kay, balzò in piedi al loro avvicinarsi, con un ampio sorriso che gli increspava la bocca.

«Posso aiutarvi?»

Il suo atteggiamento allegro vacillò quando Kay aprì il suo tesserino.

«Ho bisogno di parlare con il direttore di turno», disse lei.

«Temo che sia con un gruppo di delegati di una delle nostre società azioniste al momento».

«Va bene. Per favore, gli faccia sapere che siamo qui per discutere del possibile omicidio di uno dei vostri ospiti e che lo aspetteremo qui. Senza dubbio i media locali vorranno parlargli prima o poi, ma con un po' di fortuna il tempismo della nostra visita lo aiuterà a tenerli lontani e a risparmiare a questo hotel - e ai suoi azionisti - qualsiasi imbarazzo che ciò potrebbe causare».

Il receptionist lasciò sfuggire un sussulto scioccato, il viso che diventava bianco, prima di allungare la mano e digitare una serie di numeri sul telefono della sua scrivania.

Kay si allontanò dal banco e condusse Gavin verso quattro poltrone disposte intorno a un tavolino basso e prese uno dei dépliant dell'hotel mentre si sedeva.

La voce del receptionist le giunse, con un tono agitato accentuato dal suo shock.

Gavin sorrise. «Sei stata cattiva».

«Lo so, ma non abbiamo tempo per perdere tempo,

Gav. Siamo quasi a una settimana dall'inizio di questa indagine e non abbiamo indizi. È ora di alzare la posta».

Cinque minuti dopo, il suono di passi frettolosi raggiunse le sue orecchie e alzò lo sguardo dal dépliant mentre un uomo magro con i capelli neri si avvicinava a lei, la fronte aggrottata.

«Ispettore Capo Hunter?»

Si alzò dalla sedia e strinse la mano tesa prima di presentare Gavin.

«Sono Kevin Tavistock, direttore senior di turno. Venite da questa parte. Il mio ufficio è qui».

Kay arrotolò il dépliant tra le dita e seguì Tavistock attraverso un'apertura accanto al banco della reception in un ufficio sul retro dell'hotel.

Un turno era stato scarabocchiato su una lavagna bianca fissata alla parete in fondo, con una nota degli ospiti più importanti che erano attesi per il fine settimana.

Tavistock fece loro cenno di accomodarsi su due sedie di plastica grigia rivolte verso una scrivania nell'angolo e si sistemò su una sedia dietro di essa, muovendo il mouse per risvegliare il computer davanti a lui.

«Ho capito che volevate parlarmi di uno dei nostri ospiti?»

Le parole gli uscirono dalle labbra in un unico respiro, e Kay si chiese se fosse per lo shock o per l'eccitazione.

Sospettava fosse la seconda.

Recitò l'avvertimento formale prima di continuare. «Devo insistere sul fatto che ciò di cui discuteremo qui sia trattato con la massima riservatezza».

«Certo, certo». Tavistock appoggiò i gomiti sulla scrivania. «Cosa ha bisogno di sapere?»

«Prima di tutto, può confermare che Clive Wallis è stato ospite del vostro hotel la settimana scorsa?» disse Gavin, e aprì il suo taccuino.

Tavistock si girò verso il computer e premette alcuni tasti, poi annuì. «Sì. Eccolo qui. Faceva parte di una delegazione che aveva prenotato una delle nostre sale conferenze per giovedì. Teniamo nota di tutti i nomi per eventuali esigenze alimentari, oltre che ovviamente per motivi di sicurezza in caso di incendio o cose del genere».

Kay sollevò la brochure. «Ho capito dai datori di lavoro del signor Wallis che parte della loro conferenza includeva esercizi di team building organizzati dall'hotel. Può dirmi quali?»

«Certamente. Vediamo… sono arrivati qui mercoledì pomeriggio e dopo un pranzo leggero hanno partecipato al laboratorio di artigianato. È dove offriamo agli ospiti la possibilità di cimentarsi in mestieri tradizionali locali, come l'intreccio di cesti e cose simili. Per il team building, credo ci fosse una sorta di competizione». Sorrise benevolmente mentre scorreva lo schermo in cerca dei dettagli. «Alcuni dei nostri clienti aziendali sono fermamente convinti che far lavorare il personale più a stretto contatto attraverso esercizi pratici sia utile. Oh, ecco qui: tiro con l'arco. Secondo un paio dei nostri ospiti più anziani, è diventato piuttosto chiassoso».

Quando né Kay né Gavin risposero, si schiarì la gola. «Ehm, dopo di che hanno giocato un po' a golf, poi abbiamo organizzato un barbecue per loro sulla terrazza. Il giorno successivo, la loro conferenza di vendita si è tenuta nella Sala Maestosa al primo piano. Tè del mattino alle dieci e trenta, pranzo in terrazza all'una, e drink di commiato alle quattro».

«E in quale stanza ha alloggiato?» chiese Gavin.

Seguirono altri tasti premuti, poi il silenzio.

Tavistock aggrottò la fronte. «Mi dispiace. Non ho alcuna registrazione del pernottamento del signor Wallis da noi, né mercoledì né giovedì notte. Qui dice solo che ha partecipato alla conferenza».

«Avremo bisogno di un elenco dei delegati da confrontare con quello che abbiamo dai suoi datori di lavoro, e vorremmo anche intervistare i membri del personale in servizio quel giorno», disse Kay.

Il labbro superiore dell'uomo si arricciò. «Beh, ovviamente avrò bisogno delle necessarie autorizzazioni».

«Le faremo avere entro la fine della giornata lavorativa di oggi».

«Sarà difficile riunire tutto il personale, inoltre - lavorano su turni diversi e il turno di servizio è stato cambiato solo ieri mattina».

Kay si alzò dalla sedia e forzò un sorriso mentre tendeva la mano. «Ho una squadra di agenti che mi assiste in questa indagine e sono più che capaci di coordinare gli interrogatori. Ci metteremo in contatto».

L'uomo riuscì a fare un debole sorriso mentre lasciavano l'ufficio, e Kay guidò il gruppo attraverso la reception fino al parcheggio.

Una volta fuori, Gavin si voltò verso di lei e si infilò le mani in tasca mentre fissava il logo dell'hotel che campeggiava sul portico sopra le loro teste.

«D'accordo. Se non ha alloggiato qui, dove diavolo è stato mercoledì e giovedì notte?»

CAPITOLO VENTITRÉ

«Calmatevi, gente».

Kay camminava avanti e indietro davanti alla lavagna, consapevole della presenza di Sharp ai margini.

Non appena era tornata alla stazione di polizia, aveva bussato alla porta del suo ufficio e aveva trascorso la successiva mezz'ora discutendo per ottenere più risorse per la sua indagine.

Sharp non era stato il problema, ma la sede centrale era riluttante a spendere i soldi e ci erano volute tutta la sua pazienza e le abilità diplomatiche di Sharp per ottenere i fondi aggiuntivi per gli straordinari.

Alla fine avevano acconsentito, e ora si trovava di fronte al compito di informare la sua squadra che i loro piani per il weekend erano cambiati.

L'ultimo agente in uniforme si era lasciato cadere su una sedia libera in prima fila con un sorriso di scuse. Kay porse un fascio di fogli a Barnes che stava in piedi sul lato destro dell'arco formato dai membri della squadra.

«Prendi un foglio e passa gli altri», disse. «Mi dispiace,

ma gli eventi di oggi non mi hanno lasciato altra scelta che insistere affinché continuiamo la nostra indagine durante il weekend».

Non si udì alcun suono dal gruppo, del che fu grata. I suoi uomini erano professionisti e avrebbero fatto tutto il possibile per catturare l'assassino.

«Passeremo i prossimi due giorni a intervistare il personale dell'hotel dove Clive Wallis è stato visto l'ultima volta. Secondo il suo datore di lavoro e il direttore dell'hotel, Wallis si è presentato mercoledì per partecipare a un evento di team building e conferenza di vendita che è durato fino a giovedì pomeriggio. Abbiamo un problema». Kay si girò e toccò la fotografia di Wallis. «Secondo il sistema di prenotazione dell'hotel, non ha passato la notte in albergo come previsto. Quindi, dove è andato?»

Si voltò di nuovo verso il gruppo. «Sul foglio di carta davanti a voi, troverete un'indicazione di con chi siete stati accoppiati e una lista delle persone che dovete interrogare. Domani ci concentreremo sul personale dell'hotel, poi domenica sulle persone che gestiscono le attività extracurricolari. Molte delle aziende che forniscono le attività sono gestite da artigiani locali e simili, quindi potrebbe essere necessario incontrarli a casa loro se non sono al lavoro. Debbie ha gentilmente raccolto tutti gli indirizzi email e i numeri di telefono rilevanti di cui avete bisogno per darvi un vantaggio iniziale».

Fece una pausa e bevve un sorso d'acqua prima di posare il bicchiere di plastica sulla scrivania accanto a lei. «Aggiornate il database mentre lavorate e segnalate immediatamente qualsiasi cosa sospetta a me, Barnes, Gavin o Carys. Domande?»

Si alzò una raffica di mani, e Kay trascorse i successivi venti minuti a rispondere alle domande e a perfezionare alcuni dei compiti fino a quando non fu soddisfatta che la squadra avesse tutto ciò di cui aveva bisogno.

«Bene, il direttore dell'hotel ci ha fornito una delle sale conferenze più piccole per domani, ma non sarà chiusa a chiave, quindi per nessun motivo lasciate informazioni riguardanti questa indagine in giro, è chiaro?»

«Capo».

«Capo».

«Sono sicura che i nostri amici dei media si accorgeranno che stiamo conducendo queste indagini, quindi se avete problemi, fatelo sapere a me o al DC Sharp».

Kay guardò l'orologio alla parete, poi di nuovo la sua squadra e forzò un sorriso. «State tutti facendo un ottimo lavoro, quindi grazie. Ci riuniremo qui come gruppo lunedì mattina. Sarò all'hotel anche io ad aiutare a condurre gli interrogatori, quindi se avete bisogno di me nel frattempo, venite a cercarmi. Congedati».

Sharp si avvicinò a lei mentre la squadra si disperdeva, e lei si voltò verso di lui con un sospiro.

«Beh, almeno tutti sono stati abbastanza educati da non lamentarsi del weekend in faccia a me».

«Sanno che lo chiederesti solo se non avessi altra scelta. Non preoccuparti. Vogliono catturare questo assassino tanto quanto te».

Il suo sguardo cadde sulle fotografie sulla lavagna. «E se non ci riuscissimo, Devon? E se avesse fatto ciò che si era prefissato di fare? E poi fosse sparito?»

Lui allungò la mano e le diede una pacca sul braccio.

«Allora lo troveremo, Kay. È quello che facciamo, ricordi?»

«Sì».

Lui indicò con il pollice oltre la sua spalla i suoi colleghi che stavano spegnendo i computer per la notte e iniziando a lasciare la stanza. «Dai. Vai a casa. Hai una giornata impegnativa davanti a te domani, e avrai bisogno di una buona notte di riposo. Sarà un caos all'hotel domattina, te lo dico io».

Il cellulare di Kay iniziò a suonare, e lei sorrise vedendo il numero familiare sullo schermo.

«Ciao, Abby», disse.

«Aspetta». Una voce smorzata rimproverò qualcuno in sottofondo prima di tornare. «Scusa - i bambini stanno dando del filo da torcere al momento. Stavo controllando se eri ancora disponibile per vederci per il mio compleanno il mese prossimo?»

Kay sorrise. Sua sorella era riuscita a convincere i loro genitori a fare da babysitter ai bambini per un weekend in modo che Abby e suo marito potessero avere un fine settimana rilassante per festeggiare il suo compleanno, con Kay e Adam che li avrebbero raggiunti in un ritiro di campagna nel Surrey.

«Questo è il piano. Indosserò persino quel vestito rosso che ho comprato mesi fa».

«Caspita».

Risero, e poi il telefono sulla scrivania di Kay si illuminò e lei gemette.

«Posso richiamarti? Devo rispondere a una chiamata».

Terminò la chiamata e prese l'altro telefono mentre infilava il cellulare nella borsa.

«Pronto?»

«Sono Jonathan Aspley. Hai un aggiornamento per me?»

«No, non ce l'ho».

«Cosa ci facevi al Belvedere Hotel?»

Kay lasciò cadere la borsa sulla scrivania, sbalordita. «Mi stai seguendo?»

«Non hai risposto alla domanda».

«Non intendo farlo. Fatti da parte, Jonathan. Stai camminando su un terreno pericoloso».

«C'è una connessione tra la vittima e l'hotel?»

«Stiamo conducendo una serie di indagini in relazione alla nostra investigazione».

«Non mi tenere all'oscuro, Hunter».

«Arrivederci».

Kay sbatté il telefono sulla base e lo fissò con uno sguardo truce, poi afferrò le chiavi della macchina e la borsa dalla scrivania e uscì furiosa dalla stanza.

CAPITOLO VENTIQUATTRO

Kay parcheggiò la sua auto nell'angolo più lontano del parcheggio dell'hotel la mattina seguente, con gli spazi più vicini alle porte della reception contrassegnati da avvisi che recitavano "solo ospiti", fornendo una chiara indicazione dei sentimenti del direttore dell'hotel riguardo all'invasione da parte della sua squadra investigativa sull'attività nel fine settimana.

Si mise la borsa in spalla, puntò il telecomando verso la portiera dell'auto per chiuderla, poi attraversò l'asfalto a grandi passi, con la mascella serrata.

Mentre attraversava le porte della reception e si dirigeva verso il banco, notò le sottili note di musica di sottofondo che filtravano nello spazio, senza dubbio uno sforzo dello stesso direttore per aggiungere una sfumatura di calma per compensare il numero di agenti in uniforme che si aggiravano.

Pochi istanti dopo, apparve Kevin Tavistock, con il viso arrossato mentre le porgeva una cartelletta.

«Ispettore Hunter, devo insistere affinché la sua gente

si allontani immediatamente dalla zona della reception. Dio solo sa cosa penseranno i nostri ospiti».

Kay si sforzò di sorridere. «Nessun problema. Può mostrarmi le stanze che ci sono state assegnate, così possiamo iniziare?»

Lui sbuffò, poi girò sui tacchi e le gridò da sopra la spalla. «Da questa parte».

Notò Barnes e Carys che si aggiravano vicino a un'uscita di sicurezza sul lato opposto della zona reception.

«Venite con me - Tavistock mi sta mostrando dove possiamo sistemarci. Dov'è Gavin?»

«Sta arrivando», disse Carys. «Sarà qui tra circa cinque minuti. Ha detto che si sarebbe fermato alla sala operativa per prendere cancelleria extra nel caso ne avessimo bisogno».

Si misero al passo con lei, il direttore di turno li guidò attraverso un dedalo di corridoi finché non si fermò in un vicolo cieco.

Indicò un set di bollitori di dimensioni industriali, brocche d'acqua piene di cubetti di ghiaccio e una pila di bicchieri e tazze da tè che erano stati organizzati su due tavoli.

«Il mio personale si assicurerà che vengano riempiti regolarmente», disse. Si spostò verso una porta chiusa accanto a uno dei tavoli e consegnò a Kay una chiave. «Lei ed io siamo gli unici ad avere una chiave di questa stanza. Venga».

Aprì la porta e li condusse in un ampio spazio per conferenze con tavoli e sedie disposti in file. Prolunghe elettriche serpeggiavano sul tappeto, e una lavagna e un proiettore erano stati lasciati su un tavolo all'estremità opposta della stanza.

La luce inondava la stanza attraverso le finestre che rivestivano la parete alla sinistra di Kay, e lei sbatté le palpebre per adattare la vista dopo il corridoio dell'hotel buio e squallido.

«Sarà sufficiente?»

Si voltò verso il direttore di turno. «È perfetto, grazie. E le stanze per i colloqui?»

«Troverà altre due porte nel corridoio principale di fronte ai tavoli dei rinfreschi. Non possono essere chiuse a chiave, ma hanno tavoli, sedie e prese di corrente per la vostra attrezzatura».

«Non importa; non lasceremo nulla quando avremo finito questo pomeriggio».

Tavistock congiunse le mani. «Va bene, bene, se ha tutto ciò di cui ha bisogno?»

«Sì, grazie».

Annuì, poi si affrettò ad uscire dalla stanza.

Kay si girò sui tacchi, preparandosi mentalmente all'assalto di una squadra investigativa indaffarata che avrebbe invaso la pace e la tranquillità, poi si rivolse a Barnes e Carys.

«Okay, voi due - radunate tutti e iniziamo, d'accordo?»

————

Kay osservò gli agenti in uniforme uscire dalla stanza, il briefing era concluso.

Ognuno portava un elenco di dipendenti dell'hotel e appaltatori che sarebbero stati intervistati nelle ore successive, le loro risposte inserite nel database HOLMES da Debbie West e due dei suoi colleghi che sedevano più vicini alla lavagna con i loro laptop aperti.

Kay sperava che filtrando le informazioni man mano che venivano ricevute dalle interviste, la squadra avrebbe avuto un vantaggio nell'elaborarle tutte quando sarebbero tornati nella sala operativa della stazione di polizia di Maidstone lunedì mattina.

«Capo? Io e Carys andiamo a iniziare gli interrogatori agli istruttori delle attività», disse Gavin, appendendo la giacca sullo schienale di una sedia libera e arrotolando le maniche.

«Ottimo. Sarò qui se avete bisogno di me - Barnes è andato a parlare con i giardinieri. Con chi iniziate?»

Carys controllò i suoi appunti. «Marjory Phillips - gestisce una scuola di equitazione locale e offre passeggiate a cavallo per gli ospiti. Questa attività non è stata offerta a Clive Wallis e ai suoi colleghi secondo il loro itinerario, ma il percorso di equitazione confina con il retro dei terreni dell'hotel, quindi abbiamo pensato che fosse meglio parlare con lei».

«Buona idea», disse Kay.

«Grazie, e dopo abbiamo la donna che gestisce i corsi di orienteering», disse Gavin.

Carys voltò la pagina sulla sua cartelletta. «Infine, Kyle Craig. Gestisce le lezioni di tiro con l'arco. Questo dovrebbe portarci fino all'ora di pranzo, e poi torneremo qui per vedere chi è rimasto».

«Perfetto, grazie».

Kay li guardò uscire di fretta dalla stanza, poi si appoggiò a una delle scrivanie e cercò di rilassarsi.

CAPITOLO VENTICINQUE

Gavin parcheggiò con cautela l'auto di servizio nel parcheggio dell'albergo, espirando mentre tirava il freno a mano. Si passò una mano sul viso mentre estraeva le chiavi dall'accensione.

«Santo cielo, quella donna potrebbe essere più estenuante di così da gestire?»

Carys rise e lasciò che la cintura di sicurezza si riavvolgesse prima di aprire la portiera. «Beh, suppongo che se insegna orienteering in questo posto, debba avere molta energia. Quei gruppi possono coprire una notevole distanza».

«Lo so, ma insieme all'altra che gestisce le stalle, sono esausto solo ad ascoltarle».

«E io che pensavo fossi un surfista super in forma». Carys schioccò la lingua. «Mi hai ingannata».

Gavin alzò gli occhi al cielo e scese dall'auto, agitando il telecomando sopra la spalla per chiuderla e affrettandosi a raggiungere la sua collega.

«È la quantità di chiacchiere che ho trovato estenuante.

Se fossero stati due uomini, saremmo entrati e usciti in mezz'ora ciascuno, al massimo».

Carys gli lanciò un'occhiata di rimprovero. «Sì, ma probabilmente avremmo dovuto tornare indietro a chiedere più informazioni. Almeno in questo modo, abbiamo due interrogatori approfonditi. Utili, tra l'altro».

«Scommetto che quella con l'istruttore di tiro con l'arco andrà più veloce».

Un pullman di turisti affollava il piazzale asfaltato di fronte all'edificio, il motore del veicolo che ticchettava mentre si raffreddava. Voci straniere riempivano l'aria mentre ogni persona cercava di localizzare la propria valigia, mentre un autista esasperato tentava di guidarli verso l'area della reception.

Carys rallentò mentre si avvicinavano alle porte e aggrottò la fronte leggendo i cartelli sul lato dell'edificio, ognuno che indicava una direzione diversa. «Da che parte è il campo di tiro con l'arco?»

«È dietro, sulla sinistra. Vieni, faremo prima a girare all'esterno che a farci strada attraverso questa folla».

Lei si mise al suo fianco, e Gavin trattenne un viticcio ribelle di glicine mentre si muovevano lungo uno stretto sentiero accanto all'hotel.

«Grazie. Hai sentito qualcosa sul nuovo DS?»

«No, tu?»

«Niente. Non da quando Kay e Sharp hanno fatto i colloqui la settimana scorsa. Ho avuto l'impressione che non sia andata troppo bene».

«Oh?»

«Due erano di altre zone, e uno aveva una cotta per Kay».

Gavin rise. «Scommetto che è andata bene».

«Sì. Sarà strano avere qualcun altro che si unisce alla squadra, non credi?»

«Dopo tutto quello che abbiamo passato, intendi? Sì, lo sarà». Si fermò quando raggiunsero il bordo di una vasta area erbosa alla fine del sentiero e si girò verso di lei. «Non eri tentata di fare domanda?»

Carys corrugò la fronte. «Lo ero, ma ci ho pensato a lungo e non credo di avere ancora abbastanza esperienza. Se faccio domanda per qualcosa del genere, voglio sapere di avere buone possibilità, capisci cosa intendo?»

Lui annuì. «Ha senso. Ti do pieno credito per aver preso quella decisione. So quanto vuoi fare di questo lavoro una carriera a lungo termine. Non so se vorrei la responsabilità extra, ad essere onesto».

«Ah, vedremo cosa penserai quando sarai stato un DC per un altro paio d'anni. Potresti cambiare idea».

«Forse». Socchiuse gli occhi nella luce intensa del sole, poi indicò verso una struttura bassa simile a un fienile che si ergeva sopra il prato all'estremità opposta. «Quello deve essere il centro di tiro con l'arco».

Carys guardò da entrambi i lati di dove si trovavano. «Pensi sia sicuro attraversare?»

«Non ci sono bersagli fuori. Sai cosa? Vai avanti tu e se vedo frecce volare, ti dirò di abbassarti».

«Molto divertente».

Mentre si avvicinavano, Gavin notò una figura muoversi vicino alla porta principale dell'edificio, il viso in ombra mentre lavorava.

L'uomo si raddrizzò quando si avvicinarono, i suoi occhi scuri che scrutavano i due detective prima di spingere una ciocca di capelli color grano dagli occhi e annuire.

«Voi siete della polizia, immagino?»

Gavin fece le presentazioni. «Vedo che è occupato, signor Craig, quindi non le ruberemo troppo tempo. Solo alcune domande di routine su uno degli ospiti che alloggiava qui una settimana fa».

Craig spostò il peso, poi si girò e appese gli archi che stava tenendo su una rastrelliera alla destra della porta. «Nessun problema. Cosa volete sapere?»

Carys gli porse una fotografia di Clive Wallis. «Lo riconosce?»

Craig scrutò l'immagine ma non la prese dalle sue mani. «Sì, lo riconosco. Lui e un gruppo di altri hanno passato un'ora qui a metà settimana. Mercoledì, se ricordo bene, anche se dovrei controllare le prenotazioni. Una sorta di attività di team building». Fece un passo indietro e aggrottò la fronte. «Cos'ha fatto?»

«È morto», disse Gavin.

«Accidenti. Voglio dire, mi dispiace. Quando?»

«È quello che stiamo cercando di accertare», disse Carys. «Ha passato molto tempo con lui?»

Craig si strofinò il mento con una mano sporca. «Solo quanto con gli altri. Un paio di loro avevano già provato il tiro con l'arco prima, quindi ho potuto dedicare più tempo al resto del gruppo per metterli al passo. Probabilmente ho parlato con lui individualmente solo un paio di volte».

«Che impressione le ha fatto? Sembrava preoccupato per qualcosa?» disse Gavin.

«No, non proprio». Indicò con il pollice oltre la sua spalla. «Teniamo un frigorifero qui per le bevande e cose del genere. Con licenza, ovviamente, essendo nei locali dell'hotel. Il vostro tizio non sembrava molto interessato alle attività. Sembrava contento di bere birra e chiacchierare con i suoi colleghi. Comunque, è un peccato: sembrava che avesse bisogno di un po' di esercizio. Un uomo grosso. Non sembrava troppo in salute, anche se le donne del gruppo sembravano apprezzarlo abbastanza».

«Oh?»

Sorrise. «Credo si considerasse un po' un dongiovanni. Certamente le aveva affascinate. Ho fatto fatica a far tirare qualche freccia al gruppo femminile».

«Problemi con qualcun altro del gruppo?»

«Nessuno che ricordi. Un gruppo piuttosto facile da gestire, ad essere onesti. Vorrei che fossero tutti così».

Gavin si girò e osservò il terreno su entrambi i lati del capannone. «Tutto questo sembra nuovo. Da quanto tempo è qui?»

«Circa due settimane. Prima avevamo il nostro capannone laggiù, più all'interno nel bosco. C'è una radura là, davvero bella». Scrollò le spalle. «Comunque, l'hotel sta andando così bene che hanno deciso di espanderlo: vedete tutti quei lavori di costruzione? Stanno sgombrando il terreno tra l'estremità dell'edificio esistente fino a dove finisce il bosco qui, e poi lo estenderanno. Ho sentito che stavano mettendo una piscina riscaldata e una spa, oltre a una location per matrimoni».

«Da quanto tempo lavora qui, signor Craig?»

«Circa due anni e mezzo. Avevano appena aperto quando ho fatto il colloquio ed erano desiderosi di offrire diverse attività agli ospiti, e io l'avevo già fatto prima vicino al Gloucestershire. Non appena hanno avuto i fabbricati e tutto pronto per partire, ho iniziato».

«Va bene» disse Gavin. «Credo che per ora sia tutto. Grazie per il suo tempo».

L'istruttore di tiro con l'arco alzò la mano in segno di saluto e tornò al suo lavoro, e Gavin guidò il cammino di ritorno verso l'hotel.

«Hai già fame?» chiese Carys.

«Sto morendo di fame. Ma diamo prima un'occhiata a quel cantiere».

CAPITOLO VENTISEI

Kay si alzò dalla sedia, allungò le braccia sopra la testa e soffocò uno sbadiglio prima di chiamare Debbie alle sue spalle.

«Ti dispiace se ti lascio qui un attimo? Vado a prendere qualcosa da mangiare e a prendere una boccata d'aria fresca».

«Nessun problema».

«Mi assicurerò che i camerieri ti portino qualcosa per tirarti su - a vedere come alcuni di quegli agenti stavano adocchiando il buffet là fuori, si direbbe che non mangino da un mese».

«Me lo chiedevo anch'io. Basta che non mi metti dolci nel piatto, d'accordo? Sto cercando di fare la brava - manca solo un mese alle mie vacanze».

Kay spinse la porta per uscire nel corridoio e valutò l'assortimento di cibo che era stato disposto su un secondo tavolo accanto alle bibite analcoliche e agli erogatori di acqua calda.

Si era accordata con Sharp per spendere parte del budget assegnato per il catering del team investigativo all'hotel piuttosto che mandarli fuori a procurarsi il proprio cibo.

Questo aiutava a mantenere la concentrazione nel portare avanti le interviste nel corso della giornata, e il team sarebbe stato meno incline a prendersi una pausa più lunga del necessario.

Vide avvicinarsi uno del personale dell'hotel e, dopo essersi assicurata che Debbie sarebbe stata ben servita, prese un piatto per sé e lo riempì con una selezione di panini e pezzi di frutta.

«Fatti da parte, alcuni di noi stanno morendo di fame».

Si voltò al suono della voce di Barnes e sorrise. «Com'è andata la tua mattinata?»

«Non male». Abbassò la voce mentre allungava la mano verso una fetta di torta. «Vuoi sederti fuori? Meno possibilità di essere ascoltati».

Fece un cenno con la testa verso il membro del personale che stava ancora gironzolando, e lei annuì.

«Fai strada».

Alla fine del corridoio, Barnes spinse una porta antincendio alla sua destra e la tenne aperta per lei.

Lei entrò in un giardino ombreggiato sul retro dell'hotel che offriva una vista ininterrotta sul campo da golf.

Arbusti e felci riempivano le aiuole contro il muro di mattoni dell'edificio, e giovani alberi appena piantati ondeggiavano nella brezza e fornivano un po' d'ombra su un gruppo di tavoli e sedie raggruppati in un angolo.

«Perfetto».

«Sì, lo pensavo anch'io. L'ho notato mentre parlavo con uno dei giardinieri».

Tirò fuori una sedia di metallo per lei accanto a un tavolo rotondo, e iniziarono a divorare il loro cibo.

«Dio, questo è fantastico», disse Kay. «Non oso pensare a quanto faranno pagare Sharp per questo catering».

«Meglio approfittarne allora. Potrebbe essere l'ultima volta che lo fa».

«Vero».

«Cosa ne pensi di questo caso, capo?» disse, pulendosi le dita con un tovagliolo di carta.

Lei sospirò. «Sharp continua a ricordarmi che siamo solo all'inizio e che non dovrei sentirmi frustrata, ma non posso fare a meno di sentire che sarà una lunga battaglia. La stampa si scatenerà se non risolviamo questo caso rapidamente, Ian».

«Non andare nel panico ancora - abbiamo appena scoperto chi è la nostra prima vittima. Una volta che Harriet e Lucas riusciranno a identificare la seconda vittima, saremo in una posizione migliore per vedere se c'è un collegamento tra le due».

Kay si tamponò le labbra, poi accartocciò il tovagliolo sul piatto e sospirò. «Che modo orribile di andarsene. E Clive Wallis - non aveva nessuno a cui importasse di lui. Sembra tutto piuttosto triste, non credi?»

Barnes le diede un pugno leggero sul braccio. «È per questo che ci siamo noi. Combatteremo per lui, giusto?»

Lei riuscì a sorridere, strizzando gli occhi nella luce intensa del sole. «Giusto».

Barnes seguì la direzione del suo sguardo e si schermò gli occhi. «Accidenti, quei due sono zelanti. Hanno fatto una pausa?»

Kay osservò Carys e Gavin che giravano l'angolo all'estremità opposta dell'hotel e si dirigevano verso un mucchio di macerie sul retro dell'edificio, dove tre operai stavano usando pale e picconi per rompere un vecchio sentiero che conduceva a un'area boschiva.

«Non credo», disse. «Devono essere tornati dalle stalle ore fa».

«Dopo c'era l'orienteering, e poi il tiro con l'arco, giusto?»

«Sì. Com'è andata la tua mattinata?»

«Il tizio che gestisce il centro golf era piuttosto inutile, ma me la sono cavata meglio con uno dei giardinieri - Peter Radcliffe. Ricorda sicuramente di aver visto Wallis mercoledì pomeriggio. A quanto pare, hanno giocato solo nove buche perché faceva troppo caldo ed erano arrivati troppo tardi per fare il percorso completo. Dice che Wallis ha giocato abbastanza bene, sembrava andare d'accordo con i suoi colleghi, e che si è persino ricordato di ringraziarlo per il noleggio delle mazze dopo». Barnes sorrise. «A quanto pare, non tutti gli ospiti sono così educati».

«Ha menzionato se ha visto Wallis la sera?»

«No - gliel'ho chiesto, ma lui lavora solo fino alle sei. Era in ritardo a sistemare dopo che gli ultimi delegati avevano lasciato il campo, ed è andato dritto a casa dopo».

Kay allungò la mano verso il bicchiere di succo d'arancia che aveva portato fuori con sé e ne prese un sorso. «Comincio a pensare che stiamo annaspando».

«Sì, ma sai com'è. Potremmo sentire qualcosa che ci aiuterà». Barnes allargò le mani. «Voglio dire, guarda questo posto. Se Wallis non è andato in camera sua, potrebbe essere stato ovunque».

Kay scrollò le spalle in accordo.

«D'accordo, ma dove è andato?»

CAPITOLO VENTISETTE

Trudy Evans si agitò sulla sedia di fronte a Kay e tirò l'orlo della gonna.

«Non sono mai stata interrogata dalla polizia prima», disse, e fece una risata nervosa.

Kay ignorò il commento mentre si appoggiava alla scrivania e aspettava che Barnes girasse una nuova pagina nel suo taccuino.

Ammirava le capacità di interrogatorio del suo collega - Barnes era un investigatore formidabile. Il ritmo dei suoi interrogatori lo faceva apparire calmo e composto, anche se Kay sapeva che sotto la facciata l'uomo era ansioso quanto lei di passare in rassegna l'elenco dei nomi e iniziare a estrapolare le informazioni che avrebbero potuto condurli al loro assassino.

Affrettarsi non era un'opzione.

«Signora Evans, da quanto tempo è dipendente dell'hotel?» disse Barnes.

«Oh, da circa tre anni. Da quando mi sono trasferita

qui da Bristol. Dovrei essere solo part-time, ma c'è sempre qualcosa da fare».

Kay non disse nulla quando la donna le sorrise. Non era il suo interrogatorio e non voleva alterare l'equilibrio della conversazione.

Alla fine la donna si voltò di nuovo verso Barnes, il suo sorriso svanì.

«A che ora è iniziato il suo turno mercoledì?» disse lui.

«Verso le dieci», disse Trudy. «Di solito siamo in due alla reception, ma Bettina era occupata ad allestire una delle sale riunioni, quindi sono rimasta da sola fino alle quattro».

«Da quello che abbiamo capito, mercoledì e giovedì si è tenuta una conferenza aziendale», disse Barnes. «A che ora hanno iniziato ad arrivare i delegati?»

«Dall'una». Trudy alzò gli occhi al cielo. «Le dico - era un casino. Non ho avuto nemmeno la possibilità di andare in bagno fino alle tre, e solo perché Kevin mi ha coperto per dieci minuti».

Barnes prese una fotografia capovolta di Clive Wallis dal tavolo tra lui e Trudy e la girò verso di lei.

«Riconosce quest'uomo?»

Trudy tenne le mani in grembo, ma si sporse in avanti per guardare l'immagine. «Sì».

«E il nome?»

«Um, no - non riesco a ricordarlo. Ce n'erano così tanti».

«Non c'è traccia della sua registrazione negli elenchi degli alloggi per quel giorno. Ha idea del perché?»

«La receptionist aggrottò la fronte. «Forse non ha alloggiato qui?»

«Se stava partecipando a una conferenza di due giorni con i colleghi, sa dirci perché non avrebbe dovuto alloggiare in hotel? C'era qualche problema con le camere?»

Trudy si morse il labbro inferiore. «Non che io ricordi. Non lo so. Come ho detto, era molto affollato. Avevo tizi che mi sventolavano carte di credito da tutte le parti - arrivavano tutti in gruppi di tre o più alla volta». Ridacchiò. «Onestamente, a un certo punto ho pensato che si incontrassero nel parcheggio e aspettassero di essere in tanti per rendermi la vita più difficile».

Né Kay né Barnes condivisero la battuta, e la donna si schiarì la gola prima di indicare la fotografia.

«C'è qualche problema? Ha fatto qualcosa di sbagliato?»

«A che ora è finito il suo turno?» disse Barnes.

«Alle quattro, quando è arrivato il mio sostituto. Abbiamo fatto un passaggio di consegne che è durato circa dieci minuti - non arriva mai in anticipo, quindi il passaggio si fa sempre nel mio tempo libero. Non gli faccio mai pagare gli straordinari, però».

Trudy serrò la mascella, come se sfidasse Barnes a mettere in discussione la sua etica del lavoro.

«A che ora ha lasciato l'hotel?»

«Verso le sei, credo. Mi sono fermata al bar per un drink e ho chiacchierato con qualcuno».

«Chi?»

«Un tizio. Penso che potesse essere alla conferenza, non ne sono sicura».

«È andata a casa in macchina?» disse Barnes.

«Sì. Non ero oltre il limite però. Ho bevuto solo un drink».

«A che ora è arrivata a casa?»

«Prima delle sette». Trudy sospirò e si appoggiò allo schienale della sedia. «I piedi mi stavano uccidendo a quel punto».

Barnes chiuse di scatto il suo taccuino. «È tutto, signora Evans. La contatteremo se avremo altre domande».

Kay osservò la donna lasciare la stanza e attese che avesse chiuso la porta dietro di sé, poi si voltò verso Barnes.

«Non capisco perché non ci sia traccia di Wallis da nessuna parte nel loro sistema».

«Come ha detto lei, era occupata. Forse non ha inserito correttamente i suoi dati nel computer e non vuole mettersi nei guai?»

«Forse. Novità con le telecamere di sicurezza dell'hotel?»

«Gavin sta aspettando notizie dalla loro sede centrale. Farà pressione se non avranno l'autorizzazione entro la fine della giornata. Prevede di esaminare le registrazioni con un altro agente domani».

«Ok, bene». Kay controllò l'orologio. «Chi è questa Bettina che ha menzionato?»

Barnes controllò l'elenco dei nomi che gli erano stati forniti dal responsabile di turno. «Bettina Merriweather. È la responsabile di Trudy».

«D'accordo. Scambiamo due parole con lei prima del debriefing e vediamo se può far luce sul motivo per cui la registrazione di Wallis è scomparsa».

Dieci minuti dopo, una donna dall'aspetto efficiente

con un'uniforme simile a quella di Trudy Evans sedeva di fronte a Kay e sbuffò mentre Barnes la interrogava sulle informazioni mancanti.

«Mi dispiace tanto», disse. «Abbiamo già avuto problemi con l'attenzione ai dettagli di Trudy sotto pressione. Posso solo presumere che, con il numero di persone che arrivavano tutte insieme, si sia agitata e abbia commesso un errore».

«Trudy ci ha detto che lei stava aiutando ad allestire una sala conferenze per i delegati. Fa normalmente parte delle sue mansioni?»

«Al momento sì. Sa, siamo così a corto di personale. Credo che la popolarità dell'hotel abbia colto di sorpresa i proprietari. Stanno conducendo una campagna di assunzioni in questo momento, ma sa com'è - nel tempo che ci vuole per esaminare i curriculum e trovare candidati da intervistare, e poi passare in rassegna quelli, potrebbero passare settimane prima di inviare offerte di lavoro».

Kay non commentò, ma avendo partecipato a numerosi colloqui nell'ultima settimana poteva capire la frustrazione della donna.

«Ha un altro modo per dimostrare che Clive Wallis ha alloggiato all'hotel quella notte?» disse Barnes. «Dopotutto, ai suoi datori di lavoro è stato addebitato l'intero contingente di delegati, quindi da qualche parte deve esserci una registrazione dell'uomo, no?»

La donna strinse le labbra. «Temo di no. Le fatture vengono emesse automaticamente. A meno che il cliente non ci contatti per informarci che qualcuno non verrà e ci dia un preavviso di ventiquattro ore per motivi di catering, semplicemente addebitiamo loro l'intero importo indipendentemente. È una loro responsabilità, non nostra. Voglio dire, se avesse scelto di pagare la sua camera con la propria carta di credito personale, sarebbe un'altra questione, ma non credo che l'abbia fatto, vero?»

«Va bene, signora Merriweather», disse Barnes. «La ringraziamo per il suo tempo».

Lei annuì, si alzò dal suo posto e si affrettò a uscire dalla stanza, lisciandosi l'uniforme mentre scompariva dalla vista.

Kay gemette mentre allontanava la sedia e si stiracchiava la schiena. «Raduniamo tutti per un briefing prima di tornare in centrale. Ho la sensazione che sarà una lunga nottata».

CAPITOLO VENTOTTO

Kay mescolò il contenuto di una bustina di zucchero nel suo caffè e alzò lo sguardo quando Sharp entrò nella stanza.

«Come procede?»

«Lentamente. C'è del caffè fresco là se ne vuoi uno».

Aspettò mentre lui si serviva una tazza dalla piccola cucina sul retro della sala operativa, poi spostò i suoi appunti lungo la scrivania per fargli spazio mentre lui prendeva una sedia di riserva e si sedeva.

«Che ne pensi?»

Si strofinò l'occhio destro. «Qualcosa non quadra. Abbiamo prove di terze parti - le telecamere sulla superstrada a Beltring - che mostrano chiaramente l'auto di Clive sulla strada che passa di qui. I suoi datori di lavoro confermano che ha partecipato alla conferenza; tutti i suoi colleghi confermano che era qui, ed è stato visto la sera al bar. A tutti gli effetti, alloggiava qui». Passò la mano sulle pagine davanti a sé. «Il problema è che non c'è nessuna dannata prova del fatto che avesse una stanza».

«Con chi hai parlato dell'hotel?»

«La receptionist che lavorava quando tutti si sono registrati per la conferenza, Trudy Evans. Non ha saputo spiegare perché mancasse la registrazione di Wallis, ma quando abbiamo parlato con la sua responsabile è emerso che non è la prima volta che succede».

«E le lezioni che Wallis ha seguito mentre era qui? Il team building?»

«Abbiamo parlato con il personale che gestisce il campo da golf, l'orienteering, l'equitazione e il tiro con l'arco. Gli altri gestiscono attività al di fuori dei loro contratti con l'hotel, quindi non siamo riusciti a contattarli oggi. C'è un mercato al centro artigianale locale dove molti di loro hanno le loro attività domani mattina, quindi ci dirigeremo lì per prima cosa e concluderemo le interviste con un po' di fortuna».

«Qualcuna di queste persone è entrata in contatto con la nostra vittima?»

«L'istruttore di tiro con l'arco e quello di golf. Abbiamo intervistato le persone dell'orienteering e dell'equitazione per escluderle. Stiamo iniziando ad avere un'idea migliore dei movimenti di Wallis mentre era sul posto, almeno».

Sharp prese un sorso del suo caffè e lasciò vagare lo sguardo sulla documentazione raccolta.

In un angolo lontano, Debbie West sedeva alla sua scrivania, il suo laptop aperto mentre finiva di aggiornare il database HOLMES con le scoperte del giorno, il *tap tap* delle sue dita sulla tastiera che arrivava fino a dove erano seduti loro.

«Il quartier generale sta facendo pressioni per

riassemblare la squadra investigativa lì», disse Sharp. «Più risorse».

Kay arricciò il naso. «Più interferenze, anche».

Lui scrollò le spalle. «Preferirei che tu rimanessi alla stazione, Hunter - ma abbiamo bisogno di un risultato. Qualcosa da dare loro per mostrare che stiamo facendo progressi. C'è qualcosa che posso fare per aiutare?»

Lei scosse la testa. «No, ma grazie. Gavin ha i filmati delle telecamere di sicurezza dell'hotel, compresa l'area della reception. Potremmo non avere una registrazione scritta del soggiorno di Wallis, ma almeno possiamo scoprire se è semplicemente sfuggito al controllo. Trudy Evans ha detto che c'era il caos quando sono arrivati tutti. Gav ha portato un paio di ragazzi nella sala multimediale per esaminare i nastri».

Sharp controllò l'orologio. «Ci vorranno un paio d'ore».

«Almeno. Ha intenzione di rimanere fino a tardi per esaminarli, quindi gli ho detto che può iniziare più tardi domani. Ho bisogno che questa squadra sia sveglia, capo».

«D'accordo. Come se la sta cavando Barnes?»

«Come vice, intendi? Brillantemente, ad essere onesti. So che può essere un burlone, ma mi ha impressionato questa settimana passata».

Sharp si passò una mano sulla mascella. «Ancora non riesci a convincerlo?»

«Purtroppo no, e non intendo insistere. Ammettiamolo, la promozione non è per tutti. Sembra abbastanza felice in un ruolo di supporto, e sono grata per il suo aiuto».

«Ho letto i tuoi appunti sui candidati».

«E?»

«Mi trovi d'accordo. Non credo che abbiamo trovato ancora la persona giusta per questa squadra, e sono riluttante a portare qualcuno a bordo tanto per farlo. Sono preoccupato per il carico di lavoro, però».

«Ce la faremo. Ce la facciamo sempre».

«Vero». Si guardò alle spalle mentre la porta della sala operativa si apriva e la squadra entrava per il briefing pomeridiano. «Rimarrò per questo».

«Nessun problema».

Kay aspettò che lui si fosse diretto verso il suo ufficio e avesse appeso la giacca dietro la porta, poi prese i suoi appunti e si diresse verso la parte anteriore della stanza.

Si fermò alla scrivania di Carys, facendo segno alla giovane detective di aspettare un momento.

«Ho visto te e Gavin andare verso i lavori di costruzione dell'hotel. Qualcosa di interessante?»

«Non proprio. L'istruttore di tiro con l'arco con cui abbiamo parlato - Kyle Craig - ha detto che l'hotel si sta espandendo, e che alcuni vecchi capannoni e edifici esterni erano stati demoliti per far posto ai nuovi. Abbiamo pensato di dare un'occhiata nel caso potessimo trovare qualcosa, ma ci sono solo macerie».

«Nessun lavoro in corso?»

«Non al momento - gli uomini che erano lì erano appaltatori portati per sistemare il sito. Ho chiesto a uno degli addetti alle pulizie mentre stavamo tornando alla sala conferenze, e ha detto che è tutto in sospeso per il momento».

Si affrettarono verso dove i loro colleghi stavano aspettando vicino alla lavagna.

Kay si voltò verso tutti.

«Va bene, sistematevi. Prima finiamo, prima potrete andare a casa».

Il brusio si dissipò fino a che nell'aria rimase solo un mormorio, poi lei iniziò.

«Prima di tutto, grazie per tutto il vostro aiuto oggi - c'erano molte dichiarazioni da prendere, e ci saranno molte informazioni da confrontare nei prossimi giorni. Gavin e gli agenti Stewart e Morrison stanno attualmente esaminando i filmati delle telecamere di sicurezza e vi faremo sapere non appena avremo qualcosa da riferire. Abbiamo una conferma visiva, di Trudy Evans che lavorava alla reception il giorno in cui sono arrivati i delegati. Ha confermato di aver riconosciuto Wallis dalla fotografia che abbiamo fornito, ma non sa spiegare perché i suoi dati non appaiano nel sistema di prenotazione dell'hotel».

«Errore umano?» disse Phillip Parker dalla sua posizione in fondo alla stanza.

«È quello che pensiamo. Domani, sarete mandati in coppia a intervistare le persone che forniscono le attività ricreative esterne per l'hotel. Ce ne sono parecchi che partecipano a questo mercato nei locali del centro artigianale, quindi vi voglio fuori dalla porta alle sette. Se arrivate più tardi, rischiamo di ricevere lamentele per aver interrotto il normale svolgimento degli affari. Mi scuso se avevate in programma di dormire fino a tardi».

«Sarebbe un lusso», disse Barnes con un finto accento dello Yorkshire, provocando una risatina nella stanza.

Kay attese che si calmassero. «Ho ricevuto notizie da Harriet che il suo team dovrebbe ottenere i risultati dal laboratorio lunedì, quindi con un po' di fortuna potremmo avere un nome per la nostra seconda vittima. Aspettatevi una settimana intensa, perché dovremo cercare di collegare le due vittime al loro assassino. Domande?»

Fece una pausa, ma non ne arrivarono. «Bene. Andate a casa. Ci vediamo al centro di artigianato alle sette. Non fate tardi».

CAPITOLO VENTINOVE

Kay gettò indietro le coperte e si strofinò gli occhi.

Era sveglia da due ore, incapace di dormire e riluttante a svegliare Adam che russava accanto a lei con il braccio sopra la testa, nonostante la luce del sole che filtrava attraverso uno spiraglio nelle tende.

Controllò l'orologio e sospirò, rassegnata al fatto di essere riuscita a riposare solo poche ore, prima di infilarsi un paio di pantaloncini e una canottiera e scendere al piano di sotto.

Sbadigliò mentre prendeva i chicchi di caffè dalla credenza, poi chiuse la porta della cucina in modo che il rumore della macinazione dei chicchi e le emissioni di vapore della macchina non si sentissero al piano di sopra. La clinica non doveva aprire quel giorno, e Adam era tornato a casa dopo mezzanotte in seguito a una chiamata in una fattoria alla periferia di West Malling.

Lo avrebbe lasciato dormire il più possibile.

Una volta che il caffè fu pronto e un ricco aroma

riempì la cucina, Kay ne versò una grande tazza e sbloccò la porta sul retro.

Misha emise un belato pietoso da dietro il suo recinto di rete metallica, e Kay attraversò l'erba a piedi nudi fino a dove la minuscola creatura la guardava con occhi pallidi.

«Buongiorno, tu».

La capra belò.

«Ti lascerò uscire un po', ma stai lontana dalle erbe aromatiche, d'accordo?»

Misha saltellò all'indietro e Kay rise.

Riuscì a sganciare il chiavistello con una mano, poi si fece da parte mentre la capra usciva di corsa dal recinto e trottava intorno al bordo del prato, fermandosi accanto a diversi cespugli per affondare la testa tra le foglie e inalare i diversi profumi.

Con un occhio sui progressi di Misha, Kay tornò verso il patio e si lasciò cadere su una delle sedie, sorseggiando il suo caffè.

Il mercato degli agricoltori al centro artigianale non sarebbe iniziato prima di un'ora e mezza e il traffico sarebbe stato leggero, quindi si concesse un momento per rilassarsi.

Aveva lasciato a Debbie l'incarico di stilare un elenco per gli interrogatori che dovevano essere condotti, includendo sia i titolari temporanei dei banchi che si presentavano ogni domenica, sia gli affittuari permanenti del centro artigianale.

Il suo sguardo vagò sul prato fino a un'aiuola che esplodeva di colori, un'eredità del precedente proprietario che amava le rose. Si annotò mentalmente di togliere i fiori appassiti dalle piante una sera dopo il lavoro per favorire nuove fioriture, poi si voltò quando la porta sul retro si aprì.

«Buongiorno. Il caffè è pronto».

Apparve Adam, già con una tazza fumante in mano, e sollevò un giornale. «Ne ho preso, grazie. Questo è appena arrivato».

Posò il giornale sul tavolo accanto a lei, poi rise mentre Misha fu colta da un attacco di starnuti.

«Eh sì, questo è quello che succede quando ficchi il muso nell'orto», disse. «Vieni qui».

La capra trottò verso di lui e lui le passò le dita tra i peli per liberarla dai forasacchi che aveva raccolto durante i suoi giri per il giardino.

Kay diede un'occhiata ai titoli stampati e si sporse in avanti quando un articolo verso il fondo della pagina attirò la sua attenzione.

La polizia locale non è più vicina all'arresto dell'assassino.

«Oh, fantastico».

«Cosa?»

Puntò il dito sul titolo. «Jonathan Aspley ha evidentemente rinunciato a ottenere notizie da me, quindi ha scritto qualcosa comunque».

Sfogliò la pagina. Il giornalista aveva fatto poco più che rigurgitare i fatti noti già presentati alla stampa dall'addetto stampa del quartier generale, e lei sospirò.

«Tutto bene?»

«Sì, grazie al cielo. Dovrò Proporre a Sharp di dare qualcosa alla stampa però. Non aspetteranno per sempre, e non possiamo rischiare speculazioni su questo caso».

«A che ora parti per il mercato?»

«Tra circa mezz'ora, perché?»

«Ti dispiace se vengo anch'io? Non intralcerò la tua squadra - potrei fare un giro, vedere se ci sono alcuni dei miei clienti. È un posto popolare, e sarebbe bello vedere alcuni di loro al di fuori dell'orario di ambulatorio».

«Certo che puoi venire. Sarebbe bello avere compagnia, ad essere onesti».

«Ottimo». Finì il suo caffè. «Rimetterò Misha nel suo recinto, e poi possiamo prepararci per partire».

Misha belò mentre lui la conduceva verso la recinzione metallica, e Kay si alzò dalla sedia, afferrò il giornale dal tavolo, poi lo arrotolò e lo usò per schiacciare una vespa errante con esso.

———

Un'ora dopo, erano in piedi accanto alla loro auto in un'area ombreggiata di un parcheggio ghiaioso fuori dall'ingresso del centro artigianale, accanto a una fila di veicoli di servizio e modelli di proprietà privata.

Il resto della squadra investigativa si aggirava con i colleghi dopo aver salutato Adam, e una volta che Kay si fu assicurata che tutti fossero presenti, si rivolse a lui.

Lui sorrise. «Va bene, mi toglierò dai piedi. Vado a prendere delle verdure per la cena di questa settimana. Ci vediamo dopo - buona fortuna».

Si avviò verso il più vicino dei banchi di alimentari, e Kay riportò l'attenzione dove la sua squadra era radunata intorno ai vari veicoli e li chiamò a raccolta.

«Radunatevi», disse. «Non urlerò perché non voglio che nessun altro senta». Attese che la squadra facesse alcuni passi verso di lei finché non poté parlare loro a bassa voce. «Per ricapitolare. Il centro di artigianato è a solo un miglio dall'hotel in linea d'aria attraverso quel bosco laggiù. Siamo a circa quattro miglia da dove è stato trovato il piede amputato di Wallis. I nostri parametri per le interviste di oggi includono l'accertare chi potrebbe essere entrato in contatto con Wallis nel corso del mercoledì pomeriggio e sera. Sappiamo che tutti i colleghi di Clive Wallis hanno partecipato a un esercizio di team building con Derek Flinders che ha insegnato loro l'intreccio di cesti, ma Montgomery Fisher ha confermato che quell'attività si è conclusa in un paio d'ore. Ai suoi dipendenti è stata data un'ora per visitare i negozi di artigianato qui sul posto prima che il loro minibus li riportasse in hotel».

Controllò i suoi appunti. «Debbie qui ha un pacchetto per ciascuno di voi che contiene nuove fotografie di Clive Wallis. Stiamo usando quella dal sito web del suo datore di lavoro piuttosto che quelle fornite da Lucas, per ovvie ragioni. Se parlate con qualcuno che può far luce sui suoi movimenti nella notte di mercoledì, in particolare su dove ha alloggiato, fatemelo sapere immediatamente. Domande?»

«No, capo».

«Tutto chiaro, capo».

«In tal caso, mettetevi al lavoro. Il mercato finisce alle undici, quindi se uno dei venditori sulla vostra lista sembra occupato, avete tempo di passare oltre e poi tornare da loro. Vogliamo cercare di creare meno disturbo possibile, altrimenti avremo i media addosso in un batter d'occhio».

Osservò mentre si disperdevano nel parcheggio, poi si voltò sentendo una leggera spinta al gomito.

Barnes sollevò una cartellina color manila. «Ti va di unirti a me? Ho un interrogatorio con uno scultore».

Lei sorrise. «Sarà meglio. Dio sa che non sei il tipo più colto in giro, Ian».

«Non mi dispiace se riesco effettivamente a riconoscere ciò che stanno creando. È quando mi ritrovo a guardare nient'altro che un blocco informe di marmo o bronzo che non riesco ad entusiasmarmi».

Kay rise e lo seguì verso il cancello d'ingresso del centro artigianale. «Chi altro hai sulla tua lista?»

«Travis Stevens. Fabbro. Ecco, questo è più interessante».

«D'accordo. Parliamo prima con lui».

CAPITOLO TRENTA

Carys bussò con le nocche sul rivestimento in lamiera ondulata del capannone all'estremità del terreno occupato dal centro artigianale. Sforzò gli occhi per scrutare nell'oscuro interno.

Da dove lei e Gavin si trovavano, poteva sentire il raschiare di uno scalpello, seguito da una bestemmia borbottata.

«C'è nessuno?»

Un movimento in fondo al capannone attirò la sua attenzione pochi istanti prima che una voce rispondesse.

«Entrate pure».

Mentre guidava il cammino oltre la soglia, il dolce profumo di segatura le solleticò i sensi, ricordandole le lezioni di falegnameria a scuola.

«Da questa parte».

Particelle di polvere riempivano l'aria, vorticando nei raggi di sole che filtravano attraverso finestre grossolanamente tagliate nella parte alta delle pareti. Le sue scarpe strisciavano su schegge e ritagli di legno, e mentre i suoi occhi si abituavano allo spazio fiocamente illuminato, notò assi di legno impilate ordinatamente.

«Posso aiutarvi?»

Si voltò nella direzione da cui proveniva la voce. Un uomo di mezza età torreggiava su di lei, la fronte stempiata luccicante di sudore. Si pulì le mani con un asciugamano, sporco e grasso che oscuravano il logo di una squadra di calcio sul tessuto, poi alzò un sopracciglio mentre Gavin estraeva il suo tesserino.

Carys si schiarì la gola e mostrò il proprio tesserino prima di presentarli.

«Può dirci il suo nome, per favore?» disse Gavin.

«Derek Flinders. Che succede?»

«Indagini di routine per un'inchiesta in corso».

«Sembra eccitante. Cosa avete bisogno di sapere?»

Carys ignorò il lampo di impazienza nell'espressione di Gavin alle parole dell'altro uomo e indicò il banco da lavoro dietro di lui.

«Di cosa si occupa qui?»

Sorrise, gettò l'asciugamano sulla spalla e incrociò le braccia. «Sono un fabbricante di frecce. Realizzo archi e frecce, e a volte insegno».

«E rifornisce il centro attività dell'Hotel Belvedere?»

«Occasionalmente, sì».

«Quanto spesso?» disse Gavin.

Flinders scrollò le spalle. «Forse una volta al mese. Ovviamente, quando ha aperto, ho ricevuto un ordine da loro per circa venti archi di diverse lunghezze e pesi. Ora fornisco solo sostituzioni se uno degli ospiti ne rompe uno».

Carys indicò gli attrezzi appesi a ganci sulla parete più lontana. «Che misure di sicurezza ha qui?»

«Misure di sicurezza?»

«Per impedire a qualcuno di entrare».

Si strofinò il mento. «Chiudo a chiave le porte doppie da cui siete entrati poco fa. Questo è tutto, in realtà. I cancelli principali del centro artigianale vengono chiusi da chiunque sia l'ultimo ad andarsene nel pomeriggio. Abbiamo tutti una chiave per il lucchetto di quelli».

«Le hanno mai rubato qualcosa?» disse Gavin, passando una mano sul banco da lavoro.

«No. Niente del genere».

«Il suo accento. Non è di queste parti?»

«Somerset. Sono cresciuto lì. È un po' difficile perderlo dopo quarant'anni e passa».

«Da quanto tempo è nel Kent?»

«Circa tre anni, più o meno. Senta, le dispiace dirmi di cosa si tratta?»

Cogliendo lo sguardo di Gavin, Carys tirò fuori il suo taccuino dalla borsa insieme a una fotografia della vittima. «Stiamo indagando sull'omicidio di un ospite dell'hotel, un uomo di nome Clive Wallis. Secondo le nostre fonti, ha partecipato a un'attività di team building con lei, insieme ad alcuni suoi colleghi mercoledì scorso pomeriggio».

Flinders corrugò il naso. «Ricordo il gruppo, ma non posso dire di ricordare lui. Dice che è morto?»

«Crediamo sia stato ucciso circa dieci giorni fa» disse Gavin. «Dov'era mercoledì sera di due settimane fa?»

«Cristo, non lo so». Si strofinò il mento. «Aspetti. Ecco. Mi stavo preparando per una visita della scuola locale il giorno dopo. Richiede molto lavoro, in realtà -

specialmente assicurarsi che molti degli attrezzi più affilati siano chiusi a chiave fuori portata».

«C'era qualcun altro qui con lei?»

«Travis, che gestisce la fucina, deve essere stato qui - sì, è così. Se n'è andato circa quindici minuti prima di me e si è affacciato per chiedere se per me andava bene chiudere i cancelli uscendo».

Carys allungò il collo e scrutò le travi del tetto. «Niente telecamere di sicurezza?»

Flinders sorrise e indicò le pile di assi di legno che rivestivano le pareti. «Non c'è molto da rubare».

«Possiede un pickup, signor Flinders?»

«No. Ho una utilitaria; da circa sei anni».

Gavin indicò gli archi che erano stati posti sul banco da lavoro. «Per curiosità, da dove prende il legno per questi?»

L'orgoglio entrò nella voce dell'uomo. «È tutto di provenienza locale dal bosco che ci confina qui. Lo taglio durante i mesi invernali, lo lascio asciugare, e poi durante l'estate posso iniziare a fabbricare gli archi».

«Realizza qualcos'altro?» disse Carys.

«Certo. Da questa parte».

Li condusse dall'altro lato del laboratorio e poi si fece da parte per lasciarli passare.

Persino Gavin non riuscì a trattenere un fischio di ammirazione per l'artigianato che aveva davanti. Carys passò in rassegna la collezione di cesti per la legna da ardere, pergolati e obelischi per piante rampicanti, e si meravigliò della complessità del lavoro.

«Questo è meraviglioso».

«Grazie».

«Quanto tempo le ci vuole per realizzare qualcosa del genere?» disse Gavin, indicando un elaborato traliccio.

Flinders scrollò le spalle, un sorriso che gli tirava l'angolo della bocca. «Dipende da quante interruzioni ho durante il giorno. Di solito tre giorni, tra un lavoro e l'altro. Potrei farlo più velocemente, ma poi non durerebbe tanto a lungo, e preferisco che i miei clienti mi raccomandino».

Carys toccò Gavin sul braccio e segnalò che avevano finito. «Capisco l'allusione. La lasceremo tornare al suo lavoro».

Lui sorrise. «Nessun problema. E se posso darvi un suggerimento?»

Carys socchiuse gli occhi. «Quale?»

«Provate gli hot dog allo stand di Alan Marchant - usa carne biologica. Sono le migliori salsicce che troverete da questa parte di Speldhurst».

Gavin lanciò un'occhiata a Carys e alzò un sopracciglio. «Sarebbe un peccato non farlo, non credi, agente Miles?»

«Sembra un buon piano. Grazie, signor Flinders».

CAPITOLO TRENTUNO

Kay indietreggiò per il calore feroce che emanava dall'estremità del blocco di stalle convertito. Sbatté le palpebre per togliersi la fuliggine dagli occhi e scrutò l'interno fumoso.

Un clangore di metallo contro metallo riempiva lo spazio, e Barnes dovette chiamare due volte prima che il frastuono cessasse.

«C'è nessuno?»

«Possiamo scambiare due parole?» disse Kay, sforzandosi di vedere il proprietario della voce all'interno dell'oscuro edificio contro il bagliore arancione della forgia.

Un cane si avvicinò trotterellando verso di loro, il suo pelo grigio screziato in netto contrasto con i suoi occhi azzurro brillante.

Kay si chinò e automaticamente gli arruffò il pelo tra le orecchie, poi si raddrizzò quando un uomo si avvicinò, i capelli striati dal sole legati in una coda di cavallo, indossava una maglietta nera sopra jeans strappati. Si asciugò la fronte con il polso.

«Posso aiutarvi?»

Barnes aveva già tirato fuori il suo tesserino e lo tenne sotto il naso dell'uomo. «Stiamo indagando sulla morte di un ospite dell'Hotel Belvedere e abbiamo saputo che ha visitato il centro artigianale con i suoi colleghi la settimana scorsa. Lei è?»

«Travis Stevens. È quel tizio di cui ho sentito parlare al telegiornale?»

«Sì. C'è qualcun altro che lavora qui con lei?»

Il fabbro lasciò uscire una risata soffocata. «No, non posso permettermi di assumere nessun altro».

Kay si presentò, poi gettò lo sguardo sulla folla di persone che aveva iniziato a riempire l'area fuori dalla forgia. «Sembra affollato».

«Eh, beh, le domeniche di solito lo sono. Aiutate dal mercato, vede. Durante la settimana è un po' diverso».

«Come fa la sua attività a mantenersi a galla?»

«Commissioni, principalmente. Ha conosciuto Marjory Phillips? Gestisce il centro di equitazione locale».

Kay scosse la testa. «I miei colleghi le hanno parlato però, come parte della nostra indagine».

«Sì, beh, mi occupo di tutti i suoi cavalli. Inoltre, faccio cancelli da giardino, ornamenti per caminetti, cose del genere».

Barnes recitò la sua introduzione standard riguardo alla loro indagine. «Dov'era nelle notti in questione?»

Stevens indicò con un cenno del capo la forgia. «Ho lavorato fino a tardi, circa le otto o giù di lì. A volte succede così: quando le cose vanno bene e hai trovato il ritmo, è inutile fermarsi». Un sorriso gli solleticò l'angolo della bocca. «Non è che il metallo se ne stia lì ad aspettare».

I suoi occhi marroni brillavano, e Kay fu contenta che Carys non avesse scelto di interrogare il fabbro. Non sarebbe riuscita a cavare una parola coerente da lei per giorni una volta posati gli occhi sull'uomo.

«Possiamo dare un'occhiata all'interno?» disse.

«Certo. Mantenete le distanze dalla forgia, però. È calda».

Fece l'occhiolino, poi fece loro cenno di seguirlo nell'edificio.

Kay allentò i polsini della camicia e si arrotolò le maniche per cercare di alleviare l'improvviso aumento di temperatura, poi rivolse la sua attenzione alle merci che erano state esposte sugli scaffali sul lato sinistro dello spazio di lavoro.

«Un attimo. Accendo le luci», disse Stevens.

Una fila di faretti si accese sopra gli scaffali, e lei fece un passo indietro per ammirare il lavoro dell'uomo.

I suoi occhi caddero su una fila di coltelli sigillati in una teca di vetro. «Come sono assicurati questi?»

Stevens si avvicinò a dove lei stava in piedi, poi si chinò sul lato destro della teca e le fece cenno di guardare. Le mostrò un lucchetto fissato a un anello di metallo sul lato della vetrina.

«Ho l'unica chiave».

Lei annuì, poi tirò fuori il suo taccuino mentre Barnes osservava gli attrezzi pesanti appesi a una rastrelliera vicino alle fiamme.

«Dove abita esattamente, signor Stevens?»

«Fuori, vicino a Biddenden. I miei genitori hanno un piccolo podere da quelle parti».

«E, come è diventato un fabbro?»

Lui indicò il pezzo di metallo che giaceva sul banco. «Le dispiace se lavoro mentre parliamo?»

«Abbiamo quasi finito. Potrebbe rispondere alla domanda, per favore?»

Lui alzò le spalle. «Non ero molto bravo a scuola. In realtà, non è proprio vero: non ero interessato a ciò che cercavano di insegnarmi. Mio padre era preoccupato che finissi nei guai, così mi ha organizzato un lavoro part-time con un maniscalco locale. Mi è piaciuto molto. Ho rilevato la sua attività quando è andato in pensione circa sei anni fa. Aspetti, devo usare il mantice, altrimenti questo fuoco morirà».

Le rivolse un sorriso di scuse, le passò accanto e si diresse verso la forgia.

Kay e Barnes lo seguirono.

«Cosa usa come combustibile?» disse lei.

«Legno. Il trucco è mantenere caldo il carbone. Il legno di nocciolo funziona meglio per la forgiatura, perché brucia a una temperatura più alta. Mi dà il tempo di fare il mio lavoro e non spreca combustibile in questo modo».

Aspettarono mentre lui accudiva le fiamme. Una volta soddisfatto del fuoco, si allontanò e si pulì le mani.

«Scusate. La canna fumaria ha bisogno di essere pulita, quindi a volte può essere un po' capricciosa».

«Quando riceve visitatori dall'hotel, che tipo di attività offre loro? Possono provare a fare qualcosa?»

«No, per cominciare la mia assicurazione andrebbe alle stelle. Faccio una presentazione interattiva con loro, chiacchiero sulla storia del posto, e poi mostro loro come faccio qualcosa di semplice come un attizzatoio ornamentale o un coltello, cose del genere».

«Che veicolo guida?»

«Quel furgone scassato là fuori. Ha circa novantamila miglia sul contachilometri e probabilmente mi durerà altri due anni se sono fortunato».

Kay chiuse di scatto il suo taccuino, poi consegnò a Stevens uno dei suoi biglietti da visita. «Va bene. Grazie per il suo tempo. Se le viene in mente qualcosa che potrebbe aiutare le nostre indagini, il mio numero e l'indirizzo email sono qui sopra».

«D'accordo».

Kay annuì al fabbro, poi guidò il cammino attraverso il blocco di stalle convertito e fuori all'aria aperta.

Barnes tirò fuori un fazzoletto di cotone dalla tasca e si asciugò la fronte, strizzando gli occhi mentre si abituavano alla luce intensa del sole dopo l'oscurità della fucina.

«Allora, che ne pensi di Thor? Hai visto i bordi seghettati dei coltelli che aveva in esposizione?»

«Sì». Kay guardò oltre la sua spalla al suono di un martello che batteva nuovamente sul metallo, la silhouette di Stevens netta contro le fiamme che ruggivano nel fuoco dietro di lui. «Promuovilo a persona d'interesse, Ian. Teniamo d'occhio questo qui».

«Preso nota. Chi è il prossimo?»

Kay esaminò i suoi appunti, poi indicò dall'altra parte del blocco di edifici a forma di U verso un laboratorio all'estremità opposta. «Janice Upton. La tua scultrice».

Barnes fece una smorfia. «Un'altra persona con accesso a oggetti affilati e appuntiti. Questo posto ne è pieno».

CAPITOLO TRENTADUE

Un flusso costante di veicoli stava iniziando a filtrare attraverso l'uscita del centro artigianale. Kay si avvicinò a un angolo ombreggiato del parcheggio per unirsi al gruppo di agenti che aspettavano lì.

«Grazie a tutti», disse. «Apprezzo il vostro lavoro questa mattina. Avete tutti consegnato le vostre dichiarazioni a Debbie?»

Un mormorio si diffuse tra loro.

«Bene. C'è qualcosa di urgente che non può aspettare fino a domani?» Nessuno alzò la voce. «Va bene, tornate a casa e godetevi il resto della domenica. Briefing mattutino alle otto e trenta domani».

Gli agenti si fecero strada verso i propri veicoli, allentando le cravatte e togliendosi le giacche mentre si rilassavano. Kay si rivolse alla sua collega.

«Carys, hai visto Barnes e Piper?»

Carys sorrise e indicò l'ingresso del mercato dove una fila di persone aspettava accanto a un chiosco dipinto a colori vivaci, da cui si alzava del fumo nell'aria.

«Prova al chiosco degli hot dog».

Kay alzò gli occhi al cielo. «Lo immaginavo. Ci vediamo domani mattina».

«Va bene, capo».

Kay si sistemò la borsa sul braccio, poi attraversò l'erba alta verso la sua auto e aprì lo sportello posteriore. Si tolse la giacca, scambiò le scarpe da lavoro con dei sandali, gettò i vestiti che si era tolta sul sedile posteriore, richiuse il veicolo e si diresse di nuovo verso il centro di artigianato.

Mentre camminava, si tolse gli occhiali da sole dalla testa, imprecando sottovoce quando i capelli si impigliarono nella cerniera metallica da un lato, poi passò la mano sui capelli per sistemarli e si mise gli occhiali da sole sul naso.

Nonostante fosse tarda mattinata, il mercato era ancora affollato e lei ricordò il commento di Travis Stevens sulla popolarità del centro artigianale.

Non poté impedire a un sorriso di incresparle le labbra mentre si avvicinava.

Barnes, Gavin e Adam erano tutti in piedi accanto al furgone, con i tovaglioli in mano mentre divoravano ciascuno un hot dog, gli occhi fissi sul cibo.

«Spero ne abbiate comprato uno anche per me», disse.

Adam si voltò, arrossendo mentre si puliva la bocca. «Pensavamo che ci avresti messo ancora un po'».

«Vi ho colto con le mani nel sacco». Rifiutò con un gesto l'offerta del resto del suo pasto. «Tranquillo, stavo scherzando. Immagino siano buoni?»

«I migliori che abbia mai mangiato», disse Gavin. «Il tizio che fa gli archi per le lezioni di tiro con l'arco all'hotel ce li ha raccomandati - ha uno stand qui dove vende cesti intrecciati e cose del genere».

«Mattinata produttiva?» chiese Adam.

Lei sospirò. «Non ne sono sicura. Lo spero vivamente. Voglio dire, Wallis era all'hotel, ci sono persone qui che hanno collegamenti con l'hotel, gli ospiti dell'hotel sono incoraggiati a venire qui e spendere soldi per sostenere l'economia locale...» Si interruppe, sopraffatta dal compito che aveva assegnato a sé stessa e alla sua squadra.

«Processo di eliminazione, capo», disse Gavin, con un tono di voce eccitato per l'entusiasmo. «Dobbiamo semplicemente restringere il campo fino ad avere un potenziale gruppo di sospetti, giusto?»

Lei sorrise - era difficile non farlo, tale era il suo atteggiamento positivo. «Hai ragione, Piper. Processo di eliminazione».

Kay sbirciò oltre la spalla di Adam e osservò la coda per il chiosco degli hot dog. «Sembra che siano popolari. Immagino che abbiate interrogato il proprietario?»

«Sì», disse Barnes, con la bocca piena. Deglutì. «Alan Marchant. Macellaio biologico. Gestisce l'attività qui da due anni. Lavora con le fattorie locali».

«Qualche collegamento con l'hotel?»

«Nessuno». Si ficcò in bocca l'ultimo pezzo del suo hot dog e si leccò le labbra. «Posso interrogarlo di nuovo però, se vuoi».

«Molto divertente. Solo perché vuoi un secondo hot dog».

«Sei stato beccato, Ian», disse Adam, e rise.

CAPITOLO TRENTATRÉ

Kay tenne la porta aperta per Sharp, poi si affrettò verso la sua scrivania mentre lui si dirigeva nel suo ufficio la mattina seguente.

L'incontro al quartier generale era durato più di quanto avesse previsto, nonostante fosse iniziato alle sette e mezza. Tuttavia, la donna del team di relazioni con i media della polizia del Kent con cui avevano parlato li aveva impressionati entrambi con la sua proposta su come gestire l'afflusso di richieste della stampa che l'indagine stava generando, oltre che sull'utilizzo dei media per aumentare la consapevolezza pubblica del compito monumentale che dovevano affrontare.

Almeno non avrebbe dovuto avere a che fare con Jonathan Aspley per il prossimo futuro. Al giornalista era stata data l'esclusiva per rilasciare il nome di Clive Wallis ore prima degli altri organi di stampa come modo per mettere a tacere le sue proteste.

Kay aveva lasciato l'edificio di Sutton Road con una rinnovata determinazione - tutti volevano un risultato, e in fretta, ma non poteva fare a meno di sentire che lei e Sharp erano gli unici concentrati a fermare il loro assassino, piuttosto che a incrementare i consensi nelle relazioni pubbliche.

Carys le porse una tazza di caffè, e Kay controllò l'orologio.

«Hai altri cinque minuti prima che inizi il briefing», disse Carys. «Prenditi una pausa. Non andiamo da nessuna parte».

«Grazie».

Kay si lasciò cadere sulla sedia e prese un sorso di caffè, poi gettò un'occhiata al flusso di email che intasavano la sua casella di posta e gemette.

Oltre all'indagine importante che stava conducendo, ci si aspettava che continuasse a gestire altri casi che le erano stati delegati dai suoi superiori. Nonostante l'esperienza dei detective a cui aveva assegnato compiti nel corso della settimana precedente, rimaneva responsabile dell'esito delle loro indagini.

Ad un certo punto, avrebbe dovuto passare del tempo con ciascuno di loro per ottenere un aggiornamento e fornire supporto.

Sospirò, bloccò lo schermo del computer, spinse indietro la sedia e sbirciò oltre lo stipite della porta nell'ufficio di Sharp. Vide che aveva il telefono all'orecchio e gli fece segno che stava per iniziare il briefing della giornata.

Lui alzò un dito e lei annuì prima di ritirarsi alla sua scrivania per raccogliere i suoi appunti.

Entrambi erano consapevoli che lei era più che capace di gestire il caso da sola, ma apprezzava il suo contributo.

Mentre si dirigeva verso la lavagna, un flusso costante di agenti in uniforme cominciò a farsi strada tra le scrivanie, confrontando appunti e trascinando sedie di scorta verso il punto in cui lei aspettava che le conversazioni si spegnessero.

Aprì la cartellina, ne estrasse quattro fotografie e le appuntò al centro della lavagna prima di rivolgersi ai suoi colleghi.

«Sulla base delle interviste del fine settimana, Debbie e la sua squadra hanno finito di aggiornare HOLMES in modo che possiate rivedere quelle a cui non eravate presenti. Voglio che lo facciate tutti dopo la conclusione di questo briefing. Queste persone sono i nostri soggetti d'interesse». Indicò la prima delle fotografie. «Trudy Evans, che lavorava alla reception dell'hotel quando Wallis avrebbe dovuto fare il check-in. Niente nel sistema dice che abbia soggiornato lì, però. Potrebbe essere un errore nel sistema, ma non l'abbiamo ancora escluso. Poi, le tre persone che hanno attività basate nel centro artigianale e accesso a strumenti affilati che potrebbero essere la nostra arma del delitto - Alan Marchant, il macellaio biologico, Derek Flinders che realizza gli archi per il centro attività dell'hotel, e Travis Stevens, un fabbro. Carys e Gavin - lavorate con Debbie e Parker per mettere insieme un profilo per ciascuno di questi».

«Capo».

«Lo faremo, capo».

Lanciò uno sguardo a Sharp, che era appoggiato a un archivio, e lui le fece cenno di continuare.

«Gavin - come stiamo procedendo riguardo al pickup

che è stato visto sulla telecamera di sicurezza di David Carter?»

«Ho avuto una risposta dalla DVLA, ma non hanno registrazioni di quel veicolo immatricolato nell'ultimo anno. Non è neanche stato registrato come rubato nel nostro database HOLMES. Sto lavorando con Morrison e Stewart per accertare se fosse stato registrato per la rottamazione - ti farò sapere non appena avrò notizie».

Kay sfogliò i suoi appunti, poi alzò la testa quando squillò un telefono.

Debbie afferrò il ricevitore dalla sua base, poi coprì il microfono con la mano. «È Lucas, per te. Dice che ha dei risultati sulla seconda vittima».

«Prenderemo la telefonata nel mio ufficio», disse Sharp, facendo segno a Kay di unirsi a lui.

«Va bene. Avete i vostri compiti per questa mattina. Faremo un altro briefing alle quattro di oggi pomeriggio. Nel frattempo, sapete dove trovarmi se avete bisogno di me».

Si affrettò verso l'ufficio di Sharp, chiudendo la porta dietro di sé e accomodandosi sulla sedia per i visitatori accanto alla scrivania di Sharp.

Lui stabilì la connessione, regolò il volume, poi estrasse un blocco note dal vassoio superiore sulla sua scrivania.

«Procedi, Lucas. Ti ho messo in vivavoce, e Kay è qui con me. Cosa hai per noi?»

«Okay, beh come sapete non avevamo molto su cui lavorare per identificare la vostra seconda vittima. Le ossa erano così bruciate che non abbiamo potuto estrarre DNA da nessuna di esse. Tuttavia, ce la siamo cavata un po' meglio con il cranio. Grazie al modo in cui lo smalto protegge la polpa di un dente, siamo stati in grado di estrarre un campione da uno di quelli. I risultati sono arrivati questa mattina».

Kay si sporse in avanti, in modo che Lucas la sentisse meglio. «Siete riusciti a determinare un'età dalle ossa?»

«No», disse il patologo. «Quello che possiamo dirvi è che si tratta di un maschio adulto, a giudicare dalla dimensione dei molari. Non corrisponde al DNA di Clive Wallis. Non so se avete avuto la possibilità di parlare con Harriet, ma l'ho sentita questa mattina e la sua squadra può confermare che non c'erano altri resti di vittime nella discarica».

«E per quanto riguarda l'arma? È stata usata la stessa arma su entrambe le vittime?» disse Kay.

«Non ho nulla che mostri come ciascuna delle vittime sia stata uccisa», disse Lucas, «ma la stessa lama è stata usata per fare a pezzi i corpi. L'azione di taglio è la stessa, nel senso che le creste sulle estremità delle ossa sono identiche sia per la prima vittima che per la seconda. Purtroppo, alcune delle ossa si sono scheggiate durante il trasporto - sono troppo fragili dopo essere state bruciate, quindi non posso dirvi di più, mi dispiace».

Sharp finì di scrivere e gettò la penna. «Se puoi inviare il tuo rapporto, faremo passare i risultati alla squadra attraverso il sistema per vedere se possiamo ottenere una corrispondenza del DNA con i record nel database delle persone scomparse».

«Lo avrete entro i prossimi cinque minuti».

«Grazie».

Sharp terminò la chiamata e si appoggiò allo schienale della sedia con un sospiro.

«Senza voler sembrare insensibile, speriamo che questa persona abbia una famiglia così potremo scoprire esattamente cosa stesse facendo prima di scomparire».

Kay strinse le labbra prima di parlare. «Non vedo l'ora di dover dire loro come è morto, capo».

CAPITOLO TRENTAQUATTRO

Kay camminava avanti e indietro nella sala operativa di fronte alla lavagna, cercando di contenere la sua frustrazione.

Due omicidi, e niente che collegasse alcuno dei casi irrisolti della contea a nessuno dei due.

Picchiettò l'estremità della penna contro il mento e passò in rassegna le fotografie che erano state raccolte. Forse avrebbe dovuto essere grata che il loro assassino avesse interrotto il suo massacro, ma questo la preoccupava anche.

Qualcuno così calcolatore, così attento a coprire le sue tracce, avrebbe sicuramente ucciso di nuovo.

Ma quando? E perché?

Gettò la penna sul tavolo accanto alla lavagna e tornò alla sua scrivania, rassegnata al fatto che non sarebbe arrivata da nessuna parte fissando le fotografie. Invece, decise di sbrigare metà delle sue e-mail per dare una pausa alla sua mente.

A volte funzionava.

Mezz'ora dopo, archiviò l'ultima delle sue risposte e rivolse i suoi pensieri a una passeggiata su per Gabriels Hill per comprare un caffè decente dal bar preferito della squadra.

Prima che potesse decidere, vide Gavin affrettarsi verso di lei.

«Capo? Credo di avere qualcosa».

«È contagioso?» disse Barnes.

Gavin alzò gli occhi al cielo e rivolse di nuovo l'attenzione a Kay. «No, intendo qualcosa sul caso».

«Continua» disse lei, lanciando un'occhiataccia a Barnes.

«Stavo pensando al movente per qualcuno del centro artigianale. Voglio dire, il posto è a un paio di miglia dall'hotel e collegato solo dal bosco, quindi cosa potrebbero aver fatto Wallis e la nostra seconda vittima per attirare l'attenzione del nostro assassino, giusto?»

«Giusto».

Gavin indicò il suo computer. «Posso?»

«Fai pure». Kay premette i tacchi nel sottile tappeto e spinse indietro la sedia, mentre Gavin si spostava intorno alla scrivania e afferrava il mouse del suo computer.

Aprì il browser web e digitò l'indirizzo del sito di un giornale locale. Scorrendo tra le notizie archiviate, emise un grugnito di soddisfazione e si voltò verso di lei.

«Dai un'occhiata a questo».

Incuriosito, Barnes spinse indietro la sua sedia e si avvicinò per unirsi a loro.

Kay si sporse e lesse l'articolo.

«Maledizione» disse Barnes. «Ecco il tuo movente».

«Qui dice che "gruppi ambientalisti locali hanno

organizzato proteste nelle ultime settimane contro l'ulteriore espansione del complesso alberghiero, sostenendo che distruggerà il bosco locale che ha suscitato un notevole interesse tra gli ecologi per molti decenni"- Aspetta» disse Kay, «Wallis non ha mai avuto niente a che fare con gruppi ecologisti. Inoltre, non avevi parlato con qualcuno dell'hotel riguardo ai lavori di costruzione?»

«Ci è stato detto che erano in sospeso».

«Come mai?»

«Uno dei giardinieri con cui abbiamo parlato all'hotel ha detto che avevano finito i soldi e i proprietari avevano rinviato i piani all'anno prossimo».

«Chi te ne ha parlato per primo?»

«Kyle Craig, l'istruttore di tiro con l'arco, ha menzionato che l'hotel era già stato ampliato - alcuni vecchi capannoni e dependance sono stati demoliti alla fine del mese scorso».

«Hai notato qualcosa di sospetto quando hai controllato le attività di costruzione?»

«No - c'era un mucchio di macerie lì, che il giardiniere ci ha detto provenire da un muro divisorio tra il campo da golf e le dependance, ma era tutto. La cosa è, stavo pensando: e se qualcuno non volesse che l'espansione dell'hotel andasse avanti? Ci sono già state alcune proteste da parte di gruppi ambientalisti riguardo all'invasione dei lavori di costruzione previsti nel bosco oltre il confine. Se la reputazione dell'hotel fosse danneggiata, le prenotazioni diminuirebbero e non potrebbero permettersi i lavori di ampliamento».

Kay si raddrizzò, i suoi occhi caddero sulle fotografie appuntate sulla lavagna. «Prima di saltare alle conclusioni, voglio che tutti voi scaviate più a fondo nei background delle nostre persone di interesse. Nello specifico, scoprite se qualcuno di loro ha legami con i gruppi ambientalisti locali che hanno protestato contro i lavori. Fatti aiutare da Carys e Debbie e fatemi avere un aggiornamento domattina».

«Va bene».

Barnes attese che Gavin fosse tornato alla sua scrivania, poi si sporse in avanti e abbassò la voce. «Uccidere due uomini innocenti per dimostrare un punto su una questione ambientale sembra estremo, capo».

«Lo so, ma in assenza di altri moventi o idee, dobbiamo almeno eliminare questa possibilità. Fammi un favore - indaga sulla storia del sito, approvazioni di pianificazione, permessi di costruzione, quel genere di cose. Vedi se ci sono stati problemi quando l'hotel è stato approvato per la prima volta, e se qualcuno con cui abbiamo parlato nell'ultima settimana era coinvolto».

Kay si girò di scatto sentendo il suo nome.

Carys spinse indietro la sedia dalla sua scrivania e si affrettò verso di loro, con il cellulare in mano.

«Credo di averlo trovato - la seconda vittima».

«Chi è?» disse Sharp, unendosi a loro dal suo ufficio.

«Un uomo di nome Rupert Blacklock. Non è apparso sul nostro radar perché viene da Cardiff. È scomparso da sei mesi. Sua moglie e i suoi figli in Galles sono stati assolutamente frenetici - apparentemente, la sua scomparsa era completamente inspiegabile. Ho appena ricevuto una telefonata dalla polizia di Cardiff in seguito a un'email che ho inviato ieri sera chiedendo ad altre forze di polizia di controllare i loro registri per noi».

«Cosa ci faceva nel Kent?» disse Kay.

«È un rappresentante» disse Carys. «Lavorava per un'azienda specializzata in attrezzature per cucine commerciali. Per hotel».

Kay sentì una scintilla di eccitazione alle parole di Carys. «Contatta i suoi datori di lavoro e fatti dare una nota del suo calendario e dei suoi ultimi movimenti conosciuti».

«Lo farò, capo».

Kay attese che Carys fosse tornata alla sua scrivania, poi si rivolse a Sharp. «Due vittime. Stesso hotel. Troppa coincidenza, non credi?»

«Direi proprio di sì. Meglio che tu e Barnes andiate lì e facciate un'altra chiacchierata con il direttore».

CAPITOLO TRENTACINQUE

La mattina seguente, Kay slacciò la cintura di sicurezza non appena Barnes fermò il veicolo in un posto libero del parcheggio, poi si diresse verso le porte della reception.

Riconobbe la donna dietro il bancone dalle interviste che avevano condotto il sabato, ma non riusciva a ricordarne il nome. Automaticamente, mostrò il suo tesserino.

«Dobbiamo vedere Kevin Tavistock, subito».

La donna impallidì, ma allungò la mano verso il telefono davanti a lei, digitò una sequenza di quattro numeri e si portò il ricevitore all'orecchio, senza mai distogliere lo sguardo da Kay e Barnes. Mormorò qualcosa al telefono, poi lo ripose.

«Sarà da voi tra un paio di minuti. Volete accomodarvi?»

«No, grazie. Aspetteremo qui».

Kay voltò le spalle alla donna mentre Barnes estraeva il suo taccuino dalla giacca e sfogliava le pagine finché non trovò ciò che cercava.

«Okay», mormorò. «Secondo sua moglie, Rupert Blacklock doveva pernottare qui quando è scomparso. Dice che l'ha chiamata dopo essere tornato dalla cena quella sera e ha detto che aveva intenzione di andare a letto presto a causa del viaggio di ritorno previsto per il giorno successivo. L'allarme è scattato quando non si è presentato a un incontro che doveva avere a Swindon alle undici sulla strada di casa. Quando non era ancora apparso a Cardiff alle nove di sera, sua moglie ha contattato la polizia locale».

«La polizia locale ha contattato l'hotel?»

«Sì, ma non abbiamo una nota di ciò che è stato detto. L'unica registrazione inserita in HOLMES afferma che la telefonata è stata effettuata come indagine di routine prima che le informazioni sulla persona scomparsa fossero formalmente rilasciate. Hanno seguito la procedura e hanno prelevato un campione di DNA dallo spazzolino da denti che Blacklock aveva lasciato a casa».

L'attenzione di Kay fu attirata da una porta che si apriva dietro Barnes, e apparve Kevin Tavistock, sistemandosi la cravatta mentre si avvicinava.

«Detective. Non mi aspettavo di rivedervi qui così presto».

«Grazie per averci ricevuto con così poco preavviso. C'è un posto dove possiamo parlare in privato?»

«Siete fortunati. Oggi non abbiamo conferenze, quindi possiamo usare una delle sale riunioni».

«Ci mostri la strada».

Kay e Barnes seguirono il direttore. Si fermò accanto a una porta chiusa, bussò una volta, poi sporse la testa oltre lo stipite prima di voltarsi verso di loro.

«Tutto libero. Possiamo usare questa».

Mentre lui accendeva le luci, Kay e Barnes presero posto su un lato del tavolo e attesero che si unisse a loro. Appena si sedette, Kay iniziò il suo interrogatorio.

«Mi parli dei lavori di costruzione che sono stati effettuati sul retro della proprietà».

«Al momento è tutto in sospeso», disse Tavistock. «Non so se il personale ve l'abbia detto durante gli interrogatori nel fine settimana, ma i proprietari dell'hotel stanno aspettando la prossima riunione degli azionisti a settembre per prendere una decisione definitiva».

«Cosa si sta costruendo?»

«Una nuova location per matrimoni. L'hotel sta già avendo successo con tutte le attività che offriamo agli ospiti. È un nuovo concetto per questa zona, e sta funzionando bene - non c'è niente di simile qui intorno. Siamo popolari anche tra i locali, perché offriamo molte opportunità di lavoro».

Kay alzò la mano. «La fermo subito qui, signor Tavistock». Estrasse una busta di plastica dalla sua borsa e ne tirò fuori copie dei ritagli di giornale che Gavin aveva trovato sulle proteste. «Può spiegare perché ci sono state queste proteste se i locali erano così felici dei piani di espansione?»

«Oh, Dio. Quegli idioti? Onestamente, non ho idea di cosa pensassero di ottenere». Scosse la testa. «Se avessero guardato i piani con attenzione, avrebbero visto che la nuova location per matrimoni utilizzerà solo l'impronta stabilita dagli edifici originali che sono stati demoliti. Il bosco non sarebbe mai stato toccato - fornisce lo sfondo perfetto per gli eventi. Comunque, dopo due o tre proteste, tutto si è esaurito. Presumo che qualcuno nel gruppo abbia finalmente capito cosa stavamo facendo e abbia deciso che non valeva la pena disturbarsi».

«Qualcuno dei manifestanti ha molestato il vostro personale all'epoca?»

«Solo se considera molestia agitare cartelli contro i veicoli mentre arrivavano al parcheggio del personale al mattino. Erano più una seccatura che altro. I giornali locali hanno cercato di farla sembrare peggio di quanto fosse realmente, ma anche loro hanno perso interesse una volta che si sono resi conto di quanto fosse disorganizzato il gruppo. Come ho detto, dopo poche settimane tutto si è placato».

Kay appoggiò le braccia sul tavolo e si sporse in avanti, con voce cospirativa. «Sarò completamente onesta con lei, signor Tavistock. Ho due vittime di omicidio, entrambe legate a questo hotel. Al momento, questo è l'unico filo conduttore che attraversa questa indagine».

Tavistock impallidì. «Non può pensare che uno dei miei dipendenti sia un assassino!»

Kay non disse nulla e attese.

«Conduciamo i controlli di sicurezza più rigorosi prima di assumere chiunque», continuò, con urgenza nella voce. «Deve capire - con il tipo di clientela che abbiamo qui, il nostro personale deve essere affidabile».

«Bene, al momento, tutto il suo personale è sospettato. A meno che lei non abbia un'altra teoria sul perché due dei suoi ospiti siano stati assassinati?»

Deglutì, poi scosse la testa. «No. No, non ne ho idea».

«Va bene, in tal caso ho bisogno di una copia dei turni del personale degli ultimi tre mesi».

«Nessun problema. Ve lo farò inviare via email entro un paio d'ore».

«La prego di farlo. Come capirà, il tempo è essenziale».

Si sporse in avanti, abbassando la voce a un sussurro mentre guardava oltre la spalla di Kay e poi di nuovo verso di lei.

«Pensa che io sia in pericolo?»

«Guardi, l'ultima cosa che vogliamo fare è scatenare il panico», disse. «Al momento, sembra che l'assassino sia interessato solo agli ospiti dell'hotel, non ai membri del personale. Ma sì, per favore, faccia attenzione. Nel frattempo, ho bisogno che lei diventi i miei occhi e le mie orecchie qui. Se sente qualcosa, o vede qualcosa di sospetto, voglio che chiami immediatamente il mio numero diretto. È chiaro?»

Tavistock annuì, con un'espressione ansiosa. «Assolutamente. Farò tutto il possibile per aiutare».

«Grazie. Allora, credo che per ora abbiamo finito qui».

Mentre tornavano alla macchina, Barnes ridacchiò.

«Mi sembra che si stia divertendo all'idea di avere un assassino in mezzo a loro», disse. «Probabilmente è la cosa più emozionante che gli sia capitata da mesi».

Kay scoppiò a ridere. «Ian, a volte puoi essere così stronzo».

CAPITOLO TRENTASEI

Il mattino seguente, Kay si diede una scossa mentale e raddrizzò le spalle mentre la squadra si sistemava sulle sedie e sulle scrivanie intorno alla lavagna.

Sharp tirò fuori una sedia vicino alla parte anteriore prima di prendere l'ordine del giorno che Debbie gli porse e scorrerlo con gli occhi.

«Bene, iniziamo», disse Kay mentre la stanza si faceva silenziosa. «Abbiamo ricevuto informazioni aggiornate sui turni da Kevin Tavistock all'hotel, che includono una nota su ogni membro del personale presente due mesi fa quando i datori di lavoro di Rupert Blacklock dicono che era ospite. Di nuovo, non c'è traccia del suo pernottamento anche se abbiamo prove della sua presenza in hotel grazie al preventivo che ha fornito al responsabile della cucina. Carys - puoi coordinare la revisione di quella lista confrontandola con quella di due settimane fa? Sto cercando una nota dei membri del personale che sono rimasti in hotel da quando Blacklock è scomparso. Per ora, metti da parte i membri del personale che se ne sono andati tra i due omicidi e il personale arrivato durante quel periodo».

«Capo».

«Abbiamo bisogno di una svolta, gente, e presto». Bussò con le nocche sulle foto delle due vittime. «Sebbene la teoria di Gavin sugli omicidi collegati alla protesta contro l'espansione dell'hotel fosse buona, non credo che sia questo il caso. Qualcosa innesca questi omicidi. È come se fosse una reazione a qualcosa. Quindi, cosa lo spinge? Perché sta uccidendo?»

Il silenzio riempì la stanza.

Kay continuò mentre camminava sul tappeto. «Perché il nostro assassino ha commesso un errore così fondamentale perdendo il piede dal retro del pickup? È stato meticoloso nel modo in cui ha disposto dei corpi, arrivando persino a smembrarli, quindi cosa è andato storto?»

«Forse li stava nascondendo da qualche parte ed è stato disturbato?» disse Barnes, bottando il suo bicchiere di caffè vuoto da asporto in un cestino per il riciclaggio vicino alla parte anteriore della sala riunioni. «Quindi, è andato nel panico. È stata una reazione, piuttosto che una decisione».

«E siamo ancora lontani dallo scoprire da dove fosse venuto», disse Kay, muovendosi verso la mappa dell'Ordnance Survey appuntata al muro e tracciando le dita su di essa. «Il nostro assassino potrebbe aver viaggiato da diverse direzioni per raggiungere il vicolo dove è stato trovato il piede. Voglio dire, ci sono numerose strade che partono da quel vicolo, e una volta che raggiunge la strada principale... potrebbe essere ovunque».

Represse la sensazione di impotenza che le attanagliava lo stomaco e si voltò verso la squadra.

«Perché ha dovuto rubare un veicolo?»

«Forse normalmente non guida», azzardò Parker. «Questo potrebbe spiegare in parte perché non guidava con attenzione e ha perso lo stivale con il piede dentro».

«Buon punto. Cos'altro?»

Kay poteva percepire la stanchezza nella stanza, il modo in cui i suoi colleghi si muovevano sulle sedie e le espressioni sconfitte indossate da alcuni dei giovani agenti in uniforme. Sospirò.

«Ascoltate, so che è difficile. Ma vediamola in un altro modo. Perché aveva fretta? Perché rischiare di correre lungo questo tratto di strada?»

Una mano si alzò dal fondo della stanza.

«Sì, Morrison?»

«E se lavorasse a turni?»

«Potrebbe essere uno di noi, allora», disse una voce dall'altro lato della stanza.

Una risata sommessa alleviò un po' della tensione, e Kay li lasciò rilassare per un momento prima di riportarli al briefing.

«Molto divertente. Dave ha ragione, però. Se il nostro assassino lavora a turni, allora potrebbe aver cercato di disfarsi dei corpi prima di andare al lavoro, il che spiegherebbe la velocità a cui avrebbe dovuto andare per far non accorgersi di aver perso uno stivale. Prossima domanda, quindi. Perché uccide? Chi erano le nostre due vittime per lui?»

Debbie riordinò i documenti in grembo prima di parlare. «Ho eseguito alcune analisi attraverso il database, capo, ma non c'è nulla nelle informazioni che abbiamo finora che suggerisca che le nostre due vittime si conoscessero».

Carys si schiarì la gola. «Pensi che ucciderà di nuovo?»

«Sì, lo penso», disse Kay. Si voltò verso il resto della squadra, i loro volti rapiti dall'attenzione. «Qualunque siano le sue ragioni per aver ucciso questi uomini, penso che stiamo finendo il tempo. O ucciderà di nuovo, o si sposterà, e lo perderemo».

Alzò lo sguardo mentre la porta della sala riunioni si spalancava e Gavin si affrettava verso di lei.

«Che succede, Piper?»

Lui alzò un foglietto di appunti mentre si faceva strada tra gli agenti riuniti intorno alla lavagna.

«Ho avuto notizie dal team che sta esaminando le immagini delle telecamere a circuito chiuso. Hanno trovato una corrispondenza con il pickup utilizzato dall'assassino».

CAPITOLO TRENTASETTE

Kay aveva lavorato con detective durante il suo periodo di servizio in polizia che non avrebbero mai ceduto la parola a un agente di grado inferiore, e questo l'aveva infastidita. Per quanto la riguardava, se emergevano informazioni urgenti, queste dovevano essere condivise e discusse come una squadra, piuttosto che in modo frammentario. Risparmiava tempo prezioso, e spesso la discussione che ne seguiva portava a un risultato più rapido.

«Aggiornaci, Piper».

Fece cenno a Gavin di mettersi davanti alla stanza e di rivolgersi alla squadra investigativa riunita.

Gavin indicò con il pollice sopra la sua spalla le fotografie del pickup sulla lavagna.

«Bene, nonostante la nostra prima impressione che le targhe fossero state completamente rimosse, la squadra di Andy Grey di informatica forense al quartier generale ha provato a ripulire le immagini che abbiamo ottenuto da David Carter, il consulente IT».

Un gemito dal fondo della stanza precedette la voce di Barnes che si levò sopra le teste dei suoi colleghi.

«Vai al sodo, Piper. La versione breve, se non ti dispiace».

Una risatina diffusa riempì lo spazio, e Kay li fulminò con lo sguardo.

Gavin era rinomato per il suo lavoro metodico - il problema era che, quando spiegava i suoi processi di pensiero, ci voleva spesso del tempo per estrargli le informazioni.

«Calmatevi», disse, poi si rivolse di nuovo a Gavin. «Con i tuoi tempi».

«Grazie». Un leggero rossore gli colorò la mascella. «Dunque, come stavo dicendo - Grey ci ha mandato alcune immagini migliorate, e siamo riusciti a concentrarci sulla targa. Scusa, capo - posso accendere il proiettore?»

«Vai pure».

Attese mentre Debbie si alzava dalla sua scrivania e consegnava a Gavin il telecomando.

«Ecco qua». Sfogliò una serie di immagini, ognuna più chiara in risoluzione mentre procedeva attraverso la sequenza. «C'è un piccolo pezzo della targa rimasto sul davanti del veicolo. Deve essersi rotto quando la targa è stata rimossa, e il nostro sospetto o non se n'è accorto, o non se n'è preoccupato. Da quello, Grey ha migliorato ulteriormente le immagini, finché non ha trovato questo - una lettera parziale e il nome dell'officina che ha originariamente fornito la targa».

Kay trattenne il respiro e fece un passo più vicino alla lavagna. «Siete riusciti a contattarli?»

Gavin si voltò verso di lei, con gli occhi scintillanti.

«Abbiamo fatto di meglio. L'officina - che si trova ad Ashford - ci ha dato il nome della persona che l'ha originariamente acquistato».

«Come ci sono riusciti?» disse Carys, aggrottando le sopracciglia. «Ci devono essere centinaia di veicoli come quello qui intorno».

Gavin sorrise, e toccò l'immagine con l'indice. «Ce ne sono, ma quella è una lettera "A"».

«È una targa personalizzata», disse Barnes, con la voce che tradiva la sua eccitazione.

«Esattamente. Grey ha trasmesso l'informazione agli agenti, che si sono messi in contatto con l'Agenzia per la Motorizzazione. La targa ha trent'anni. Un certo Alan Marchant era l'ultimo proprietario registrato».

«Il macellaio del mercato dello scorso fine settimana?»

«Lo stesso tizio, sì».

Kay tese la mano per prendere il foglio che Gavin teneva, e scorse con gli occhi il breve rapporto che aveva stampato. «Qui dice che vive dall'altra parte di Sutton Valence».

«La posizione è giusta, e sicuramente ha gli strumenti per fare il lavoro», disse Barnes. Si avvicinò a Gavin e gli diede una pacca sul braccio. «Bel lavoro, Piper. Sembra che tu abbia trovato il nostro sospettato».

«Okay, prima di correre là, voglio una revisione completa delle proprietà circostanti, le strade di entrata e uscita dalla zona», disse Kay.

La folla si allontanò mentre venivano impartite le istruzioni, e Kay si mordicchiò un'unghia mentre osservava la sua squadra formare gruppi che avrebbero lavorato su ogni aspetto dell'arresto coordinato.

«È una svolta incredibile», disse Sharp mentre la raggiungeva in fondo alla stanza.

«Ha fatto un ottimo lavoro. Anche la squadra di Grey». Si voltò di nuovo verso la lavagna, i suoi occhi caddero sulle fotografie delle due vittime. «Quanti ne abbiamo persi però, Devon? Uno come questo - non posso credere che abbia appena iniziato a uccidere. Guarda come ha smembrato le nostre due vittime. È spietato, e ancora non abbiamo un movente».

«Potrebbe venire alla luce durante l'interrogatorio», disse lui. «A volte succede così. Non sempre capiamo perché le persone si facciano queste cose a vicenda».

Kay aggrottò le sopracciglia. «Lo so, ma quello che è più agghiacciante è che la dichiarazione che ci ha rilasciato domenica sembra così normale. L'hai letta?»

«Sì - ho dato una rapida lettura a tutte ieri pomeriggio». Sospirò e indicò la squadra che lavorava alacremente alle loro scrivanie o correva avanti e indietro verso una delle tre stampanti che lavoravano incessantemente contro il muro opposto. «Va bene, ti lascio andare. Mandami un messaggio quando sarai in viaggio e fammi avere un aggiornamento appena possibile».

«Lo farò. Grazie, capo».

CAPITOLO TRENTOTTO

Kay si aggrappava alla maniglia di plastica sopra la portiera del passeggero mentre Barnes faceva scivolare la loro auto su una curva della strada, poi trattenne il respiro quando l'auto della pattuglia davanti a loro frenò per svoltare a destra.

«Gesù», disse mentre la cintura di sicurezza le tagliava lo sterno.

«Scusa», disse Barnes. Premette di nuovo il piede sul freno prima di giostrarsi in una curva stretta che lasciava poco margine di errore.

Kay controllò lo specchietto laterale in tempo per vedere un'altra auto della pattuglia serpeggiare intorno all'angolo nella loro scia, il volto del conducente determinato mentre aumentava la velocità per tenere il passo con i suoi colleghi.

«Quanto manca?» chiese.

«Dovrebbe essere qui sotto».

Residui di rugiada mattutina si aggrappavano ai bordi erbosi, una leggera nebbia che si alzava dal letto di un fiume alla sinistra del vicolo conferiva un tono smorzato alla campagna circostante.

Dopo il briefing, la squadra era partita da Maidstone mentre il traffico dei pendolari e degli studenti serpeggiava attraverso la periferia urbana, le luci blu aprivano un varco per i loro veicoli mentre scendevano nella campagna del Kent.

Kay aveva ordinato di spegnere le luci e le sirene a diversi chilometri dalla loro destinazione, preoccupata che potessero allertare il loro sospettato.

Abbassò lo sguardo sulle pagine che aveva in mano. Debbie gliele aveva messe in mano mentre usciva di corsa dopo il briefing per supervisionare l'arresto di Alan Marchant a casa sua, e mentre scorreva il testo stampato notò un nome di luogo familiare.

«È andato nella stessa scuola di tua figlia, Emma».

«Davvero?» Gli occhi di Barnes passarono dalla strada ai documenti e viceversa. «Quando?»

«Nel millenovecentottantatré. È stato beccato per taccheggio quando aveva quindici anni, ecco perché è registrato. Dopo di che, sembra che sia riuscito a raddrizzare la sua vita. Suo padre possedeva un allevamento di polli vicino a Paddock Wood - c'è un ritaglio di giornale di vent'anni fa che Debbie ha trovato, e quando il vecchio è morto, Marchant ha venduto la fattoria e ha usato i soldi per avviare il suo servizio di macelleria mobile». La sua mano cadde in grembo e fissò il parabrezza. «Gesù, probabilmente Adam lo conosce attraverso i contatti con gli agricoltori».

«Sposato?»

«Sì. Un figlio a quanto pare. Anche lui ha avuto un

certo successo, quindi ha avuto una certa copertura giornalistica per premi della Camera di Commercio locale, cose del genere».

«Altri reclami registrati?»

«Niente dal taccheggio, no, quindi nulla che indichi che abbia una vena violenta».

«Procederemo comunque con cautela quando arriveremo lì, d'accordo? Giusto per sicurezza».

«D'accordo».

Kay sapeva di poter contare su Barnes per proteggerla se necessario - si erano trovati in alcune situazioni nel corso degli anni lavorando insieme, ma sperava che sarebbe stato un arresto facile. Non le andava a genio la burocrazia che inevitabilmente sarebbe stata generata dall'alternativa.

Tuttavia, entrambi avevano portato giubbotti antiproiettile da indossare non appena fossero scesi dall'auto, e data la scelta professionale del sospetto, Sharp aveva tolto la decisione dalle mani di Kay e insistito che un'unità di risposta armata partecipasse e effettuasse l'arresto prima che la proprietà fosse perquisita.

Allungò la mano verso la radio mentre il GPS sul suo telefono cellulare indicava che si stavano avvicinando rapidamente al borgo dove viveva Marchant.

«Okay, procediamo con calma», disse. «Non voglio aggravare la situazione lasciando che l'adrenalina governi le nostre teste. Faremo tutto secondo le regole».

Un coro costante di affermazioni raggiunse le sue orecchie mentre riponeva la radio nel suo supporto, e si sedette di nuovo sul sedile, sforzandosi di rimanere calma.

«Questo potrebbe essere il periodo di prova più breve

per un Ispettore Detective nella storia della polizia del Kent se mando a monte questa operazione», mormorò.

Barnes emise una risata strozzata. «Andrà tutto bene. Smettila di preoccuparti».

Le sue parole smentivano l'espressione determinata che indossava, ma Kay le apprezzò comunque.

Lasciò cadere le pagine nella sua borsa ai suoi piedi e si aggrappò di nuovo alla maniglia sopra la portiera mentre Barnes affrontava l'ultima curva avvicinandosi all'edificio da cui Marchant gestiva la sua attività, poi slacciò la cintura di sicurezza mentre lui fermava l'auto con una sbandata sul bordo erboso.

Oltre l'auto, una baracca di legno fatiscente si appoggiava precariamente contro una recinzione di filo spinato, mentre accanto ad essa un vialetto fangoso conduceva a una casa bassa che abbracciava un giardino recentemente rinnovato. Alla destra della casa, una moderna struttura in lamiera ondulata occupava la lunghezza della linea di confine tra la proprietà di Marchant e quella del podere vicino, e Kay notò la linea di alimentazione elettrica che correva da un palo di legno sulla strada a una scatola di giunzione sul fronte della casa.

La squadra di risposta armata era balzata fuori dalle porte del loro veicolo prima che lei avesse finito di indossare il giubbotto antiproiettile, e osservò dalla sicurezza della strada mentre si dividevano intorno alla casa. Due membri della squadra bussarono alla porta d'ingresso una volta che i loro colleghi si furono posizionati sul retro, mentre altri due uomini irruppero attraverso le porte dell'edificio esterno nello stesso momento in cui la porta d'ingresso veniva aperta.

Una donna stava sulla soglia, la bocca spalancata davanti agli uomini che le stavano di fronte. Fece un passo indietro mentre la squadra di risposta armata entrava in casa sua, e uno degli uomini rimase con lei mentre il suo collega scompariva dalla vista.

Un grido proveniente dall'edificio esterno attirò l'attenzione di Kay e si voltò per vedere uno degli agenti alzare la mano verso di lei.

«Pulito - è qui dentro».

Un grido simile venne dalla squadra in casa, e Kay annuì a Barnes che portò la radio alle labbra.

«Abbiamo l'autorizzazione a procedere. Tutto pulito da entrambe le squadre», disse.

Kay non sentì la risposta; stava già camminando a grandi passi verso la porta aperta dell'edificio esterno, ignorando le proteste della donna mentre un agente in uniforme cercava di calmarla per prendere una dichiarazione da lei.

Un brivido percorse Kay mentre entrava nel casolare, facendola rabbrividire sulle spalle. Si era immaginata che la struttura simile a un fienile fosse un'abitazione cupa e fu sorpresa di notare che delle luci brillanti splendevano dal soffitto a volta sopra la sua testa. Nell'aria aleggiava però un familiare odore ferroso e, mentre si affiancava a Barnes, notò che la porta sul retro del rimorchio era aperta, con un tubo dell'acqua abbandonato accanto alla ruota posteriore.

L'agente Morrison era una figura corpulenta, ma le bastò un'occhiata al suo volto pallido per indicargli la porta.

«Esci fuori. Prendi un po' d'aria fresca».

Lui si allontanò di corsa, lasciando il suo collega a fare la guardia all'uomo che lei riconobbe come Marchant.

Ignorandolo per il momento, Kay sbirciò dietro il rimorchio.

Non riuscì a trattenere il sussulto che le sfuggì dalle labbra.

Il pavimento del rimorchio era coperto di schizzi di sangue; l'acqua di un tubo scorreva sulla superficie, creando rivoli che schizzavano sul pavimento di cemento ai suoi piedi.

Fece un passo indietro e alzò lo sguardo verso il soffitto del rimorchio. Una serie di ganci pendeva da esso, ma fu la vista della carcassa insanguinata a farle portare la mano alla bocca.

Nonostante il persistente odore di disinfettante che emanava dal secchio ai suoi piedi, era impossibile impedire ai suoi sensi di ritrarsi alla vista e all'odore della pecora morta che girava sul gancio.

Barnes imprecò sottovoce.

Marchant si liberò dalla mano che l'agente Stewart gli aveva posato sulla spalla, con un'espressione corrucciata.

«Che diavolo sta succedendo? Cosa ci fate qui?»

Barnes estrasse i documenti dalla tasca della giacca e glieli porse. «Questo è un mandato di perquisizione dei suoi locali in relazione a un'indagine per omicidio che stiamo conducendo».

Mentre leggeva l'avvertimento formale a Marchant, Kay si affrettò oltre il rimorchio verso una cassa chiusa a chiave su ruote.

«La apra, per favore, signor Marchant».

Il macellaio frugò nelle tasche prima di estrarre una chiave e inserirla nella serratura.

Quando sollevò il coperchio, il cuore di Kay ebbe un sussulto involontario.

Coltelli, mazzuoli e mannaie brillavano sotto la luce intensa dei faretti a soffitto.

«Qualcun altro ha accesso a questi?» chiese.

«No. Solo io».

Barnes la raggiunse e fischiò sommessamente prima di indicare tre congelatori a pozzetto che erano stati posizionati contro la parete in fondo.

La condensa scorreva lungo il lato di uno di essi, i motori ronzavano mentre i termostati lottavano contro il calore soffocante nel casolare.

Una sensazione di presagio strinse il cuore di Kay.

Passò lo sguardo sul coperchio, poi si guardò alle spalle. «Cosa c'è qui dentro?»

«Niente», disse Marchant. «Cioè, solo carne».

Si voltò per incrociare lo sguardo di Barnes, fece un leggero cenno con la testa, poi osservò Barnes prendere un respiro profondo e allungare la mano verso la maniglia del più grande dei tre bauli in acciaio inossidabile.

CAPITOLO TRENTANOVE

«Bistecca?»

Kay imprecò sottovoce e si allontanò dai tagli di carne ordinatamente confezionati nel congelatore a pozzetto, mentre il sollievo scacciava il terrore che le aveva stretto il cuore.

«Agnello, in realtà».

«Maledizione».

Barnes lasciò ricadere il coperchio e si avvicinò pesantemente a Marchant, che aveva un tremito all'angolo della bocca.

«Non c'è niente da ridere», ringhiò il detective più anziano.

«Ho cercato di dirvelo».

«Va bene. Basta così».

Kay attraversò il capanno a grandi passi fino a dove si trovavano i due uomini, congedò gli agenti che faticavano a trattenere il divertimento dai loro volti, e attese finché il capanno non tornò di nuovo silenzioso.

«Il pickup registrato a questo indirizzo-»

«Rubato un paio di settimane fa».

«Perché non l'ha denunciato?»

Lui scrollò le spalle. «Non aveva il certificato di revisione e non era immatricolato. Lo usavo solo per girare nella proprietà e le sospensioni erano a pezzi. Era solo questione di tempo prima che si bloccasse completamente. Chiunque l'abbia rubato mi ha fatto un favore, ad essere onesti. Mi ha risparmiato le spese di rottamazione».

«Le targhe del veicolo erano state rimosse. Ha-»

«Sono stato io. Le ho tolte qualche mese fa. Avevo intenzione di venderle online, ma quella anteriore si è spezzata quando ho svitato la vite, quindi fine della storia. Ero seccato, ad essere sincero - erano di mio padre e penso che avrei potuto ricavarne qualche centinaio di sterline».

Kay represse un gemito e invece sbatté le palpebre per concentrarsi di nuovo.

Poteva sentire Morrison e Stewart che chiacchieravano fuori, le loro voci piene di allegria. Scacciò il pensiero di ciò che Barnes avrebbe dovuto sopportare una volta tornato in centrale da parte dei suoi colleghi. Senza dubbio la storia del raid fallito avrebbe raggiunto proporzioni leggendarie entro il pomeriggio, ma Barnes l'avrebbe superata. Dava quanto riceveva dai ranghi in uniforme quando si trattava di umorismo, e la teoria di Gavin era stata valida sulla base delle prove che aveva ottenuto dalla sua ricerca.

Sollevò di nuovo lo sguardo verso Marchant. «Quando si è accorto che il pickup era stato rubato?»

«Mercoledì sera, la settimana prima della scorsa. Chiunque l'abbia preso si è ricordato di chiudere il cancello del recinto, quindi almeno il gregge non è scappato».

Kay si voltò verso Barnes, ma lui si stava già dirigendo verso l'uscita. «Dite a Stewart di delimitare quel cancello e fate venire qui Harriet e la sua squadra il prima possibile. Potremmo essere in grado di recuperare alcune prove latenti, dato che ultimamente non ha piovuto».

Barnes alzò la mano sopra la spalla mentre scompariva dalla vista, e lei lo sentì impartire ordini ai due agenti di polizia fuori.

Senza dubbio avrebbero perso rapidamente il loro senso dell'umorismo.

Nonostante sembrasse che avessero il sospettato sbagliato, avrebbe comunque dovuto assicurarsi che una squadra di investigazione della scena del crimine si recasse alla proprietà il prima possibile per escludere un doppio gioco.

Mentre passava in rassegna la collezione di seghe e coltelli su un banco di fronte ai frigoriferi, si rifiutò di addossare la colpa a chiunque tranne che a se stessa.

Dopotutto, era stata la pista migliore che avevano avuto nell'indagine fino ad ora, e almeno potevano escludere Marchant come sospetto.

Si voltò di nuovo verso di lui.

«Signor Marchant, mi scuso per l'inconveniente causato. Tuttavia, siamo nel bel mezzo di un'importante indagine per omicidio, e le chiederei di astenersi dal contattare i media. Qualsiasi tentativo da parte sua di parlare con la stampa non sarà visto favorevolmente dai miei superiori, in quanto potrebbe allertare l'assassino sui nostri movimenti e sulla natura in corso delle nostre indagini. È chiaro?»

L'uomo fece il broncio per un momento prima che le sue spalle si afflosciassero, e annuì.

«D'accordo».

«Grazie. Uno dei miei colleghi raccoglierà una dichiarazione da lei riguardo al furto del veicolo. Per favore, si senta libero di raggiungere sua moglie in casa».

In risposta, lui indicò con il pollice oltre la sua spalla. «In realtà, se non le dispiace, devo continuare a macellare questo. Se non lo faccio, il caldo lo rovinerà, e la carne andrà a male».

Kay acconsentì, poi si diresse fuori dall'edificio, respirando a pieni polmoni l'aria fresca mentre si avvicinava a Barnes.

«Non dire una parola», ringhiò lui mentre si avvicinava.

Malgrado se stessa, Kay non poté impedire un tremito all'angolo della bocca. «Succede. Ti riprenderai. Quanto dista Harriet?»

«Circa un'ora. Stewart ha stabilito una scena del crimine al recinto».

«Ok, non c'è molto altro che possiamo fare qui. Torniamo e informiamo gli altri».

«Non vedo l'ora», disse Barnes, e si allontanò pesantemente davanti a lei.

CAPITOLO QUARANTA

«Hai una faccia da funerale».

Kay lasciò cadere la sua borsa sul pavimento accanto alle scale e cercò di sorridere alle parole di Adam mentre lui si affacciava dalla porta della cucina.

«Non è poi così male, davvero».

«Allora non hai bisogno di un bicchiere di vino?»

«Molto divertente».

Si trascinò lungo il corridoio verso di lui, tirando fuori la camicia dalla cintura dei pantaloni e togliendosi la giacca mentre si lasciava cadere su uno degli sgabelli al centro del piano di lavoro.

Lui si voltò dal frigorifero con una bottiglia di borgogna bianco in mano, e Kay quasi sbavò alla vista della condensa che brillava sotto i faretti incassati nel soffitto.

«Cos'è successo?» disse lui mentre versava due generose dosi nei bicchieri e ne faceva scivolare uno verso di lei.

«Grazie. Abbiamo preso il sospettato sbagliato.

Credo». Prese un sorso e chiuse gli occhi, reprimendo l'impulso di gemere e appoggiare la fronte sul piano di lavoro. Invece, si passò una mano tra i capelli, poi rivolse la sua attenzione alla sua metà, che la osservava attentamente da sopra il bordo del suo bicchiere. «Raccontami la tua giornata».

Lui sorrise, riconoscendo la sua reticenza a parlare del proprio lavoro come un modo per far fronte alla situazione, ma stando al gioco comunque.

«Siamo riusciti a trovare una nuova casa per Misha», disse.

«Oh, dove?»

«C'è un santuario per capre appena a sud di Maidstone e uno dei loro contatti si è offerto di prenderla. Marito e moglie - i loro figli sono tutti all'università, quindi credo che abbiano alcuni animali nel loro piccolo podere vicino a Headcorn per compensare. Li tiene occupati durante i periodi scolastici. Stanno per partire per una breve vacanza in Spagna, ma Misha andrà a vivere con loro quando torneranno».

«Almeno le tue erbe saranno al sicuro».

«Sì, grazie al cielo - stamattina per poco non si è mangiata l'alloro».

Kay rise, nonostante tutto. Era raro che Adam perdesse la pazienza con un animale, ma sapeva quanto tempo e sforzo fossero stati necessari per ottenere il terreno perfetto nel loro giardino per coltivare verdure, e l'orto delle erbe era l'orgoglio di Adam.

«Bene, basta chiacchiere. Vuoi dirmi cosa è successo oggi?»

Kay prese un altro sorso del suo vino, poi posò il

bicchiere con un sospiro. «Pensavo che lo avessimo preso, Adam, davvero. Non sto incolpando nessuno, non incolperei mai un membro della squadra, ma tutto puntava a questa persona, e mi sono fatta prendere dal loro entusiasmo. Aveva i mezzi, era nella zona al momento degli omicidi-»

«Ma?»

Kay procedette a raccontargli dell'irruzione nella proprietà quella mattina, le sue spalle si rilassarono mentre la bocca di Adam si contraeva, fino a quando non poté più trattenersi e scoppiò a ridere.

«Oh mio Dio», disse, asciugandosi gli occhi. «Posso immaginare le vostre facce».

Nonostante la sua frustrazione precedente, Kay non poté fare a meno di ridacchiare. «La faccia di Barnes era un quadro. Non credo che Morrison e Stewart glielo faranno mai dimenticare».

Adam divenne serio. «Quindi, il tuo assassino è ancora là fuori».

«Sì». Scosse la testa e raddrizzò la schiena, allentando i nodi dai muscoli delle spalle. «E più ci penso, più credo che ucciderà di nuovo. È troppo bravo a farlo, Adam. Quello che non riesco a capire è come sia riuscito a rimanere nascosto per così tanto tempo».

«Pensi che stia aspettando che tutto questo - scusa l'espressione - si calmi? Pensi che aspetterà il suo momento?»

Lei annuì. «Sì».

Gli occhi di Adam si oscurarono. «E, nel frattempo, ti preoccupi di quanti altri ne abbia uccisi».

Lui allungò la mano verso di lei, e lei avvolse le dita

attorno alle sue, disperata per il contatto umano che la radicasse, che le facesse sapere che sarebbe andato tutto bene, e che avrebbe trovato il mostro emerso dalle ombre.

Kay sbatté le palpebre, poi fissò la superficie macchiata del piano di lavoro, con gli occhi sfocati.

«Ehi».

Alzò lo sguardo verso di lui al suono della sua voce.

«Andrà tutto bene, Hunter».

«Grazie».

Lui le strinse la mano. «Cosa dice Sharp di tutto questo?»

«È stato fantastico, ad essere onesti. Ho la sensazione che mi stia proteggendo da molte delle critiche del quartier generale - devono essere nervosi. Ovviamente, più tempo ci vuole per trovare il sospetto giusto, più tempo ha il mulino delle voci per girare».

Adam indicò il giornale locale piegato all'estremità del piano di lavoro. «Deve star facendo un buon lavoro - la maggior parte dei rapporti lì questa settimana e al telegiornale serale sono stati aggiornamenti generali, niente di più. Non ho visto nulla che potesse costituire speculazione».

«Non credo che osino farlo dopo quello che è successo con Suzie Chambers».

Lui si spostò intorno al piano di lavoro fino a trovarsi dietro di lei, poi allungò le mani e le massaggiò le spalle. «Ho un'idea fantastica. Sarà tranquillo al pub in mezzo alla settimana. Vai a cambiarti, e andremo a piedi per cena lì. Il cambio di scenario ti farà bene, e ti distoglierà la mente dal caso per un'ora o giù di lì».

Kay sentì una fitta di senso di colpa stringerle il petto,

poi sospirò. «Sai una cosa? Hai ragione. Altrimenti rimarrò qui seduta a preoccuparmi, vero?»

Si girò sullo sgabello per guardarlo e fu ricompensata con uno dei suoi sorrisi maliziosi.

«Non so perché tutti questi guru della salute promuovano lo yoga e roba del genere per il relax», disse lui. «Tutto quello che devo fare è menzionare il pub, e sei una persona diversa».

Lei rise e gli diede un colpetto giocoso sul braccio mentre scivolava giù dallo sgabello e si dirigeva verso il corridoio.

«Per questo, la cena la offri tu».

CAPITOLO QUARANTUNO

Patrick Lenehan controllò i suoi gemelli, poi si voltò verso lo specchio e sorrise maniacalmente.

Era stato così facile.

Non ricordava l'ultima volta che aveva avuto una donna così.

L'attesa era dolorosa; deliziosamente dolorosa.

Distogliendo lo sguardo dal suo riflesso, si diresse verso un piccolo frigorifero, aprì lo sportello, poi si accovacciò e ispezionò il contenuto.

Vino o birra?

Patrick guardò l'orologio.

Birra. E si sarebbe lavato di nuovo i denti.

Si raddrizzò, piegando la linguetta metallica sulla parte superiore della lattina, il sottile *pop* e il frizzante del liquido pressurizzato all'interno stuzzicavano le sue papille gustative.

Fece un lungo sorso soddisfacente e ruttò.

Spostandosi verso un tavolo circolare accanto alla finestra, premette un tasto sul portatile e osservò lo schermo prendere vita. Controllò che la connessione wireless fosse attiva, poi manovrò il cursore su un'icona nell'angolo in alto a sinistra dello schermo e fece doppio clic.

Scorrendo con lo sguardo le nuove e-mail, scartò la maggior parte di esse come sciocchezze e chiuse il coperchio del portatile. Poteva permettersi di dimenticare il lavoro per alcune ore.

Dopotutto, aveva cose più importanti da fare.

Patrick chiuse gli occhi e passò una mano sul retro del collo, poi portò di nuovo la lattina alle labbra, concentrandosi sullo specchio accanto al letto. Allentò la cravatta e la gettò sul tavolo accanto al computer, poi slacciò il primo bottone della camicia, lasciando che il colletto si aprisse.

Suppose di non cavarsela troppo male per un uomo della sua età. A essere onesti, si era un po' lasciato andare nell'ultimo anno, ma viaggiare da un posto all'altro e visitare clienti in tutto il Paese sconvolgeva la sua vita.

Si avvicinò al muro e azionò l'interruttore per spegnere le luci principali della stanza, le lampade sul comodino davano un bagliore soffuso allo spazio. I suoi occhi sembravano un po' stanchi, sì, ma forse lei non l'avrebbe notato.

Si grattò il mento, chiedendosi se avesse tempo per radersi, poi decise di lasciar perdere.

Alcune donne trovavano un po' di barba attraente, no?

Quasi gridò quando il telefono cellulare sul tavolo dietro di lui squillò.

Irritato con se stesso, attraversò la stanza in tre passi e lo afferrò.

«Cosa?»

La voce all'altro capo lo rimproverò; era in ritardo per la chiamata.

Chiuse gli occhi e digrignò i denti.

A dire il vero, se n'era dimenticato, ma non l'avrebbe detto al chiamante.

Non avrebbe osato.

«Sono stato occupato» disse invece.

Ascoltò le istruzioni monotone; dove andare, cosa fare, quando farlo.

«Nessun problema».

La sua mente vagò, i suoi pensieri si volsero alla fuga.

Era rimasto intrappolato, vittima di circostanze di sua creazione, e non era qualcosa che gli andava a genio. Aveva bisogno di una via d'uscita - un modo per ricominciare e dimenticare il passato.

Lo aveva già fatto prima, una volta, e lo infastidiva il fatto di essere lui quello che doveva andarsene.

La chiamata terminò con lui che ripeteva le parole di rito sempre richieste, poi lasciò cadere il telefono sul tavolo e si passò una mano sugli occhi stanchi.

Tirò fuori una sedia e vi si lasciò cadere con un sospiro, poi allungò la mano verso la lattina di birra e prese un altro sorso.

Ripassò i suoi piani nella mente ancora una volta. Il tempismo era fondamentale. Controllò l'orologio e, rendendosi conto che erano passati solo pochi minuti in più, riprese a camminare per la stanza.

E se avesse commesso un errore?

E se fosse stato scoperto?

Un sorriso gli sfiorò i lineamenti all'ultimo pensiero, perché non era forse parte del brivido?

Finì la birra, accartocciò la lattina e la gettò nel cestino della carta, poi si diresse in bagno, la ventola dell'aeratore entrò in funzione quando azionò l'interruttore.

Si prese il suo tempo per lavarsi i denti, perso nel movimento mentre camminava sul pavimento e rifletteva sulla serata fino a quel momento.

Era andata meglio di quanto avesse previsto - le persone che aveva incontrato avevano lasciato la cena di buon umore, e prima di tornare in camera aveva colto l'occasione per bere un ultimo bicchiere al bar dell'hotel.

Era stato allora che l'aveva vista.

Sputò i resti del dentifricio nel lavandino e si sciacquò la bocca con acqua fredda prima di tamponarsi le labbra con uno degli asciugamani bianchi accanto ai rubinetti.

Un colpo alla porta lo strappò dai suoi pensieri, il suo cuore fece un sobbalzo involontario.

Era il momento.

Un sorriso predatorio gli attraversò le labbra, e rimosse la catena di sicurezza prima di girare la maniglia.

«Ciao» disse.

Lei sorrise ed entrò nella stanza, togliendosi il badge dalla tasca sinistra della camicia prima di gettarlo sul tavolo accanto alle sue chiavi dell'auto.

Mentre lei si sbottonava la camicia, lui le passò una mano sulla spalla nuda, poi si chinò per baciarle la pelle pallida alla base del collo.

«Sei pronta per divertirti?» mormorò.

CAPITOLO QUARANTADUE

Sbirciando attraverso la sottile fessura tra la porta e il telaio, sbatté le palpebre alla luce intensa proveniente dal corridoio.

Il morbido ronzio del sistema di climatizzazione dell'hotel le raggiunse le orecchie, ma nessun suono di voci. Nessun passo.

Aprì la porta un po' di più e scivolò attraverso lo spiraglio, poi lanciò un'occhiata alle sue spalle alla stanza silenziosa, il corpo dell'uomo disteso sulle lenzuola sgualcite, il viso girato dall'altra parte.

Un sorriso le guizzò all'angolo della bocca ma non raggiunse gli occhi.

Si sistemò la gonna, riattaccò il badge sul davanti della camicia, poi chiuse la porta e infilò le scarpe ai piedi nudi. Gettandosi la borsa sulla spalla, si affrettò lungo il corridoio tappezzato, non prestando attenzione al russare proveniente da dietro le altre porte mentre passava e ignorando i puntini rossi lampeggianti dei rilevatori di fumo incastonati nel soffitto mentre vi passava sotto.

Controllò l'orologio. Venti minuti di anticipo.

Represse l'impulso di farsi prendere dal panico. Se si fosse fatta prendere dal panico, avrebbe commesso un errore, e sarebbe stata la fine.

Espirò, un respiro tremante che la colse di sorpresa.

Mentre svoltava un angolo del corridoio, l'adrenalina le attraversò il corpo e rallentò deliberatamente il passo.

Strinse i pugni, le unghie graffiarono la pelle morbida dei palmi, poi alzò la testa e si diresse verso la porta in fondo.

L'obiettivo di una telecamera di sorveglianza brillava alla luce di una lampada posizionata su un tavolo ornato nell'angolo lontano, ma lei lo ignorò. Non le avrebbe dato motivo di preoccuparsi; non quella notte.

Raggiunse la borsa, estrasse un fazzoletto di carta da un pacchetto, poi lo avvolse intorno all'indice.

Avvicinandosi alla porta, premette i tasti del pannello numerico. Il codice era stato cambiato quel giorno, ma lei l'aveva scoperto.

Tutto ciò che doveva fare era aspettare e osservare.

Un leggero *clic* le raggiunse le orecchie e si appoggiò alla superficie di legno.

La porta cedette al suo tocco e si aprì verso l'aria notturna.

Due gradini portavano a una superficie pavimentata e, una volta oltrepassata la soglia, spinse la porta indietro nel telaio, aspettando fino a quando non sentì la serratura riattivarsi.

Il veicolo era parcheggiato vicino al muro, lontano dagli occhi indiscreti delle telecamere montate su pali metallici in posizioni incrementali intorno al perimetro dell'hotel.

A nessun altro piaceva parcheggiare lì; in estate, gli alberi spargevano il loro polline e i fiori sulla vernice, e in inverno era troppo lontano dall'ingresso dell'hotel - lo sapeva; era stata colta di sorpresa più di una volta ed era stata inzuppata fino alle ossa dalla fredda pioggia che aveva sferzato la campagna.

Ma ne valeva la pena.

Alzò lo sguardo al cielo, una tonalità più chiara che macchiava il blu più profondo, testimonianza del solstizio d'estate che era solo a poche settimane di distanza.

Puntini - stelle - macchiavano l'orizzonte mentre una luna vi crescente fluttuava sopra.

Chiuse gli occhi e inspirò il dolce profumo dell'ibisco che era stato piantato nella bordura sotto le finestre con le tende dell'edificio, poi si rifocalizzò.

Aspettò di raggiungere l'auto prima di inserire la chiave nella serratura della portiera del conducente. Avrebbe potuto usare il meccanismo a distanza, ma l'allarme aveva la fastidiosa abitudine di emettere un *bip* a due toni ogni volta che veniva disattivato, e lei non voleva attirare l'attenzione su di sé.

Si rilassò mentre si sistemava sul sedile dietro al volante, prima che i suoi pensieri tornassero bruscamente all'uomo che aveva lasciato nella camera d'albergo.

Sbatté le palpebre per scacciare il pensiero, mise la chiave nell'accensione, ma non avviò subito il motore. Invece, accese la luce interna, controllò che i capelli fossero a posto e che il rossetto non fosse sbavato.

Soddisfatta, spense la luce e avvolse le dita intorno al volante.

Quindici minuti.

Allungò la mano e avviò il motore, un morbido ronzio emanato da sotto il cofano.

Facendo uscire l'auto dallo spazio, mantenne la velocità bassa mentre manovrava attraverso il parcheggio verso l'uscita.

La strada oltre era deserta.

Rischiò un'occhiata nello specchietto retrovisore mentre accelerava, mantenendosi un po' sotto il limite di velocità per evitare di attirare l'attenzione su di sé.

Lui era stato un po' di divertimento, nulla di più.

E, grazie alle precauzioni che aveva preso, non ci sarebbe stata traccia di lui al mattino.

Nessuna traccia affatto.

CAPITOLO QUARANTATRÉ

Kay alzò lo sguardo dal monitor del computer e sorrise mentre Barnes le porgeva una tazza fumante di tè.

«Confermato per stasera?» chiese lui. «Barbecue a casa mia, ricordi?»

Kay si voltò sulla sedia per vedere Gavin e Carys in piedi accanto alla lavagna, immersi in una profonda conversazione mentre indicavano le varie fotografie, esaminando le prove raccolte fino a quel momento dopo il briefing mattutino.

Alla sua sinistra, un flusso costante di agenti e personale amministrativo entrava e usciva dalla sala operativa, le loro conversazioni sommesse creavano un rumore di fondo permanente che non si sarebbe dissipato fino alla risoluzione del caso.

Sospirò, consapevole di star combattendo una battaglia persa contro la burocrazia del quartier generale che avrebbe iniziato a mettere in discussione il personale assegnato agli omicidi.

Sharp se n'era andato un'ora prima per un altro incontro

con i loro superiori, promettendo di fare il possibile per mantenere unita la squadra.

Oltre a ciò, Jonathan Aspley le aveva lasciato quattro messaggi nell'arco di dodici ore. Avrebbe dovuto richiamarlo e dargli qualcosa su cui lavorare, altrimenti avrebbe perso la pazienza e pubblicato un articolo che avrebbe potuto ostacolare le indagini o, peggio ancora, allertare il loro assassino sui progressi fatti.

«Capo?»

Scosse la testa per concentrarsi. «Scusa».

«Stasera. Barbecue. A casa mia».

«Pensi che dovremmo?»

Barnes trascinò una sedia libera, il cui proprietario era immerso nelle scartoffie vicino alla fotocopiatrice dall'altra parte della stanza. Posò la sua tazza sulla scrivania accanto a quella di Kay e si sporse in avanti, appoggiando i gomiti sulle ginocchia.

«Sì, lo penso. Innanzitutto, è la nostra tradizione. Una volta al mese, ognuno di noi fa il suo turno, e non ne abbiamo mai saltato uno. In secondo luogo, abbiamo bisogno di sfogare un po' di tensione. Rilassarci. Sai bene quanto me che è in quei momenti che spesso ci vengono le idee migliori». Diede un'occhiata oltre la spalla prima di tornare a guardarla. «Il fatto che ci prendiamo qualche ora di pausa dal pensare alle nostre vittime non significa che non ci importi, capo».

Lei sospirò mentre parte della tensione che aveva accumulato lasciava il suo corpo.

Barnes aveva ragione, ovviamente. Aveva capito esattamente a cosa stesse pensando, e lei stava rimuginando sull'idea di annullare l'invito a cena da quando era entrata in ufficio quella mattina. Semplicemente non sapeva come affrontare l'argomento con i suoi colleghi, sapendo che sarebbero rimasti delusi.

«D'accordo».

«Bene». Barnes si batté le mani sulle cosce, poi si alzò e prese un sorso di tè. «Non preoccuparti per il cibo - io e Pia pensiamo a tutto. Immagino che Gavin e Sharp porteranno la birra, quindi se vuoi prendere del vino strada facendo, dovremmo essere a posto».

Si voltarono quando Debbie si avvicinò, agitando un fascio di documenti verso di loro.

«Harriet ha inviato via email i risultati preliminari del campo nella proprietà di Marchant» disse, consegnando a ciascuno una copia. «Nessuna impronta digitale - suggerisce che il sospetto indossasse i guanti - ma c'erano tracce di un'impronta parziale di scarpa nel fango vicino al palo del cancello. Il terreno è abbastanza morbido lì nonostante il caldo che abbiamo avuto. Dice che pensa sia una suola che ha visto in un marchio di scarpe da tennis, ma dovrà verificare. Ci farà sapere appena possibile».

«Grazie, Debs» disse Kay, e scorse il rapporto con gli occhi mentre l'agente tornava alla sua scrivania. «Questo non ci dà molto su cui lavorare, Ian».

«Capo!»

Il grido zittì la stanza, e lei alzò lo sguardo per vedere Phillip Parker in piedi all'altra estremità, con un telefono in mano. «Ho al telefono Robert Wilson del Comune di Maidstone. Hanno trovato il pickup - è stato bruciato e abbandonato in un cortile in disuso fuori Headcorn».

Kay spinse indietro la sedia e afferrò la giacca dallo

schienale, facendo cenno a Barnes mentre si affrettava verso la porta.

«Digli che stiamo arrivando».

———

Kay trattenne un gemito mentre scendeva dall'auto e si dirigeva verso il gruppo di investigatori della scientifica che stavano già esaminando il relitto bruciato del pickup.

Quando aveva ricevuto i primi dettagli da Parker, il suo primo pensiero era stato di sorpresa che i suoi colleghi dei vigili del fuoco non l'avessero contattata per informarla dell'incendio. Arrivando sulla scena, capì il perché.

Nonostante gli anni trascorsi dalla recessione, c'erano ancora siti in tutta la contea che restavano abbandonati - il deposito di rottami dove il veicolo era stato scaricato era uno di questi.

Graffiti coprivano le pareti di un edificio in cemento che un tempo poteva essere stato l'ufficio degli ultimi proprietari e tra i relitti arrugginiti e decrepiti di macchinari, il pickup era stato dato alle fiamme.

Esaminò con lo sguardo ciò che ne rimaneva.

Il calore dell'incendio aveva incrinato il parabrezza, che era fuoriuscito dal telaio sul lato sinistro. Un groviglio nero e rappreso si era formato intorno a ciò che erano stati gli pneumatici, con i resti del battistrada in gomma incollati al piazzale di cemento fuori dall'edificio.

I suoi sensi erano sopraffatti dal fetore di carburante esausto, plastica fusa e le note chimiche della tappezzeria obliterata.

Segni di bruciatura si aggrappavano a ciò che restava

degli alloggiamenti dei fari, dando l'impressione di occhi ciechi, mentre ciò che rimaneva della vernice originale si era gonfiato prima di raffreddarsi, lasciando un effetto maculato sulla carrozzeria.

Il veicolo era inclinato in modo precario, e lei ipotizzò che a un certo punto durante l'incendio il calore fosse diventato così intenso da far fondere gli ammortizzatori su un lato.

La portiera del lato guidatore del pickup era aperta, e un investigatore della scientifica in tuta stava accovacciato nel vano piedi cercando di raccogliere campioni per l'analisi. L'interno della portiera era stato completamente incenerito, con buchi spalancati dove una volta c'erano state maniglie e braccioli in plastica.

Barnes stava parlando con Robert Wilson del Comune e lei si avvicinò mentre Harriet si univa a loro.

«Chi le ha detto che il veicolo era qui, signor Wilson?»

«La società che è stata nominata amministratrice dell'azienda», disse. «I cancelli a doppia rete metallica che avete attraversato di solito sono chiusi a chiave, ma quando uno dei loro addetti alla sicurezza ha effettuato il controllo mensile, ha trovato il lucchetto rotto e ha deciso di dare un'occhiata all'interno. È una fortuna che le fiamme non si siano propagate alle erbacce che stanno crescendo qui intorno. Con il tempo secco che abbiamo avuto ultimamente, avrebbero potuto prendere piede e distruggere ciò che restava dell'edificio».

Kay arricciò il naso. «Credo che chiunque abbia fatto questo sia stato attento a far sì che non accadesse proprio questo. Non poteva permettersi di attirare l'attenzione su di sé».

«Sono propensa a essere d'accordo», disse Harriet. «Ne sapremo di più una volta effettuati alcuni test, ma ho la sensazione che abbia usato solo la benzina necessaria per distruggere qualsiasi prova della sua presenza nel veicolo, e non di più».

«Pensa che sia un esperto in questo genere di cose?» chiese Wilson, con gli occhi spalancati.

«No. Gli basterebbe guardare la televisione», disse Barnes. «Non ci vuole un genio per dar fuoco a un veicolo».

«Ci vuole però qualcuno con abbastanza cervello da non dar fuoco a sé stesso», disse Harriet, prima di tornare dove la sua squadra lavorava meticolosamente tra i rottami.

«Presumo che non ci siano telecamere di sicurezza qui intorno», disse Barnes.

«Ha ragione. Visto lo stato del posto, mi sorprende che si preoccupino persino di avere una guardia di sicurezza», disse Wilson.

Kay si avvicinò al punto in cui Harriet aveva stabilito un perimetro intorno al veicolo mentre la sua squadra lavorava. Osservò il lento progresso degli investigatori mentre raccoglievano le scarse prove che potevano essere trovate.

Barnes la raggiunse un momento dopo. «Il signor Wilson ha accettato di sostituire il lucchetto una volta che Harriet avrà finito. Non sembra che otterremo molto, vero?»

«No, sembra di no. Ci fa domandare se gli abbia dato fuoco subito dopo aver smaltito i corpi nella discarica, o se l'abbia tenuto da qualche parte per alcuni giorni e poi abbia fatto questo».

«Cosa vuoi fare dopo?»

«Penso che dovremmo parlare con Sharp. Gli chiederò di collaborare con l'ufficio stampa per rilasciare un comunicato questo pomeriggio in cui si chiedono informazioni al pubblico su questo veicolo». Kay sospirò. «Non è molto, ma forse qualcuno ha visto qualcosa».

CAPITOLO QUARANTAQUATTRO

Sei ore dopo, Pia McLeod aprì la porta della casa di Barnes, con un ampio sorriso sul volto.

«Pensavo foste voi due. Venite, Carys e Gavin sono già qui».

«E Devon e Rebecca?» chiese Kay, seguendo Pia lungo il corridoio.

«Stanno arrivando. Non dovrebbero tardare».

«Qualunque cosa Ian stia cucinando sul barbecue, ha un profumo delizioso».

«Ha comprato della carne da un macellaio biologico - dice che vuole provarla».

«Non-»

«No», disse Pia, sorridendo. «Non quello che hai arrestato. Uno di Linton».

Un bussare alla porta interruppe le loro risate, e Adam alzò la mano. «Vado io; voi due continuate. Probabilmente saranno gli altri».

Mentre lui lasciava la cucina, Kay si rivolse a Pia. «Grazie per aver organizzato questo, non vedevo l'ora».

Pia allungò la mano e le diede una pacca sul braccio. «Ian la pensa allo stesso modo - era così deluso quando è tornato a casa ieri sera. Per quel che vale, penso che abbiate tutti bisogno di una pausa dal caso, anche se solo per un po'».

«Hai ragione. Potremmo tutti ricaricare le batterie».

Finirono di parlare mentre Devon Sharp e sua moglie, Rebecca, entravano in cucina.

Kay era così abituata al suo solito abbigliamento da lavoro fatto di completi stirati con precisione militare che vederlo in pantaloncini e maglietta fu uno shock.

«Bene - tutti fuori», disse Pia, e li spinse verso la porta sul retro. «So come siete voi - altrimenti vi metterete qui a parlare di lavoro. Forza, via».

Si diressero fuori dove Barnes, Gavin e Carys stavano ridendo e scherzando.

Carys si voltò da una grande pentola di acciaio inossidabile mentre Kay si avvicinava al tavolo e sollevò una bottiglia di vino rosso prima di sorridere e versarlo tutto nel miscuglio che stava mescolando. «Gavin ha avuto la brillante idea di fare la sangria».

«Cavolo, Carys - ci farai riprendere tutti dai postumi di una sbornia a questo ritmo».

«Starai bene. Non l'ho fatta troppo forte. Sembra peggio di quello che è».

Kay osservò la fila di bottiglie vuote all'angolo del tavolo. «Chi guida?»

«Gavin ha detto che prenderà un taxi per tornare a casa, quindi mi farò lasciare lungo la strada. Domani si inizia tardi, vero?»

«Sfacciata. Va bene. Alle otto, non alle sette».

«Ahia».

«Cosa state tramando voi due?» disse Sharp avvicinandosi.

«Niente, capo». Carys sorrise, consegnò a Kay il mestolo di legno che stava usando, poi raccolse le bottiglie vuote e si diresse verso il bidone del riciclaggio.

Sharp guardò con sospetto il mestolo nella mano di Kay. «Lei sa che tu non cucini, vero?»

«Non è che possa rovinare la preparazione della sangria, no?»

Lui sorrise con aria di scherno. «Penso che prenderò una birra».

«Sei crudele».

«Come te la stai cavando?»

Kay diede un'ultima mescolata al cocktail, poi posò il mestolo su un piatto accanto alla pentola. «Bene. Frustrata, ma è da aspettarselo».

«Risposta sensata. L'hai provata, vero?»

Lei sorrise.

Sharp si guardò alle spalle, poi si voltò di nuovo verso di lei, con un'espressione seria. «Quando tutto questo sarà finito, dobbiamo parlare della tua promozione».

Kay fece un passo indietro, con il cuore in gola. «C'è un problema?»

Lui alzò una mano. «No, quindi non preoccuparti. È solo che se vuoi mantenere un ruolo attivo nelle indagini, dovremo elaborare un piano per gestirlo. Ai piani alti non piacerà».

Lei aggrottò la fronte. «Vero».

Lui le fece l'occhiolino. «Pensaci su. Aiutami a

elaborare una strategia e ti aiuterò a evitare alcune delle riunioni più tediose».

«Affare fatto».

Sorrise e guardò oltre la sua spalla mentre Adam si avvicinava e porgeva una birra a Sharp.

«Basta parlare. Bevi».

Carys li raggiunse con Rebecca e servì il potente contenuto dalla pentola con un mestolo che aveva trovato in cucina, raccogliendo la frutta nei loro bicchieri di vino prima che tutti si dirigessero verso l'area pavimentata fuori dalla porta sul retro.

«Ottimo tempismo», disse Gavin, e indicò con il pollice oltre la sua spalla dove Barnes stava accanto al barbecue girando una selezione di carne. «È quasi pronto».

Kay osservò Barnes usare le pinze allungate per spostare i pezzi di carbone sotto la griglia, ignorando la conversazione intorno a lei mentre cercava di afferrare il pensiero che le aveva attraversato la mente. «Aspetta».

Si diresse verso di lui e gli strappò le pinze d'acciaio dalla mano.

«Cosa stai facendo?»

Lei non rispose e invece spinse le pinze nei carboni sotto la griglia metallica. Le girò, ipnotizzata per un momento, poi si voltò di scatto per affrontare Barnes.

«Dove hai preso il carbone?»

«Sono passato al distributore vicino al lavoro e l'ho comprato oggi pomeriggio - sono riuscito a prendere l'ultimo sacchetto. Perché?»

«È così che lo sta facendo».

Adam aggrottò la fronte. «Chi? Cosa?»

«L'assassino. Come si sta sbarazzando dei corpi. Li sta trasformando in carbone».

Un silenzio scioccato seguì le sue parole.

Infine, Carys si schiarì la gola. «Vuoi spiegare, capo?»

Kay sbatté le palpebre. «È perfetto. Tutto quello che deve fare è portare il corpo sul posto, accendere il fuoco e lasciarlo bruciare. Ecco perché i resti nella discarica erano bruciati».

«E poi ha mescolato i resti con vero carbone per disperderli», disse Gavin, con la mano sospesa sopra il suo bicchiere di vino. «Geniale. Può buttarlo via o addirittura venderlo. Nessuno li troverebbe mai».

Barnes prese le pinze da Kay, guardò gli altri, poi tornò alle salsicce e alle bistecche che sfrigolavano sopra il combustibile fumante. Arricciò il naso.

«Che ne dite di ordinare cibo cinese da asporto?»

CAPITOLO QUARANTACINQUE

Kay sparse i rapporti delle prove dal sito della discarica sul tavolo, allineò le fotografie scattate dal team di Harriet e da Barnes mentre lei stava parlando con l'operatore dell'escavatore, poi rivolse la sua attenzione ai volti attenti dei suoi colleghi.

La loro cena serale interrotta, ora si riunivano sotto le luci intense della sala operativa, con la musica allegra di un pub nelle vicinanze che filtrava attraverso i vetri, in netto contrasto con i crimini oscuri che stavano investigando.

«Okay, ecco cosa sto pensando. Per qualche motivo, le due vittime attirano l'attenzione del nostro killer. Per sbarazzarsi dei corpi, li smembra e poi brucia i resti. Sto lavorando sull'ipotesi che non abbia un posto dove seppellirli o nasconderli. Barnes - cosa sappiamo di Travis Stevens, il fabbro? Dove vive?»

«Vive da solo. Dopo che abbiamo preso la sua dichiarazione nel fine settimana, l'amministrazione ha inserito i suoi dati nel sistema. La sua patente è registrata a un indirizzo vicino a Warmlake - l'ho cercato su un motore di ricerca, e la foto satellitare mostra che è un piccolo cottage. Non ha molto giardino sul retro, ed è piuttosto isolato dalla strada principale».

«Questo si adatta alla teoria, allora. Probabilmente ha saputo da Alan Marchant che aveva un vecchio pickup sulla sua proprietà. Ha visto l'opportunità di rubarlo per spostare i corpi».

«Perché bruciarli in questo modo?» disse Sharp. «Capisco dove vuoi arrivare con il metodo di smaltimento - ha senso - ma perché uccidere qualcuno e poi prendersi tutto il disturbo di smembrare il suo corpo e ridurlo in carbone?»

Kay fece un respiro profondo prima di passare la mano sulle fotografie del sito della discarica che mostravano i resti bruciati. «Penso che per lui sia simbolico. Lo sta facendo per una ragione. Non riesco a capire quale sia il movente per uccidere Clive Wallis e Rupert Blacklock, ma il metodo di smaltimento? Sta cercando di dimostrare qualcosa».

«A chi?»

«Non lo so. Non ancora».

Si chinò in avanti e toccò i piani dell'espansione dell'hotel che aveva ottenuto da Kevin Tavistock. «L'espansione dell'hotel prevedeva la demolizione di alcuni vecchi edifici accessori qui. Ora è troppo tardi per investigare quell'area, poiché qualsiasi prova di altre vittime tenute lì sarà stata distrutta. Stevens uccide di nuovo - ma non ha un posto dove smaltire il corpo di Wallis. Quindi, va nel panico. Ruba il veicolo e lo usa per spostare il corpo in un luogo dove può bruciare i resti».

Kay fece una pausa e passò lo sguardo sulla mappa distesa sul tavolo.

Carys si schiarì la gola. «Ma sicuramente ha bisogno di un terreno su cui farlo. Non si può semplicemente andare in giro ad appiccare fuochi in mezzo al nulla, no?»

«Non è così», disse Gavin. «Qui intorno, la gente taglia la propria legna e fa carbone da secoli. Tutto ciò di cui hai bisogno è il permesso del proprietario del terreno e puoi procedere. Molti degli agricoltori qui intorno che possiedono boschi apprezzano che la gente lo faccia - incoraggia la nuova crescita e impedisce che tutti gli alberi vecchi diventino un pericolo per gli escursionisti e gli animali».

Barnes alzò un dito. «Aspetta un attimo. Se stai dicendo che Stevens sta bruciando i corpi delle vittime per sbarazzarsi delle prove, dove sono tutte le loro cose? Sai - vestiti e oggetti. Ha senso che se ha bruciato i corpi abbia bruciato anche tutte le altre prove».

Kay rivolse la sua attenzione a Carys. «Il rapporto di Harriet dal sito della discarica menziona tracce chimiche di acrilici, cotone, pelle, qualcosa del genere?»

«No». La fronte della giovane detective si corrugò. «Ha detto che i - ehm - pezzi erano troppo piccoli per estrarre qualcosa. Siamo stati fortunati a ottenere i risultati dai denti».

«Dannazione». Kay fece un passo indietro dal tavolo e osservò i documenti e le immagini di fronte a lei.

Sapeva che quando aveva avanzato la sua teoria era un azzardo, ma il fatto di non avere nuove prove per supportarla la faceva sentire frustrata.

Erano così vicini - poteva sentirlo.

Ripensò alla conversazione che lei e Barnes avevano avuto con lui al centro d'artigianato.

Travis Stevens si trovava nelle immediate vicinanze di entrambe le vittime prima della loro morte, e aveva i mezzi per sbarazzarsi dei corpi.

Ma perché ucciderli?

Cosa gli avevano fatto i due uomini per meritare la loro morte?

«Va bene», disse Sharp. «Basandomi su quello che hai qui, sono d'accordo che dovremmo portare Travis Stevens in centrale per un interrogatorio».

«Grazie, capo. Vuoi osservare?»

«Sì. Se hai ragione su di lui e l'ha già fatto prima, allora voglio assicurarmi di essere in grado di informare i piani alti al quartier generale che questa indagine potrebbe essere più grande di quanto avessimo previsto. Dovremo gestire i media di conseguenza».

«Capito».

«Okay. Andate a prendere il vostro uomo domattina presto».

CAPITOLO QUARANTASEI

Wendy Gibson si portò due dita alla bocca e fece un fischio acuto che fece fuggire spaventato un picchio maculato da un vicino castagno.

«Bailey!»

Un guaito eccitato raggiunse le sue orecchie.

Imprecò sottovoce. «Maledetto cane».

Controllò l'orologio: era già in ritardo, e l'uomo dell'azienda idraulica le aveva fatto capire chiaramente che se non fosse stata a casa quando sarebbe passato alle sette di quella mattina, non avrebbe aspettato.

«Ho l'agenda piena per le prossime tre settimane», aveva detto senza il minimo accenno di scuse. «È ora o mai più, cara».

Wendy sospirò e chiamò il cane ancora una volta. Odiava essere chiamata "cara" da un perfetto sconosciuto, ma sospettava che l'irritante artigiano probabilmente chiamasse così tutte le sue clienti, e i clienti maschi "amico". Suppose che gli risparmiasse di dover ricordare tutti i loro nomi.

Fortunatamente, il suo capo era stato comprensivo quando lo aveva chiamato per avvisarlo che sarebbe arrivata in ritardo, suggerendole addirittura di lavorare da casa per il resto della giornata.

«Sappiamo tutti come possono essere gli idraulici», aveva detto. «Potrebbe stare lì per un bel po', diciamocelo».

Sorrise. Lavorare per un'azienda di consulenza marketing a conduzione familiare aveva i suoi vantaggi, e adorava la flessibilità del suo ruolo. Senza dubbio avrebbe dovuto lavorare un sabato prima o poi, dato il numero di progetti commissionati che stavano assumendo, ma non le dispiaceva.

Dopo il divorzio, si era gettata anima e corpo nella sua carriera come per dimostrare a se stessa che gli ultimi quindici anni non erano stati una completa perdita di tempo. Rispolverare una laurea in comunicazione e mettersi al passo con le pratiche attuali non l'aveva scoraggiata.

Wendy amava imparare.

Il bosco offriva un gradito sollievo dallo stress che lo scaldabagno rotto le aveva causato negli ultimi tre giorni. Odiava il freddo, e l'idea di fare la doccia con l'acqua gelata per il quarto giorno consecutivo l'aveva spinta ad accettare senza discutere la tariffa esorbitante dell'idraulico.

«Bailey!»

Il cane guaì, e Wendy accelerò il passo.

Qualcosa nella riluttanza del cane a tornare quando lo chiamava stimolò il suo interesse, e imprecò quando inciampò su una radice esposta nella fretta di scoprire cosa stesse succedendo.

Il vento cambiò direzione, e sentì il distinto odore di fumo nella brezza che le sfiorava il viso.

Con un tonfo al cuore, un brivido di paura le strinse il petto.

Sicuramente nessuno era stato così stupido da accendere un fuoco in mezzo al bosco, no?

Il suo sguardo cadde sull'erba alta e secca su entrambi i lati del sentiero invaso dalla vegetazione; se un incendio avesse preso piede si sarebbe diffuso rapidamente e lei non avrebbe avuto via di scampo.

Cercò di ricordare il percorso che aveva fatto. Da quando i lavori di costruzione erano iniziati ai margini esterni del terreno dell'hotel, il suo percorso normale era stato forzatamente alterato. Dove una volta poteva prendere una scorciatoia intorno al perimetro del campo di tiro con l'arco, ora doveva farsi strada tra sottili alberelli per raggiungere un sentiero che correva per un paio di miglia e si diramava a metà strada per unirsi a un sentiero secondario che portava al centro di artigianato locale.

Solo a un quarto di miglio dall'inizio della sua passeggiata quella mattina, Bailey era partito alla vista di un coniglio e non si era più fatto vedere.

Un altro *guaito* eccitato attraversò gli alberi prima che Wendy notasse uno spazio tra il fogliame in cui poteva infilarsi.

Infilando la mano nella manica della giacca per proteggersi da eventuali spine che potessero graffiarle la pelle, spinse le braccia attraverso i rami sottili e si ritrovò in una radura circondata su tutti i lati da alberi alti.

Il cane era in piedi sul lato opposto, con la lingua che gli penzolava dall'angolo della bocca come se le stesse sorridendo.

«Vieni qui!» ordinò, e soddisfatta che il cane avesse obbedito questa volta, rivolse la sua attenzione a quello che sembrava essere un grande cerchio di lamiera.

Bailey la raggiunse mentre si avvicinava alla struttura, e Wendy si chinò per agganciare il guinzaglio del cane al collare nel caso avesse deciso di scappare di nuovo.

Mentre si raddrizzava, notò un altro sentiero invaso dalla vegetazione che partiva dalla radura e aggrottò le sopracciglia.

Diversi rami erano stati spezzati per facilitare l'uscita nel bosco, e notò due solchi profondi tagliati nell'erba alta, come se qualcosa fosse stato trascinato verso il cerchio di metallo.

Un fumo blu usciva da un camino cilindrico posto sulla parte superiore del cerchio e quando la brezza cambiò direzione ancora una volta, i suoi occhi si spalancarono per l'orrore.

Indietreggiò barcollando e poi partì di corsa, trascinando il cane con sé finché non si fermò esausta accanto a un tronco caduto.

Aveva cercato di allontanare il ricordo nel corso degli anni, seguendo il consiglio degli psicologi che i suoi genitori avevano consultato, ma non avrebbe mai dimenticato il fetore della carne umana bruciata.

CAPITOLO QUARANTASETTE

Debbie slacciò la cintura di sicurezza mentre Harry Davis fermava dolcemente l'auto di pattuglia sulla superficie irregolare.

Scese dall'auto, sistemò il suo giubbotto dai colori vivaci e si mise il cappello in testa, poi attraversò a grandi passi il bordo erboso fino a dove un pompiere stava controllando le valvole sul lato di un camion dei vigili del fuoco.

«Buongiorno, Steve».

Lui alzò lo sguardo mentre si avvicinava, la sua espressione cupa si trasformò in un sorriso quando la vide.

«Ciao, Debbie. Hai pescato il bastoncino più corto?»

Lei sorrise. «Sono stata rinchiusa in una sala operativa per le ultime due settimane. Oggi mi hanno messo in servizio per coprire il partner di Harry. Si è unito a noi solo un mese fa e già è in malattia».

Il pompiere rivolse la sua attenzione al suo collega. «Lo avete già stremato voi?»

«Molto divertente. Cosa abbiamo qui?»

Steve indicò con il pollice oltre la sua spalla, dove una donna con un cane dalmata stava parlando con un altro membro della squadra dei vigili del fuoco.

«Qualcuno ha acceso un falò in una radura là in fondo. Lei l'ha segnalato perché non ha mai visto niente del genere nel bosco prima d'ora, e ha un odore strano. Tenetevi a distanza finché non vi diamo il via libera, okay?»

«D'accordo», disse Debbie.

Oltre la loro posizione, il debole rombo del traffico sulla strada oltre il bosco raggiunse le orecchie di Debbie, la normalità delle persone che svolgevano le loro attività quotidiane in netto contrasto con la scena davanti a lei.

Due autobotti erano state inviate per l'incendio, ma una volta arrivato sul posto il capo dei vigili del fuoco aveva valutato la situazione, ritenendo non necessaria la seconda squadra, e lei guardò mentre l'autista del veicolo manovrava con attenzione l'enorme camion per tornare indietro lungo il sentiero nel bosco verso la strada.

Debbie si diresse verso la donna che osservava l'altra squadra dei vigili del fuoco, con il cane al suo fianco.

«Mi scusi, signora Gibson?»

La donna si girò. «Grazie al cielo siete qui. Temevo che nessuno mi avrebbe presa sul serio».

Perplessa, Debbie estrasse il suo taccuino dal giubbotto e lo aprì su una pagina pulita mentre Harry si accovacciava e faceva le feste al cane.

«Le dispiace se le faccio alcune domande?»

«Assolutamente no».

«Può raccontarmi gli eventi di questa mattina con parole sue?»

«Ero uscita a passeggiare con Bailey - abbiamo il nostro solito percorso, ma non abbiamo potuto prendere il sentiero che seguo normalmente perché è stato recintato un po' di tempo fa e non ho avuto l'opportunità di esplorare un'alternativa fino ad oggi. Non conosco molto bene questa zona - ci siamo trasferiti qui solo tre mesi fa. Avevo fretta. Sarei dovuta tornare a casa venti minuti fa per incontrare un idraulico. Probabilmente non riuscirò a farlo tornare per altre tre settimane. Comunque, Bailey è scappata - immagino che con un nuovo percorso avesse tutti odori diversi da esplorare, e quando l'ho raggiunta l'ho trovata là in fondo». La donna fece una pausa, il suo volto turbato. «Non so cosa fosse. Qualcosa non andava - e poi quando ho sentito l'odore di quello che stava bruciando, ho chiamato il numero di emergenza».

Debbie aggrottò le sopracciglia. «Cosa intende dire? Cosa ha sentito?»

Inclinò leggermente la testa, cercando di percepire la brezza, ma il fumo si era dissipato - la squadra dei vigili del fuoco aveva usato la schiuma per soffocare i bordi esterni della struttura circolare di metallo, e solo un sottile nastro di fumo blu si alzava da quello che sembrava un camino sulla sommità.

La donna tirò fuori dalla tasca un fazzoletto molto usato e si soffiò il naso. «L'unica altra volta che ho sentito un odore simile è stato quando mio fratello stava giocando con un falò quando aveva sette anni, poi è sfuggito al controllo». Rabbrividì, poi indicò la struttura metallica. «Odorava di carne bruciata».

Harry si raddrizzò, i suoi occhi incrociarono quelli di Debbie, e lei chiuse di scatto il taccuino.

«Va bene, signora Gibson. Può attendere vicino all'auto di pattuglia per un momento, per favore?»

La donna raccolse il guinzaglio del cane e si allontanò in fretta.

«Cosa ne pensi?» disse Harry.

Debbie non rispose. In quel momento, uno dei vigili del fuoco fece loro cenno di avvicinarsi e loro attraversarono fino a dove la squadra stava impacchettando.

Sbatté le palpebre mentre i raggi del sole penetravano tra gli alberi e si protesse gli occhi mentre i suoi stivali calpestavano un sentiero attraverso il rigoglioso sottobosco.

L'ambiente tranquillo aiutò a calmare i suoi nervi, i rami verdi degli alberi si ergevano sopra la sua testa.

In lontananza, un fagiano gridò una volta prima che un altro uccello rispondesse da più in profondità tra gli alberi.

«Si è raffreddato abbastanza da poterlo aprire», disse Steve mentre si avvicinavano. «Procediamo?»

Un forte colpo provenne dall'interno della struttura, e loro balzarono indietro.

«C-cosa è stato?» disse Debbie. Si voltò verso Harry in cerca di rassicurazione e si allarmò nel notare che sembrava spaventato quanto lei. «Cosa sta succedendo?»

Lui scosse la testa e portò la radio alle labbra.

«Ho un brutto presentimento, Debs».

CAPITOLO QUARANTOTTO

Kay costeggiò il perimetro della radura boschiva, riluttante a passare sotto il nastro bianco e blu della scena del crimine che sventolava nella brezza leggera, finché non le venne detto che era sicuro farlo.

Una squadra di vigili del fuoco lavorava all'estremità della radura, le loro voci sommesse mentre arrotolavano le manichette e ispezionavano il sottobosco circostante per assicurarsi che non fossero sfuggite alla loro attenzione braci fumanti.

Si morse l'unghia del pollice e lanciò un'occhiata verso il punto in cui Debbie e il suo collega si erano riuniti all'estremità dell'area delimitata.

Sembravano immersi in una conversazione, con il sergente che si teneva vicino alla sua giovane collega come per proteggerla da ulteriore angoscia.

Kay distolse lo sguardo per concedere loro un po' di privacy.

Ognuno di loro aveva sviluppato nel tempo un diverso meccanismo di difesa per far fronte alle varie situazioni che si trovavano ad affrontare sul lavoro, ma se questa era la prima volta che Debbie vedeva un corpo bruciato, probabilmente l'avrebbe segnata per molto tempo, se non per sempre.

Il viso della donna era ancora pallido mentre si avvicinava a Kay.

«Dev'essere morto tra atroci sofferenze», disse, asciugandosi gli occhi. «Era rannicchiato in posizione fetale, capo. Le sue mani erano come artigli aggrappati al petto».

Kay allungò la mano e la posò sul braccio della donna. «Debs, questo accade naturalmente a un corpo umano quando brucia. Speriamo che Harriet lo confermi, ma è probabile che fosse già morto prima di essere messo lì dentro».

Debbie sbatté le palpebre. «Credi davvero?»

«Sì, lo credo». Guardò oltre la testa della donna verso il punto in cui Harriet stava parlando con il capo della squadra dei vigili del fuoco. «Non credo che il nostro assassino sarebbe stato in grado di metterlo in quel cerchio di metallo altrimenti. Penso che questo fosse un metodo di smaltimento, non il modo in cui l'ha ucciso».

«Allora cosa ha causato il suono che abbiamo sentito?»

«Probabilmente è stato causato dalle ossa che si contraevano per il calore».

Debbie rabbrividì. «Non ho mai avuto a che fare con un caso di bruciatura prima. È la prima volta».

Kay le strinse il braccio prima di lasciarlo andare. «Starai bene?»

«Sì, credo di sì. Grazie».

«Sai dove trovarmi se hai bisogno».

«Grazie, capo. Lo apprezzo».

Interruppero la conversazione quando uno degli assistenti di Harriet si avvicinò al nastro e fece cenno a Kay di avvicinarsi.

«Torno subito», disse a Debbie, e si affrettò verso il membro della scientifica.

Alla sua destra, Barnes si affrettò per raggiungerla, con il cellulare all'orecchio.

«Carys conferma che c'è una volante in arrivo per arrestare Travis Stevens».

Kay strinse i pugni ai fianchi. Era arrivata troppo tardi per salvare l'uomo i cui resti giacevano nel forno, e sapeva che questo l'avrebbe tormentata. «Ok, grazie. Ti unisci a me?»

Lui terminò la chiamata, infilò il telefono nella tasca della camicia e indossò le tute di plastica che Kay gli porse da una scatola. Entrambi firmarono il registro che Harry Davis porgeva loro, poi si spostarono nell'area delimitata.

«Sei pronto per questo?» mormorò Kay sottovoce mentre osservava la squadra di Harriet che si aggirava intorno, in attesa.

«Quanto si può esserlo», disse Barnes. «Debbie sta bene?»

«Dice di sì. La terrò d'occhio».

Lui fece un cenno verso i vigili del fuoco, che ora si stavano dirigendo verso il loro veicolo. «Hanno detto come l'hanno spento? Non posso immaginare che Harriet sarà contenta se hanno inzuppato le prove».

«A quanto pare la struttura ha dei fori tutt'intorno, vicino al fondo. Tutto quello che hanno dovuto fare è stato sigillarli e il fuoco si è spento rapidamente una volta privato dell'ossigeno. Harriet è stata chiamata qui nello stesso momento in cui tu hai ricevuto la chiamata, quindi ha potuto aiutare a supervisionare la preservazione del corpo».

Caddero nel silenzio mentre l'erba alta frusciava contro le loro gambe, e Kay osservò la scena davanti a lei mentre la donna si avvicinava.

«Cosa abbiamo, Harriet?»

La responsabile della scena del crimine si abbassò la mascherina dal viso mentre la sua squadra iniziava a ripulire il contenuto della struttura metallica.

«Bene, nonostante il restringimento delle ossa causato dal fuoco, direi che si tratta di un maschio adulto, a giudicare dalle dimensioni del corpo. È stato qui per un po'; forse sei ore». Indicò il cerchio di lamiera ondulata. «E, prima che voi due vi eccitiate troppo, nonostante sia integro, non ci rivelerà facilmente i segreti dell'assassino», disse Harriet. Fece loro cenno di avvicinarsi al cerchio di metallo.

Kay deglutì e trattenne il respiro. L'ultima cosa che voleva fare era guardare, ma sapeva per esperienza che avrebbe avuto una migliore comprensione dei metodi dell'assassino se avesse cercato di apprendere il più possibile mentre era sulla scena del crimine.

«Hai detto "assassino"?»

Harriet annuì. «Non credo che una donna sarebbe stata in grado di sollevare la vittima oltre il bordo di questo forno, figuriamoci trascinarla attraverso il sottobosco per arrivare qui».

«Avete trovato segni di trascinamento?» disse Barnes,

allungando il collo per vedere oltre il nastro sul retro della scena del crimine.

«Là. Quell'area che abbiamo delimitato indica che qualcuno ha camminato qui trasportando un peso considerevole - l'erba è calpestata fino alla nuda terra. La struttura è qui da un po' - è progettata in modo che una persona possa capovolgerla e farla rotolare in posizione, ma non abbiamo trovato prove che ciò sia stato fatto di recente».

«Impronte?» disse Kay, incapace di nascondere una traccia di eccitazione nella voce.

«Mi dispiace, no - il terreno è troppo duro per la mancanza di pioggia che abbiamo avuto questo mese».

Harriet si fermò accanto al cerchio di metallo e indicò loro di guardare all'interno.

Kay espirò, poi sbirciò oltre il bordo metallico frastagliato.

Il cerchio stesso le arrivava al petto ed era una struttura larga che si spalancava davanti a lei.

Lasciò sfuggire un gemito.

Rannicchiati in posizione fetale, esattamente come li aveva descritti Debbie, c'erano i resti bruciati di un maschio adulto.

Mentre il fuoco si era raffreddato, le sue ossa si erano spezzate e frantumate, lasciando un'impressione simile a un puzzle di un essere umano. Kay si voltò, cercando di trattenere la nausea.

«È morto qui?»

«No», disse Harriet. Salì su una scala a pioli che era stata appoggiata alla struttura, poi si sporse e indicò il cranio della vittima. «Ferita da trauma contusivo qui.

Ovviamente, dovremo aspettare che Lucas lo confermi, ma la mia migliore ipotesi è che questo sia stato il colpo fatale».

«Quindi, ha cercato di bruciare il corpo per nascondere le prove», disse Kay.

«Non così in fretta», disse Harriet. «Questo fuoco non avrebbe mai raggiunto la temperatura necessaria per distruggere completamente un corpo».

«Che vuoi dire?»

«Guarda come il corpo è stato posizionato sopra tutto il resto qui dentro. Va bene, si è bruciato e ridotto, ma il fuoco è stato avviato con sterpaglia secca, poi sembra che siano stati aggiunti rami d'albero - il tuo assassino li ha impilati in modo tale che il fuoco bruciasse lentamente. Farò analizzare i resti del legno, ma il fatto che ci siano ancora resti carbonizzati qui mi suggerisce che si tratti di un legno duro come il nocciolo».

Barnes si allontanò dalla struttura metallica. «Cos'è questa cosa, comunque? Un macchinario per il compost?»

«No, è un forno - Charlie là dice che le vedeva sempre quando era bambino».

«Una forno?» disse Barnes. «Come, per la ceramica?»

«No, per fare il carbone», disse Harriet. «Ormai è stata ridotta a un'industria artigianale da queste parti, ma una volta era un modo per i locali di guadagnare qualche soldo durante i mesi primaverili ed estivi. Tagliavano il legno per gestirlo e mantenere sostenuta la nuova crescita, mentre vendevano ciò che producevano - usando il legno per recinzioni o trasformandolo in carbone. Qualcuno sa quello che sta facendo».

CAPITOLO QUARANTANOVE

Kay alzò lo sguardo dalle note che aveva messo in un fascicolo per vedere Sharp che avanzava verso di lei, con Barnes e Carys al seguito.

«Sei pronta?» disse Sharp.

«Sì. Il sergente Hughes lo ha registrato un paio d'ore fa - la pattuglia lo ha prelevato mentre eravamo sulla scena del crimine. Non ha detto nulla; penso che possa essere sotto shock».

«Chi è il suo avvocato?»

«Un tizio chiamato Hargreaves di uno studio di Ashford».

«Va bene. Io osserverò e Carys prenderà appunti aggiuntivi. Non voglio che questo ci sfugga, Kay. Dobbiamo fermarlo, e dobbiamo farlo ora».

«Capito, capo».

Attese mentre Sharp, Carys e Gavin entravano nella sala di osservazione, diede loro qualche momento per accendere i monitor che fornivano un collegamento video in diretta con la sala interrogatori, poi si voltò verso Barnes che annuì e passò la sua tessera sulla serratura.

Lui le tenne aperta la porta, poi si diresse verso l'apparecchiatura di registrazione prima di sedersi accanto a lei. Una volta letto l'avvertimento formale, Kay aprì il fascicolo davanti a sé e alzò lo sguardo su Travis Stevens.

Aveva sudore che si formava all'attaccatura dei capelli, e una profonda ruga gli segnava la fronte mentre si stuzzicava una crosta sul dorso della mano. I suoi occhi si spostarono verso la porta, poi tornarono su di lei.

«Quando abbiamo parlato con lei la settimana scorsa, ha dichiarato di aver lavorato fino a tardi mercoledì e giovedì sera. Che cosa ha fatto quando ha lasciato il centro di artigianato?»

«Niente di che. Ero stanco, quindi quando sono tornato a casa ho solo guardato un po' di televisione».

«A che ora è arrivato a casa?»

La sua fronte si corrugò ulteriormente e si strofinò il dorso della mano un'ultima volta prima di appoggiarsi allo schienale della sedia e incrociare le braccia sul petto. «Beh, ci vuole solo una mezz'ora o giù di lì, quindi immagino che fossero le otto e mezza, un quarto alle nove, più o meno».

«Il carbone che usa alla forgia. Dove lo prende?»

«Ne produco la maggior parte da solo in primavera. È troppo costoso da comprare durante l'estate perché qui intorno tutti fanno un barbecue appena c'è sentore di una bella giornata. Di solito sono troppo occupato al centro durante l'estate comunque, quindi non ho la possibilità di produrne allora».

«Dove lo produce?»

«Perché vuole saperlo? Che sta succedendo?»

«Risponda alla domanda, signor Stevens».

Lui lanciò un'occhiata al suo avvocato, ma l'uomo si limitò ad alzare le sopracciglia in risposta.

«C'è un pezzo di bosco privato vicino alla casa dei miei genitori a Biddenden. Il proprietario mi permette di tagliare quello che mi serve dopo l'inverno - gli risparmia un lavoro».

Kay fece una pausa per controllare i suoi appunti. «Sarebbe il bosco che confina con la A262?»

«Sì».

«Cosa usa per produrre il carbone?»

«Una carbonaia, ovviamente. Io e mio padre ne abbiamo costruita una qualche anno fa con dei vecchi fogli di lamiera ondulata che lui aveva».

«Cosa succede alla carbonaia quando non la usa?»

«Non lo so. La lascio semplicemente lì. Una volta la caricavamo su un rimorchio e la riportavamo a casa dei miei genitori dopo ogni cottura, ma era una scocciatura a dire il vero».

«Ha altre carbonaie nella zona?»

«No, perché dovrei?»

«Quando è stata l'ultima volta che è andato lì, nei boschi di Biddenden?»

La sua fronte si corrugò, e si strofinò una mano sul mento. «Dev'essere stato alla fine di aprile. Sì, aprile. Ho fatto un'ultima cottura per arrivare fino alla fine di agosto».

«Dove conserva il suo carbone?»

«Da un mio amico».

«Perché non tenerlo alla forgia? Non avrebbe più senso?»

Lui si strinse nelle spalle in risposta, abbassando gli occhi.

«Avremo bisogno di un nome».

Kay attese mentre Barnes scarabocchiava i dettagli nel suo taccuino, poi rivolse di nuovo la sua attenzione a Stevens.

«Dov'era tra mezzogiorno di ieri e le nove di stamattina?»

«A casa». Un lampo di speranza brillò nei suoi occhi. «Può chiedere a mia sorella e suo marito. Sono stati da me perché stavano andando ad Ashford per prendere il treno per la Francia questa mattina. Sono partiti poco prima che arrivassero i vostri».

«Numero di telefono?»

Recitò un numero di cellulare a memoria, e Kay lasciò vagare lo sguardo verso la telecamera fissata a una staffa sul soffitto dietro Stevens, prima di voltarsi verso Barnes e annuire.

«Interrogatorio sospeso».

Uscì dalla porta e si mise a camminare avanti e indietro nel corridoio mentre Barnes la chiudeva alle loro spalle. Sharp uscì a grandi passi dalla sala di osservazione.

«Che ne pensi?» disse.

Lei si passò una mano sulla nuca. «Vorrei trattenerlo per il massimo delle ore consentite. Dà il tempo alla squadra alla forgia di esaminare la scena e tornare da noi».

«Pensi che sia lui?»

«Sta mentendo su qualcosa, questo è certo. Era evasivo durante l'interrogatorio».

«Sono propenso a essere d'accordo», disse Barnes.

«Forse stiamo cercando due assassini, non uno, e lui sta proteggendo qualcuno».

«D'accordo», disse Sharp, controllando l'orologio. «Firmeremo i documenti per trattenerlo in custodia per ora. Questo vi dà qualche altra ora per trovare qualcosa».

«Aspettate». Carys apparve alla porta della sala di osservazione e alzò un appunto. «Ho chiamato il numero che ha fornito. Il suo alibi regge: sua sorella e suo cognato sono arrivati dal Worcestershire due giorni fa. A quanto pare, hanno cenato tutti insieme a casa di Stevens ieri sera prima di partire per Ashford alle otto di questa mattina».

Kay guardò Barnes, poi di nuovo Sharp. «Allora non è il nostro uomo. Sta dicendo la verità. Non c'è modo che potesse essere andato nel bosco e tornato a casa in quel lasso di tempo».

«Pensi che qualcun altro sapesse della sua carbonaia?» disse Carys.

«Dev'essere così». Si voltò di scatto. «Barnes, con me».

Spalancò la porta della sala interrogatori, premette il pulsante "registra" e si girò verso Stevens.

«Chi sa della carbonaia?»

«Eh?»

«Mi ha sentito. Chi altro usa la carbonaia?»

«Non lo so».

Barnes lo fulminò con lo sguardo. «Un'altra vittima è stata scoperta questa mattina, Travis, bruciata fino all'osso in una carbonaia. Non riesco proprio a capire perché lei sia così evasivo se dice di essere innocente. Lei sa qualcosa, e a meno che non voglia che la accusi di ostacolare il corso della giustizia, parli».

L'avvocato dell'uomo si schiarì la gola e, quando il suo cliente si voltò a guardarlo, alzò un sopracciglio e fece un cenno con la testa in direzione dei due detective.

Stevens impallidì, ma riuscì ad annuire leggermente. «D'accordo. Guardate, quando siete arrivati voi, sono andato nel panico, okay? Io... io coltivo una piccola quantità di marijuana dietro la fucina». Alzò le mani. «Non la vendo. È solo per uso personale. Mi aiuta con l'artrite ai polsi. Se non posso lavorare, non guadagno nulla».

Kay sbuffò e scosse la testa stupita. «Perché diavolo non ce l'ha detto prima?»

«Come ho detto, sono andato nel panico. Non posso permettermi di perdere la mia attività. Inoltre, non sono l'unico che produce carbone da queste parti. Se finisco le scorte, devo comprarne altro - non ho tempo di fare una carbonizzazione durante i mesi estivi perché è quando svolgo la maggior parte del mio lavoro».

Gli occhi di Kay si strinsero. «Da chi compra il carbone?»

«Derek Flinders. Perché?»

CAPITOLO CINQUANTA

Carys si teneva la testa tra le mani, il suo colorito di un pallore malaticcio mentre Kay concludeva il briefing pomeridiano.

«Avrei dovuto saperlo. Avrei dovuto capirlo quando abbiamo parlato con lui».

Kay notò che anche Gavin aveva un'espressione altrettanto angosciata.

La rivelazione che Derek Flinders potesse essere il loro principale sospettato aveva scioccato tutti, non da ultimo i due detective che lo avevano intervistato come parte dell'indagine iniziale al centro di artigianato due settimane prima.

«Gesù», disse Gavin, passandosi una mano tra i capelli biondi a spazzola. «Ha ucciso qualcun altro da allora. Avremmo potuto fermarlo. Non ho nemmeno considerato che potesse fare carbone dal legno che taglia. Pensavo che facesse solo gli attrezzi per il tiro con l'arco e le cose artigianali che abbiamo visto nel suo laboratorio».

«Fermati subito», disse Kay, appoggiandosi a una

scrivania accanto a loro. Li guardò entrambi prima di continuare. «Stiamo avendo a che fare con un assassino che ha tendenze sociopatiche. Avete fatto lo stesso addestramento che ho fatto io, e sapete quanto possa essere subdola una persona del genere. Ho letto la dichiarazione che avete preso da lui, e non avete fatto nulla di sbagliato. Le domande che avete posto erano valide, e le sue risposte non hanno rivelato nulla. È intelligente, e ha ingannato tutti noi».

Alzò lo sguardo oltre la spalla di Gavin mentre Sharp si univa a loro.

«Kay ha ragione», disse. «Imparate dall'esperienza, ma non lasciate che si radichi nelle vostre menti. Dobbiamo concentrarci e dobbiamo formulare un caso contro di lui prima di portarlo dentro per l'interrogatorio».

«Capo», disse Carys, con gli occhi bassi.

«Andiamo», disse Kay, alzandosi in piedi. «Come ho detto nel briefing, dobbiamo ripercorrere i nostri passi con quell'interrogatorio e controllare la sua storia lavorativa. Gav - puoi chiamare il tizio che gestisce l'ufficio al centro di artigianato e scoprire se Derek Flinders è lì oggi?»

«Lo farò».

Kay si rivolse di nuovo a Carys. «Come ha detto Sharp - rimettiti in sella. Ho bisogno che tu esamini di nuovo il database per scoprire se ci sono casi simili a questo in tutto il Paese. Allarga la ricerca originale che abbiamo condotto la settimana scorsa. Sono sicura che uno così abbia fatto pratica».

«Capo».

Soddisfatta che il lavoro dei suoi colleghi avrebbe

tenuto occupate le loro menti per un po', Kay si diresse a grandi passi verso la sua scrivania con Sharp al seguito.

Il telefono di lui iniziò a suonare mentre si avvicinavano, e si allontanò in fretta per entrare nel suo ufficio a rispondere.

«Probabilmente l'ufficio stampa», gridò da sopra la spalla.

Kay si lasciò cadere sulla sua sedia e rivolse la sua attenzione a Barnes che era seduto di fronte a lei. «Ian - come procede l'analisi della scena del crimine di questa mattina?»

«Sorprendentemente ben conservata», disse lui, alzando lo sguardo dallo schermo del computer. «La squadra di Harriet ha inviato un'email preliminare dicendo che hanno recuperato quelli che sembrano resti di un portafoglio in pelle - piccoli pezzi, si intende - e una fibbia di cintura in metallo. Sono stati trovati anche due anelli d'oro all'interno della fornace. Possibilmente una fede nuziale e un anello con sigillo».

Kay sospirò, tormentata dal pensiero che avrebbe dovuto informare una donna che suo marito era stato assassinato.

«Qualcos'altro?»

Barnes scosse la testa. «Stanno ancora esaminando la scena».

Kay si strofinò le tempie mentre cercava di concentrarsi. Erano così vicini ora - tutte le prove stavano iniziando a indicare Flinders come il loro assassino, ma di nuovo, non aveva idea di cosa lo motivasse.

Allungò la mano verso il mouse del computer, lo mosse per riattivare lo schermo e aprì la trascrizione dell'intervista che Carys e Gavin avevano condotto al centro artigianale con l'uomo.

Aveva ragione - non c'era stato nulla che suggerisse qualcosa di sospetto nelle risposte dell'uomo, e nessuno dei due detective aveva notato alcuna riluttanza a rispondere alle loro domande, ma sospirò mentre leggeva l'ultima frase.

«Tutto bene?»

Alzò lo sguardo alla voce di Barnes. «Secondo queste note, è stato Flinders a raccomandare gli hot dog del furgone del macellaio al centro artigianale».

«Bastardo. L'ha incastrato lui».

«Ci ha fatto perdere le sue tracce per un po', vero?»

Gavin si affrettò verso di loro. «Ho parlato con il centro di artigianato. Non vedono Flinders da oltre quarantotto ore. Nessuno sa dove sia, e non risponde al numero di cellulare che ci ha dato».

«Vuoi che emetta un mandato di cattura?» disse Barnes.

«Sì», disse Kay. «Anche tutti i porti. Hai il suo indirizzo di casa, Gav?»

«L'ho già passato agli agenti in pattuglia».

«Bene. Se non è lì, di' loro di aspettare».

«Lo farò».

Si diresse rapidamente verso la sua scrivania.

«Quindi», continuò Barnes. «Raccomanda gli hot dog e ha l'audacia di rubare il pickup dell'uomo per spostare due corpi - o parti di essi».

«Contatta Alan Marchant e chiedigli se ha avuto uno scontro con Flinders ultimamente, Ian. Potrebbe non essere nulla, ma forse c'è una connessione lì che non abbiamo ancora scoperto».

Carys alzò la mano. «Ho già un risultato. Sul database, intendo».

«Continua».

«Ho esteso la ricerca oltre Sussex, Surrey e la City - circa quattro anni fa, parti di corpo similmente bruciate sono state trovate sparse in un cantiere in disuso a Bristol. I denti sono stati usati per identificare un venditore di Plymouth che era scomparso. Ho anche due altri uomini scomparsi che sono stati visti l'ultima volta a Bristol cinque anni fa, uno di Nottingham e uno di Bedford. Non sono mai stati scoperti resti».

Kay aggrottò le sopracciglia, poi si rivolse a Barnes. «Bristol? Dove l'ho già sentito prima?»

«Aspetta».

Barnes afferrò il suo taccuino e sfogliò le pagine. «Ecco qua. Trudy Evans. Quando le abbiamo parlato, ha detto che era arrivata all'hotel tre anni e mezzo fa. Prima era stata a Bristol».

«Portala qui», disse Kay. «Adesso».

CAPITOLO CINQUANTUNO

Quando Kay entrò nella sala interrogatori numero due davanti a Barnes, la sua prima impressione fu che Trudy Evans sembrava terrorizzata.

Con gli occhi spalancati, osservava i due detective mentre si accomodavano sulle sedie, il respiro le usciva in rantoli mentre una goccia di sudore sulla linea dei capelli catturava la luce dei neon sul soffitto.

Barnes completò l'avvertimento formale e Kay si rivolse alla donna.

«Trudy, ha bisogno di un bicchiere d'acqua o qualcos'altro prima di iniziare?»

«N-no».

Kay lanciò un'occhiata alla donna seduta accanto a Trudy, un avvocato d'ufficio di uno degli studi legali locali di Mill Street, e inarcò un sopracciglio.

L'avvocato scosse leggermente la testa.

Ovviamente, anche lei era preoccupata per il nervosismo della sua cliente, ma rimase comunque impassibile. Probabilmente non aiutava il fatto che l'avvocato, come la sua cliente, fosse stata svegliata mezz'ora prima di mezzanotte e ora cercasse di trattenere uno sbadiglio.

«Va bene. Perché non comincia con il raccontarci con parole sue cosa è successo il giorno in cui Clive Wallis è arrivato all'hotel con i suoi colleghi».

«Ve l'ho già detto», disse Trudy, corrugando la fronte mentre guardava da Kay a Barnes.

«Questo è ora un interrogatorio formale», disse Barnes. «Abbiamo bisogno che lei chiarisca a verbale ciò che ci ha detto nella dichiarazione precedente, perché abbiamo ulteriori domande».

«Oh. Okay. Uhm, dunque sì - tutti quelli dell'azienda sono arrivati più o meno allo stesso momento quel mercoledì. Come ho detto, era un caos».

«Può confermare a che ora hanno iniziato ad arrivare?»

«Verso l'una».

«Ha lasciato la reception in qualche momento durante il suo turno?»

«Kevin finalmente si è ricordato che avrei avuto bisogno di una pausa per andare in bagno. Era verso le tre. Sono stata via solo per dieci o quindici minuti».

«Quali bagni dell'hotel ha usato?»

Trudy alzò gli occhi al cielo. «Quelli accanto alla reception, ovviamente. Sono i più vicini».

Barnes fece scivolare la fotografia di Clive Wallis sul tavolo. «Per favore, confermi a verbale: riconosce quest'uomo?»

«Sì. È quello di cui mi avete chiesto».

«E dove l'ha visto prima?»

«Era con gli altri. Quando hanno fatto il check-in».

«È riuscita a ricordare il suo nome da quando abbiamo parlato l'ultima volta?»

«No, mi dispiace. Vedo così tanti ospiti, non ricordo tutti i loro nomi. A meno che non si distinguano, tipo, se sono maleducati o particolarmente gentili».

«L'ha visto in qualche altro momento tra mercoledì pomeriggio e venerdì mattina?»

Trudy scosse la testa.

«Deve rispondere per la registrazione, per favore».

«No, quella è stata l'ultima volta che l'ho visto vivo».

«Una strana scelta di parole», disse Barnes. «Vuole spiegare?»

«Io non l'ho ucciso», balbettò Trudy. I suoi occhi si spalancarono quando nessuno dei due rispose, e si girò verso il suo avvocato. «Pensano che l'abbia ucciso io?»

La donna accanto a lei rimase impassibile ma fece un gesto calmante con la mano, e la sua cliente si rigirò verso i detective.

Kay aprì la cartella davanti a lei e scorse la pagina con gli occhi. «Si è trasferita qui da Bristol tre anni fa. Perché, Trudy?»

«Volevo un cambiamento, ad essere onesta».

I sensi di Kay si accesero alla formulazione della risposta della donna, e alzò lo sguardo mentre spingeva un ritaglio di giornale sul tavolo verso di lei. «Sembra che mentre era a Bristol, due uomini siano scomparsi. Dall'hotel in cui lavorava».

«Cosa?» Trudy prese il ritaglio, i suoi occhi scorrevano le parole mentre il suo viso impallidiva ulteriormente. Alla fine, lo lasciò ricadere sul tavolo, le mani tremanti. «Io non ho mai ucciso nessuno. Dovete credermi».

«Perché è venuta nel Kent?»

«Non lo so. Ero annoiata dove stavo».

«L'hotel dove questi uomini sono scomparsi».

«Sì. Era un centro congressi in città. La paga era discreta, suppongo, ma è una seccatura muoversi in città, e gli affitti sono costosi. I prezzi continuano a salire, sa? Quando si è presentata l'opportunità di accettare un lavoro nel nuovo hotel dell'azienda nel Kent, ho pensato che fosse una buona scusa per andarmene».

«Come ha fatto domanda per il ruolo?»

Gli occhi di Trudy si illuminarono e un sorriso le raggiunse le labbra, i suoi nervi dimenticati per un momento mentre si raddrizzava sulla sedia. «Non ho fatto domanda, sono stata contattata», disse, con una nota di orgoglio nella voce, il colore che le tornava sulle guance.

«Da chi?»

«Bettina. La mia attuale responsabile. Avevamo lavorato insieme a Bristol fino a quando lei se n'è andata tre mesi prima di me per aiutare a lanciare l'hotel qui. È la struttura di punta dell'azienda e volevano che lei fosse a bordo fin dall'inizio. Una volta sistemata, mi ha telefonato e mi ha offerto il lavoro. Non potevo rifiutare, no?»

Kay guardò Barnes, che aveva la stessa espressione perplessa che era sicura offuscasse i suoi stessi lineamenti. Lui si riprese più velocemente di lei, però.

«Da quanto tempo conosce Bettina Merriweather?» disse.

Trudy scrollò le spalle. «Da circa sei anni, suppongo. Mi ha assunta a Bristol - ne avevo avuto abbastanza di lavorare nei pub e volevo un cambiamento. La paga era migliore all'epoca. Ero single quando si è presentata l'opportunità qui, quindi l'ho colta al volo».

Kay fece un cenno a Barnes, e lui si chinò verso l'apparecchiatura di registrazione.

«Interrogatorio sospeso alle otto e sette».

«Che ne pensi?» disse lei, una volta che furono fuori e lui ebbe chiuso la porta della sala interrogatori dietro di loro.

Lui si grattò il mento. «Un po' conveniente, il fatto che abbia seguito il suo capo pochi mesi dopo che si era trasferita nel Kent, non credi?»

«Forse. Ma se fosse stata Bettina a cancellare il nome di Clive Wallis dal sistema? Avrebbe avuto la possibilità di farlo, essendo la responsabile di Trudy, no?»

«Quindi intendi dire che Trudy sta dicendo la verità: ha inserito i nomi di tutti nel sistema, ma è stata la sua capa a cancellare le informazioni?»

«Sì». Kay batté la cartellina contro la gamba e contemplò il tappeto logoro.

«Capo?»

Alzò la testa al suono di passi di corsa per vedere Gavin che sfrecciava lungo il corridoio verso di lei.

«Che succede?»

«Abbiamo appena ricevuto una chiamata dalla pattuglia che è andata a casa di Derek Flinders. Lui non c'è, ma c'è sua moglie».

«Ok. E quindi?»

«Kay, sua moglie è Bettina Merriweather».

CAPITOLO CINQUANTADUE

Kay tirò fuori una sedia di fronte alla donna esile che sedeva accanto a un tetro avvocato d'ufficio, poi lasciò cadere una cartellina sulla scrivania, facendo atterrare la documentazione con uno *schiaffo* che fece sobbalzare Bettina Merriweather sulla sedia e alzare il mento.

Il suo avvocato aggrottò le sopracciglia verso Kay, il baffo ingiallito che nascondeva il labbro arricciato che sapeva sarebbe stato rivolto a lei per l'ora tarda. Lei lo fulminò con lo sguardo, attese che Barnes avesse avviato la registrazione e pronunciato l'avvertimento formale, poi iniziò.

«Per favore, dichiari il suo nome completo e indirizzo a verbale».

«Bettina Merriweather. Rosewell Cottage, Sutton Valence. Dov'è mio figlio? Ha solo quindici anni».

«I nostri agenti hanno parlato con i suoi vicini. Mark è con loro al momento».

«Va bene».

«Dove lavora?»

«All'Hotel Belvedere».

«Da quanto tempo lavora lì?»

«Tre anni».

«In cosa consiste il suo ruolo lì?»

«Sono responsabile della gestione del personale della reception, fornisco il coordinamento generale per gli eventi aziendali e, una volta completata la location per i matrimoni, gestirò anche quella».

«Perché non usa il cognome di suo marito?»

«È quello che abbiamo concordato quando ci siamo sposati. Mi piaceva il mio cognome da nubile e a lui non dispiaceva».

«Com'è il suo matrimonio, Bettina?»

«Cosa?» La mascella della donna cadde e si appoggiò allo schienale della dura sedia di plastica. «Cosa c'entra questo con voi?»

«Risponda alla domanda».

«È... è-» Gli occhi della donna si riempirono di lacrime. «È uno schifo, in realtà».

«Lui la picchia?»

«Dio, no». Bettina allungò la mano e prese un fazzoletto dalla scatola vicino all'apparecchiatura di registrazione e si soffiò il naso prima di continuare. «È finita, ecco tutto. Non che Derek lo accetti. Volevo lasciarlo da anni, ma finché Mark non sarà abbastanza grande da badare a se stesso, non posso».

Kay non disse nulla e intrecciò le mani sulla scrivania mentre aspettava che la donna continuasse.

Alla fine, le spalle di Bettina si abbassarono.

«Derek è - Dio, come spiegarlo? Mi preoccupa quello che potrebbe fare se lo lasciassi. Sono intrappolata - se me ne andassi e lui facesse qualcosa di stupido, mi sentirei così in colpa. Mi darei la colpa».

«Cosa intende per "qualcosa di stupido"?» disse Kay.

Un respiro tremante sfuggì dalle labbra di Bettina. «Non gli piace se un altro uomo prova anche solo a guardarmi. Se menziono qualcuno dei mariti delle mie amiche in una conversazione, perde la pazienza. Non che abbiamo più molti amici ormai».

«Perché no?»

«Ha minacciato uno di loro, circa un anno fa. Eravamo alla festa di compleanno di qualcuno in quel grande pub sulla High Street. Una delle mamme della scuola di Mark. Mi sono messa a parlare con suo marito. Tutto quello che ha fatto è stato farmi un complimento per gli orecchini che indossavo. Derek ha sentito, è venuto dove stavamo parlando e lo ha colpito con un pugno. Lui e sua moglie - e tutti gli altri - non ci hanno più parlato da allora».

«Sono state presentate delle accuse?»

«No».

«Cosa ha detto Derek a riguardo?»

«Ha detto che quel tizio se lo meritava e che non voleva che io socializzassi con quel tipo di persone. Ormai esco a malapena. È stupido - non mi piace nemmeno più che lui mi tocchi. Sembra che tutto quello che facciamo sia litigare. Non riesco nemmeno a ricordare perché mi sono innamorata di lui in primo luogo», disse, e si tamponò gli occhi. «Patetico, vero? Tutto quello che volevo era sentirmi amata».

«È per questo che ha iniziato ad avere relazioni con gli ospiti dell'hotel?»

Bettina sussultò, lasciando cadere le mani in grembo mentre fissava Kay. «Come ha-»

«È stata lei a cancellare i nomi degli ospiti dal sistema informatico, vero?»

La donna emise un singhiozzo strozzato, poi annuì.

«Ho bisogno che lo dica a verbale, Bettina».

«Sì», gracchiò. «Sono stata io».

«Perché?»

«Non posso permettermi di perdere il lavoro. Mio figlio deve seguire lezioni speciali due volte a settimana per aiutarlo con i compiti in modo da non rimanere indietro, e Derek non guadagna mai abbastanza per coprire i costi».

«Mi dica cosa ha fatto».

Bettina tirò su col naso, poi deglutì e si sporse in avanti, incrociando le braccia sulla scrivania. «Non sono mai andata a letto con gli uomini che pagavano con la carta di credito personale - questo avrebbe fatto scattare un allarme enorme nel sistema. Solo con quelli che mi piacevano e che avevano i conti pagati dai loro datori di lavoro. Non importava allora».

«Perché incolpare Trudy?»

«Perché ha già fatto pasticci prima. Sto sempre a coprirla».

«Derek sa delle sue relazioni?»

Gli occhi di Bettina si allargarono. «Lui - non può. Sono stata così attenta».

«Ne è sicura?»

«Sì. Voglio dire - avrebbe detto qualcosa, no?»

«Cosa gli dice? Deve essere a conoscenza dei suoi turni, quindi come è riuscita a ingannarlo?»

«Gli dico che devo lavorare fino a tardi. Non sono mai andata a letto con nessuno durante i miei turni mattutini - c'è troppa gente in giro. Abbiamo bisogno dei soldi extra quindi non ha mai messo in discussione i miei straordinari».

«E se uno dei suoi colleghi glielo avesse detto?»

«Cosa? No - non lo farebbero. Non sanno quello che ho fatto, vero?»

«Cosa pensa che farebbe lui se lo scoprisse?»

«Non lo so».

«Io credo che lo sappia».

Kay prese un respiro profondo e aprì la cartella, la copertina calda per le pagine appena stampate all'interno. Estrasse una fotografia e la girò verso l'altra donna.

«Riconosce questi anelli?»

Gli occhi di Bettina si allargarono prima che alzasse una mano tremante alla bocca. Annuì.

«Come si chiama, Bettina?»

Grosse lacrime scendevano sulle guance della donna, che le asciugò con il palmo della mano prima di prendere un respiro tremante.

«Patrick Lenehan. L'ho incontrato l'altra sera. Ha detto che aveva un volo mattiniero per Cork. Ieri mattina alle tre doveva arrivare un taxi per portarlo all'aeroporto».

«Quale aeroporto?»

«Non lo so. Non gliel'ho chiesto».

«Quale compagnia di taxi?»

«Alpha Limousines. L'ho prenotato io per lui».

«Interrogatorio sospeso all'una e quarantacinque. Barnes, con me».

Kay spinse indietro la sedia e corse verso la porta, poi

la spalancò e quasi si scontrò con Sharp che usciva di corsa dalla sala di osservazione con Carys al seguito.

«Dobbiamo contattare la compagnia di taxi e scoprire se è stato prelevato dall'hotel», disse.

«Ci penso io, capo», disse Carys, digitando rapidamente i dettagli sul suo telefono.

«Scopri anche se ha preso quel volo», aggiunse Kay. «Sarà una delle compagnie aeree in partenza da Luton».

Carys alzò il pollice in risposta e si spostò alla fine del corridoio mentre la sua chiamata riceveva risposta.

Kay camminava avanti e indietro sul pavimento piastrellato, incapace di stare ferma. «Ho esaminato tutti gli interrogatori condotti all'hotel e al centro artigianale, capo - come diavolo ho fatto a non accorgermi che lei e uno dei fornitori erano sposati?»

«Calmati, Kay. L'abbiamo mancato tutti, perché nessuno dei due ha fornito l'informazione volontariamente. Ti fa chiedere da quanto tempo il matrimonio sia finito, non credi?»

«Per lei, forse», disse Kay, scuotendo la testa. «Non credo lo sia per lui».

«Pensi che suo marito abbia ucciso Lenehan e che sia lui quello trovato bruciato nel forno?» disse Sharp, con gli occhi grigi preoccupati.

«Sì, lo penso. Da quello che ci ha detto, sono pronta a scommettere che lui è ben consapevole delle sue relazioni. Sono anche pronta a scommettere che invece di affrontarla, sta uccidendo gli uomini con cui va a letto».

«Capo!»

Il sergente Hughes si affrettò verso di lei.

«Che c'è?»

«Ho pensato che dovesse saperlo - è arrivata una denuncia di furto d'auto questa mattina presto. Ho notato l'indirizzo quando ho registrato la signora Merriweather e ho pensato di averlo già visto prima. È una berlina argentata a quattro porte».

Kay prese il foglio dalla sua mano tesa e scorse la pagina con gli occhi. «Dannazione. Ha denunciato il furto della sua auto questa mattina».

Barnes imprecò sottovoce. «Condividono un veicolo. Ecco perché ha rubato il pickup per spostare i corpi. Lei deve aver avuto l'auto per andare al lavoro».

«Kay!» Carys alzò il telefono. «La compagnia di taxi dice che Lenehan non si è presentato. L'autista è arrivato in orario, ma quando non ha visto Lenehan fuori dall'hotel, ha chiesto al direttore notturno dove fosse. Ho chiamato l'hotel e ho ottenuto il numero del tizio. Se lo ricordava, perché l'autista del taxi era furioso. Lenehan era stato prelevato da una di quelle auto di ride-sharing venti minuti prima».

«Che tipo di auto?»

«Non ha idea della marca o del modello - era troppo buio per vedere, ma dice che era una berlina argentata a quattro porte-»

Kay si girò di scatto e passò la sua tessera sul meccanismo di chiusura della sala interrogatori, con Barnes alle calcagna.

L'avvocato d'ufficio smise di parlare con la sua cliente mentre Kay attraversava la stanza a grandi passi verso il tavolo, e gli occhi di Bettina si allargarono.

«Bettina - hai denunciato il furto della tua auto questa mattina. Perché non ce l'hai detto?»

Il labbro inferiore della donna tremò. «Me ne sono dimenticata. Ero spaventata».

«Dimmi cosa è successo».

«L'ho parcheggiata fuori casa nostra come al solito quando sono tornata dall'hotel l'altra sera. Quando mi sono svegliata ieri mattina, era sparita. Derek era fuori quando sono tornata a casa e non è rientrato fino a ieri sera, quindi non l'ho visto. Dormiva quando mi sono svegliata questa mattina e l'auto era ancora mancante. Ovviamente non l'aveva usata lui, quindi ho chiamato la polizia per denunciarne il furto». Le lacrime scorrevano sulle guance della donna. «Era furioso quando si è svegliato e gli ho detto cosa avevo fatto. Non l'avevo mai visto così prima».

Un senso di terrore si fece strada nel corpo di Kay.

«Bettina, dov'è tuo marito adesso?»

CAPITOLO CINQUANTATRÉ

Mezz'ora dopo, Kay sbatté la portiera dell'auto di servizio e si affrettò verso Dave Morrison e Aaron Stewart, che stavano in piedi accanto al loro veicolo.

La loro auto con l'emblema della Polizia del Kent li aveva preceduti di pochi minuti; i suoi occupanti erano in pattuglia nella zona quando era arrivata la chiamata per arrestare Derek Flinders.

«Nessun segno di lui?»

«No».

Kay strinse le labbra mentre Barnes la raggiungeva. «Avete avuto il tempo di perquisire il posto?»

«Non ancora. L'officina è chiusa a chiave. Dovremmo delimitarla?»

«Tra un momento. Prima daremo un'occhiata. Ci dai una mano?»

Lui annuì e si affrettò verso il suo collega che stava comunicando via radio un aggiornamento al centro di comando, e trasmise le istruzioni di Kay.

«Notizie sull'arresto di Flinders?»

Barnes era dall'altro lato della stanza e spense la sua torcia mentre i loro sguardi si incrociavano.

«Ancora niente», disse.

«Continuate a cercare».

«Capo».

Si girò di scatto quando apparve Aaron Stewart, e lui le fece cenno.

«Ho trovato l'auto».

«Carys, con me. Facci strada, Aaron».

Lo seguirono intorno al lato del capannone fino a dove Morrison stava in piedi, la sua mano guantata che afferrava il bordo di un pesante telone.

«Fammi vedere», disse Kay.

Sollevò il telone dalla massa che copriva, esponendo la targa di un'auto.

«Bene. Non ha avuto il tempo di disfarsene. Toglilo completamente e apri il bagagliaio».

Si fece indietro mentre Morrison sbloccava la maniglia e il lieve *sibilo* dell'idraulica raggiunse le sue orecchie mentre il portellone posteriore del veicolo si sollevava in aria.

Morrison puntò il fascio della sua torcia nell'oscuro interno ed emise un grido trionfante.

«Guarda». Si sporse in avanti e raccolse un pezzo di tessuto strappato da una leva metallica per pneumatici, tenendolo in alto verso la luce con la mano guantata. Una macchia di sangue copriva un bordo del materiale. «Qualcuno è stato qui dentro».

«Va bene», disse Kay. «Sigillalo».

La radio sul giubbotto di Carys crepitò, e lei alzò il volume. «È Hughes».

«Che succede?»

«Lo abbiamo preso, capo», disse il sergente. «Gli agenti di pattuglia lo hanno arrestato a Charing Heath. A quanto pare, stava cercando di fermare un'auto per un passaggio, ma quando si è reso conto che era la polizia, è scappato. Ha dovuto essere immobilizzato - ha opposto una resistenza infernale».

«Ottimo lavoro».

«Kay!»

Si voltarono tutti al suono della voce di Barnes, e corsero di nuovo verso l'officina.

«Che c'è?» disse Kay irrompendo dalla porta.

Barnes stava in piedi al centro dello spazio, e fece loro cenno di avvicinarsi. «Aiutatemi a spostare il banco. C'è qualcosa qui sotto».

«Piper, Carys - aiutatelo».

I due detective attraversarono la stanza fino a dove Barnes era in piedi e lo aiutarono a trascinare il banco di lavoro sul pavimento.

«Che succede, Ian?»

In risposta, indicò il pavimento.

«Ho già visto qualcosa del genere, quando ero un giovane poliziotto», disse. «Il sospettato aveva sepolto la sua vittima in un terreno abbandonato. L'abbiamo trovato solo perché la terra si era assestata dopo la pioggia. Si era abbassata così».

Kay fece un cenno ai due agenti in divisa che stazionavano sulla soglia. «Allontanatevi. Fate venire qui la squadra di Harriet il prima possibile. Questo pavimento sta per essere sollevato. Ora».

Lasciarono l'edificio di corsa, il più anziano dei due teneva la radio alla bocca mentre trasmetteva le istruzioni.

«Aspettiamo Harriet?» chiese Carys.

Kay ponderò la questione. Se avesse aspettato, non avrebbe potuto vivere con se stessa sapendo che un'altra vittima poteva giacere sotto la struttura, in attesa di aiuto.

«No», disse infine. «Rimuoviamo queste assi del pavimento».

Gavin le porse un piede di porco. «Ho trovato questi sul banco di lavoro laggiù. Ci renderanno il lavoro più facile».

«Questi chiodi sono nuovi, Kay», disse Barnes.

«Li sostituisce ogni volta», disse mentre applicava il piede di porco al chiodo più vicino. «Qualsiasi cosa ci fosse qui sotto non era destinata a uscire».

Tacquero alle sue parole, poi si accovacciarono e lavorarono sui chiodi conficcati nelle assi.

Una ad una, le tavole furono rimosse, e un debole rumore li raggiunse.

«Cos'è?» sussurrò Carys, per poi gridare.

Uno sciame di mosche esplose dalla cavità, riempiendo il laboratorio, e Kay le scacciò quando si avvicinavano troppo al suo viso.

Guardò i suoi colleghi. Ognuno di loro sembrava scioccato e disgustato mentre gli insetti ronzavano intorno a loro prima di fuggire attraverso le porte aperte.

«Kay, guarda».

Il suo sguardo cadde sull'asse del pavimento che Gavin teneva in grembo, e Barnes imprecò sottovoce.

Una serie di graffi era incisa nel legno, con striature di

sangue secco che attraversavano la superficie che era stata rivolta verso il terreno.

«Qualcuno ha cercato di scappare», disse.

Il fetore la colpì subito dopo, e fece un passo indietro involontario dal buco che iniziava a emergere nel pavimento.

«L'hai già detto una volta», disse Carys, con gli occhi spalancati. «È paura».

«È morte. È qui che nascondeva i corpi», disse Barnes, con voce roca.

«Ian, resta qui», disse Kay. «Carys, Gavin, andate verso la porta - non importa cosa succeda, restate lì. Non contamineremo questa scena più del necessario».

Attese che i suoi due colleghi si fossero allontanati, poi si voltò verso Barnes.

Senza una parola, Barnes annuì, poi lavorò sulle ultime assi del pavimento, accatastandole dietro dove erano accovacciati.

Mentre lavoravano, Kay si rese conto che le fondamente di cemento originale erano state spezzate e una profonda buca era stata scavata nel terreno sotto il pavimento del laboratorio.

Stimò che la fossa misurasse poco più della lunghezza del suo corpo e rabbrividì.

Derek Flinders aveva fatto una bara nel pavimento del suo laboratorio.

Mentre l'ultima asse del pavimento veniva sollevata dalle sue mani, Barnes la spinse da un lato e alzò lo sguardo verso Kay. «Sei pronta?»

«Non lo sarò mai».

Prese un respiro profondo prima di guardare nella buca poco profonda che avevano scoperto.

Qualunque cosa fosse successa dopo, sapeva che non l'avrebbe mai dimenticata.

Accese la torcia, poi la puntò nello spazio sottostante.

Indietreggiò dal sanguinolento disastro che rivestiva la cavità improvvisata, coprendosi il viso mentre un secondo sciame di mosche si alzava nell'aria, poi sbatté le palpebre cercando di cancellare la vista dei vermi brulicanti che infestavano lo spazio dove Flinders aveva tenuto i corpi delle sue vittime prima di bruciarne i resti.

«Maledizione, avevo ragione», disse Barnes.

CAPITOLO CINQUANTAQUATTRO

Un brivido percorse le spalle di Kay mentre valutava il loro sospettato.

L'uomo seduto davanti a lei nelle prime ore del mattino la fissava con profondi occhi verdi sotto una frangia castano scura. La sua espressione era vuota, non rivelava nulla, e non dava alcun indizio del male che lo aveva spinto a uccidere, smembrare e bruciare tre uomini innocenti.

E quelli erano solo quelli di cui erano a conoscenza.

Sotto ulteriori interrogatori, Bettina Merriweather aveva fornito i nomi di altri due uomini con cui aveva dormito nell'ultimo anno; uomini i cui dettagli apparivano nel database delle persone scomparse, perduti senza lasciare traccia.

Derek Flinders si era rifiutato di fornire i dettagli di un avvocato che lo rappresentasse, e così un riluttante avvocato d'ufficio era intervenuto, trattenendo una risposta scioccata dopo aver sfogliato gli appunti che Kay gli aveva passato nel corridoio fuori.

«Dichiari il tuo nome e indirizzo per il verbale», disse Barnes.

«Derek Flinders, Rosewell Cottage, Sutton Valence».

«Lei è il marito di Bettina Merriweather?»

«Sì».

«Possiede o affitta altre proprietà, signor Flinders?»

«Affitto un laboratorio al centro di artigianato».

«Qualcun altro ha accesso a quel laboratorio?»

«No. Ho l'unica chiave».

Kay spinse una fotografia attraverso la scrivania che mostrava la scena del crimine allestita nel laboratorio dell'uomo durante la notte.

«Può confermare che questo è il laboratorio che lei affitta?»

«Sì».

«Spieghi perché abbiamo trovato tracce di sangue e feci nascoste sotto il pavimento».

Flinders sbatté le palpebre. «Non ho idea di cosa stiate parlando».

«Come si sentiva riguardo al fatto che sua moglie andasse a letto con gli ospiti dell'hotel?» disse Kay.

Un tic iniziò all'angolo dell'occhio destro di Flinders, e Kay si spostò all'indietro sulla sedia una frazione di secondo prima che lui si lanciasse dal suo posto e sputasse nello spazio dove era stata.

Barnes era già in piedi prima che la porta si aprisse e il sergente Hughes irrompesse nella stanza.

Kay spinse indietro la sedia mentre i due uomini trattenevano Flinders, il viso dell'avvocato d'ufficio era uno shock.

La soddisfazione di Kay per la reazione del loro

sospettato svanì mentre veniva riportato alla scrivania, e annuì in segno di ringraziamento a Hughes mentre puliva la superficie con del disinfettante prima di mettersi in piedi accanto alla scrivania nel caso in cui Flinders avesse tentato qualcos'altro.

Ora che aveva avuto un'idea del temperamento che si celava sotto il suo comportamento calmo, dovevano raccogliere informazioni sufficienti da lui per supportare le prove e formulare le accuse.

Barnes riprese posto accanto a lei e incrociò le braccia sul tavolo. «Proviamo di nuovo», disse dopo aver chiesto a Hughes di citare il suo nome, grado e numero per la registrazione. «Ha ucciso Patrick Lenehan?»

Flinders si stirò il collo prima di fissare lo sguardo su Barnes. «Sì».

«Perché l'ha ucciso?»

«Perché se lo meritava. È andato a letto con mia moglie».

«Glielo ha detto lui?»

«Alla fine sì».

Kay notò l'espressione di panico negli occhi dell'avvocato e provò pena per l'uomo.

Non solo era stato trascinato fuori dal letto nelle prime ore del mattino per recarsi alla stazione di polizia, ma ora si trovava a rappresentare un assassino che sembrava sfidare le accuse.

Senza rimorso, in effetti.

Nel silenzio che seguì, l'orologio alla parete scandiva i secondi e Kay si rese conto che non avrebbe mai più potuto sentire quel rumore senza ricordare l'agghiacciante confessione di Flinders.

«Clive Wallis e Rupert Blacklock. Chi erano per lei?» disse Barnes.

«Sono andati a letto con mia moglie».

«Come lo sa?»

Flinders sospirò, si agitò sulla sedia e sorrise con benevolenza.

«Perché all'insaputa di mia moglie, mi sono reso conto di quello che stava facendo molto tempo fa. Di tanto in tanto, mi mentiva dicendomi che lavorava fino a tardi. All'inizio pensavo che mi dicesse la verità, che facesse qualche turno extra perché avevamo bisogno di soldi, ma poi ho cominciato a sospettare quando è tornata a casa tardi una notte. Potevo sentire l'odore di lui su di lei. Del loro sesso. La volta successiva che ha mentito, sono andato in bicicletta all'hotel e ho aspettato. Intorno all'ora in cui il suo presunto turno sarebbe dovuto finire, lei ha lasciato l'hotel. Per poco non l'ho persa - ha usato una porta laterale. Ora, se davvero avesse fatto un turno di notte, perché avrebbe dovuto sgattaiolare via?» Non aspettò una risposta. «Dopo un po', un uomo è apparso alle porte della reception. Stava ovviamente aspettando un taxi. Ho portato la mia bicicletta vicino a lui e ho finto di arrivare per lavorare. Potevo sentire il profumo di lei su di lui. Si sente anche nella sua voce di questi giorni - si eccita quando mi dice che deve lavorare fino a tardi. Che tipo di persona si eccita per una cosa del genere?»

Flinders si sporse in avanti e sbatté il pugno sul tavolo, facendoli sobbalzare all'indietro. «Una bugiarda. Ecco chi. Una bugiarda».

«Perché il carbone? Perché bruciare i corpi di quegli

uomini dopo averli smembrati? Perché non seppellirli semplicemente?» disse Kay.

Un sorriso malvagio gli scoprì i denti. «Perché lei insiste sempre per fare barbecue in estate. Che modo perfetto per usarli. Che modo perfetto per servirli».

Kay deglutì, trattenendo la bile, e capì dal grugnito di Barnes che anche lui stava lottando con ciò che stavano ascoltando.

Finalmente, quando ne fu in grado, alzò di nuovo gli occhi verso Flinders.

«Vuol dire che le ha servito i resti degli uomini che ha ucciso?»

«No comment».

Kay digrignò i denti e insistette. «I lavori di costruzione all'hotel - è per questo che ha dovuto spostare i corpi nel pick-up, vero?»

Lui sbuffò in risposta. «Non avrebbero dovuto demolire i vecchi annessi fino alla fine dell'anno. Avevano detto che l'espansione era in sospeso, quindi ero perfettamente al sicuro lì. Nessuno l'avrebbe mai saputo. Avevo tutto il tempo del mondo. E poi Bettina ha sentito qualcuno parlare nell'area della reception dell'hotel e ha capito che i lavori di demolizione non erano affatto in sospeso - solo la costruzione lo era».

«Perché ha rubato il pick-up?»

Sospirò, come se fosse un fastidio dover spiegare. «Perché mia moglie usa la macchina per lavoro. Posso usarla solo quando torna a casa. Io vado in bicicletta al centro di artigianato. Difficilmente avrei potuto spostare un corpo in quel modo, no? Comunque», disse, contemplandosi un'unghia. «Sapevo che Alan non l'avrebbe denunciato come scomparso. Si vanta da due anni di non aver pagato il bollo, quindi difficilmente vi avrebbe chiamato, no? Peccato che le sospensioni fossero rotte però. Altrimenti non avrei perso quel dannato piede».

«Perché ha usato l'auto di sua moglie per trasportare Lenehan?» disse Barnes.

Gli occhi di Flinders brillarono. «Ho pensato che avrebbe apprezzato l'ironia. Inoltre, è stato facile. Era così stanca dopo aver fatto sesso con lui che si è addormentata pochi minuti dopo essere tornata a casa. Ho semplicemente preso la macchina e sono tornato all'hotel dove lui stava aspettando un taxi - ci sono così tante auto di ride-sharing nella zona che non ha pensato a nulla di strano quando sono arrivato».

«Mi parli di Bristol».

«Cosa vuole sapere?»

«Bettina ha confermato che andava a letto con gli ospiti dell'hotel mentre lavorava lì. Cosa ha fatto con i corpi?»

Un sorriso astuto gli si allargò sul viso. «No comment».

Kay si appoggiò allo schienale della sedia e contemplò l'uomo di fronte a lei. «Abbiamo prove sufficienti per accusarla degli omicidi di tre uomini, e formuleremo ulteriori accuse una volta completate le nostre indagini, signor Flinders. Non prova alcun rimorso per ciò che ha fatto?»

«Le ho detto. Se lo meritavano - sono andati a letto con mia moglie».

«Lei l'ha risparmiata», disse Kay.

«È mia. Mi appartiene. A nessun altro».

«Eppure è andata a letto con tutti loro».

Flinders strinse i pugni, ma rimase in silenzio.

Pochi minuti dopo, l'interrogatorio era terminato e Kay e Barnes si trovarono fuori nel corridoio, sotto shock.

«Concluderemo l'interrogatorio dopo che avrò avuto la possibilità di discutere le accuse con Jude Martin del Crown Prosecution Service», disse Kay, «ma non ho mai incontrato nessuno così malvagio in vita mia. Voglio dire, si è goduto ciò che ha fatto a quegli uomini. E per quanto riguarda ciò che potrebbe aver fatto con i resti-»

Barnes si passò la mano sugli occhi stanchi e sospirò. «Qualsiasi persona normale chiederebbe il divorzio».

CAPITOLO CINQUANTACINQUE

«Credi che lo sapesse?» chiese Carys mentre osservavano Hughes portare via Bettina verso le celle.

«Sì, lo credo» disse Kay. «Penso che abbia scelto di ignorare ciò che stava accadendo. Probabilmente pensava che fosse conveniente che quegli uomini sparissero senza lasciare traccia».

Si diressero verso le scale, per tornare alla sala operativa. La luce del sole filtrava attraverso le finestre e Kay represse uno sbadiglio.

«Mi chiedo perché non lo abbia affrontato» disse Carys.

«Forse aveva paura di veder confermati i suoi sospetti» disse Kay.

«O forse temeva che lui l'avrebbe uccisa» disse Gavin.

Kay attraversò la porta e si diresse verso la lavagna, il suo sguardo si soffermò sulle fotografie delle vittime mentre intorno a lei continuava il brusio di attività.

Sharp aveva scritto il nome di Patrick Lenehan nello

spazio sotto il grande punto interrogativo che lei aveva disegnato dopo la scoperta del terzo corpo, e si rese conto che probabilmente si era preso l'incarico di far identificare le fotografie degli anelli e della fibbia della cintura dalla famiglia dell'irlandese con l'aiuto della Garda di Cork.

Come previsto, il DC si affacciò dal suo ufficio. «Bene, siete qui. Dov'è Barnes?»

«Sta prendendo un caffè alla mensa. Sarà qui tra un minuto».

«Iniziamo il briefing finale appena arriva. Credo che tutti meritino di finire prima, dato che è weekend».

Attesero vicino alla lavagna mentre i loro colleghi si procuravano lattine di energy drink dal distributore automatico della mensa o caffè - qualsiasi cosa per tenerli svegli nelle fasi finali dell'indagine - e poi Sharp emise un breve fischio per attirare la loro attenzione e fece cenno a Kay di iniziare.

«Voglio ringraziarvi tutti per il tempo e la dedizione che avete dedicato a questo caso» disse, assicurandosi di stabilire un contatto visivo con ognuno dei suoi colleghi. «So che alcuni di voi hanno bambini piccoli a casa e non è stato facile con gli orari che abbiamo fatto, ma sono stati i vostri sforzi a portarci a questo risultato. Dovreste essere orgogliosi di voi stessi».

Un applauso sparso riempì la stanza.

«Derek Flinders è stato accusato degli omicidi di Clive Wallis, Rupert Blacklock, e Patrick Lenehan. Da lunedì, inizieremo a lavorare con il Crown Prosecution Service per assicurarci che riceva la condanna più lunga possibile quando il caso sarà portato in tribunale. Lavoreremo anche con i nostri colleghi dell'Avon and Somerset per scoprire se fosse responsabile dei casi irrisolti che hanno lì. Preparatevi per una settimana intensa, ma nel frattempo andate a casa e godetevi il resto del weekend con le vostre famiglie. Capo, ha qualcosa da aggiungere?»

Sharp alzò lo sguardo dai suoi appunti. «Prima di tutto, per aggiungere a quanto ha già detto Kay, questa deve essere una delle indagini più strazianti che alcuni di voi abbiano mai affrontato nella loro carriera fino ad oggi».

Annuì verso Debbie prima di continuare.

«Tutti voi fate la differenza in questa squadra, e so che parlate tra di voi. Ma - e questo è importante - se le circostanze di questi omicidi vi turbano, cercate aiuto. Può essere fatto in modo anonimo, ma per l'amor del cielo non cercate di farcela da soli, va bene?»

«Sì, capo».

«Certo, capo».

Sharp posò i suoi appunti sul tavolo dietro di lui, poi si girò di nuovo verso la stanza. «Ora che abbiamo chiarito questo, ho un annuncio da fare. Come sapete tutti, Kay ed io abbiamo trascorso le ultime settimane a fare colloqui a potenziali candidati per il ruolo di Detective Sergente. Non è stato facile, dato che siamo un gruppo così affiatato ed era fondamentale che trovassimo qualcuno che potesse ricoprire il ruolo con il minimo disagio. Sono felice di annunciare che abbiamo trovato la persona perfetta per il lavoro».

Confusa, Kay si girò verso di lui. «L'abbiamo trovata?»

Fece l'occhiolino. «Lo abbiamo fatto. Ian Barnes, congratulazioni per la tua promozione».

Il sussulto di sorpresa di Kay fu sovrastato dalle

acclamazioni e dai fischi dei suoi colleghi mentre si accalcavano intorno a Barnes.

Dalla sua posizione accanto alla finestra, incrociò il suo sguardo e sorrise prima di avvicinarsi a dove lei si trovava.

«Astuto bastardo», disse lei, stringendogli la mano. «Perché non mi hai detto che avevi cambiato idea?»

Lui rise. «Volevo che fosse una sorpresa. Inoltre, hai avuto abbastanza a cui pensare ultimamente con questo caso».

«Sono contenta che tu abbia accettato il lavoro».

«Anch'io. Sarebbe stato strano avere uno sconosciuto che si unisse alla squadra, non credi?»

La squadra si aggirava intorno a loro, salutando e dirigendosi verso l'uscita, e lei lanciò un'occhiata oltre la spalla di Barnes verso dove Gavin e Carys stavano sistemando le loro scrivanie.

Lui si voltò per vedere cosa stesse guardando. «Pensi che staranno bene? Voglio dire, non è stata colpa loro se Derek Flinders ci ha ingannati tutti, ma non sono sicuro che se ne rendano conto».

Kay osservò Gavin dare una pacca sulla schiena a Carys mentre le apriva la porta e scomparivano dalla vista. «Sì, staranno bene. Sono una buona squadra, quei due».

«Bene, allora io vado. Ci vediamo lunedì?»

«Freschi come una rosa».

Mezz'ora dopo, Kay immise la sua auto nel traffico del tardo sabato mattina e puntò in direzione di casa.

Abbassò il finestrino e lasciò che la brezza le scompigliasse i capelli, schiarendo la nebbia dalla sua mente mentre guidava lungo la A20 verso Bearsted.

Represse uno sbadiglio. L'adrenalina che l'aveva sostenuta negli ultimi giorni stava rapidamente esaurendosi.

Mentre svoltava l'auto nella corsia che divideva il moderno complesso residenziale dalla parte più vecchia di Weavering, frenò per affrontare l'ultima curva e poi sospirò mentre entrava nel vialetto di casa sua.

«Grazie a Dio. Casa», mormorò, riuscendo a malapena a scendere dall'auto.

Uno spasmo colpì i suoi muscoli della schiena doloranti. Si sarebbe concessa un lungo bagno più tardi. In qualche modo, non pensava che sarebbe riuscita a tenere gli occhi aperti abbastanza a lungo per leggere un libro dopo.

Girò la chiave nella serratura della porta d'ingresso e gettò la borsa sulle scale.

«Sono a casa!»

Adam sporse la testa dalla porta della cucina, il suo viso era l'immagine della miseria.

«Prima che tu dica qualsiasi cosa, mi dispiace, va bene?»

Il cuore di Kay sprofondò, chiedendosi cosa diavolo fosse successo. Tutto ciò che voleva fare era togliersi i tacchi, indossare un paio di pantaloncini e sedersi sul patio con un bicchiere molto grande di vino bianco freddo.

«Cosa succede? Cosa c'è che non va?» Si affrettò in cucina mentre lui tornava al piano di lavoro e sollevava una collezione di stracci logori. «Aspetta. Quello non è il vestito che avrei dovuto indossare per il compleanno di Abby?»

Adam annuì, le sue guance divennero rosse come il tessuto.

«Misha è scappata. Ha mangiato il bucato che era steso sul filo».

FINE

L'AUTRICE

Prima di dedicarsi alla scrittura, Rachel Amphlett, autrice di romanzi polizieschi tra i più venduti di USA Today, ha suonato la chitarra in una band, ha lavorato come comparsa in TV, al cinema e nell'editoria come assistente editoriale.

Ora impugna una penna al posto del plettro e scrive polizieschi. Ha oltre 30 romanzi e racconti all'attivo che vedono come protagonisti spie, detective, giustizieri e assassini.

Appassionata di viaggi e investigatrice privata per caso, Rachel ha la cittadinanza australiana e britannica.